~ LA ~
LLAVE
NEGRA

› **Título original:** *The Black Key*
› **Dirección editorial:** Marcela Luza
› **Edición:** Leonel Teti con Erika Wrede
› **Coordinación de diseño:** Marianela Acuña
› **Diseño de interior:** OLIFANT sobre maqueta de Tomás Caramella
› **Diseño de tapa:** Ellice M. Lee
› **Foto de la chica:** © 2016 Michael Frost
› **Ilustración de foto de la chica y la piedra:** © 2016 Colin Anderson

un sello de
V&R Editoras

ARGENTINA:
San Martín 969 piso 10 (C1004AAS)
Buenos Aires
Tel./Fax: (54-11) 5352-9444
y rotativas
e-mail: editorial@vreditoras.com

MÉXICO:
Dakota 274, Colonia Nápoles, CP 03810,
Del. Benito Juárez, Ciudad de México
Tel./Fax: (5255) 5220–6620/6621
01800-543-4995
e-mail: editoras@vergararriba.com.mx

ISBN: 978-987-747-274-5

Impreso en México, noviembre de 2017
Litográfica Ingramex S.A. de C.V.

Ewing, Amy
La ciudad solitaria. La llave negra / Amy Ewing. - 1a ed . -
Ciudad Autónoma de Buenos Aires : V&R, 2017.
328 p. ; 21 x 15 cm.

Traducción de: Daniela Rocío Taboada.
ISBN 978-987-747-274-5

1. Literatura Infantil y Juvenil Estadounidense.
I. Taboada, Daniela Rocío, trad. II. Título.
CDD 813.9282

Trilogía La Ciudad Solitaria

LIBRO TRES

LA LLAVE NEGRA

AMY EWING

Traducción: Daniela Rocío Taboada

Para Faetra,
te extraño todos los días.

Uno

El pantano apesta muchísimo cuando llueve.

Raven y yo estamos apiñadas bajo un árbol moribundo del lado exterior de los muros de la Puerta Sur. Las gotas gordas de lluvia caen con fuerza sobre las capuchas de nuestros abrigos, suavizan la tela áspera y convierten la tierra dura que tenemos bajo los pies en lodo suave que succiona nuestras botas.

La lluvia no me molesta. Quiero sacarme la capucha y dejar que el agua me salpique las mejillas. Quiero unirme a ella y sentirme caer del cielo en millones de pedacitos. Pero ahora no es momento de conectarse con los elementos. Tenemos trabajo que hacer.

Esta es la tercera vez que venimos a la Puerta Sur en los últimos meses, desde que se llevaron a Hazel. Como la fecha de la Subasta se adelantó de octubre a abril, los miembros de la Sociedad de la Llave Negra –la fuerza rebelde local de la

Ciudad Solitaria, liderada por Lucien– estuvo trabajando sin parar para sumar más personas a nuestra causa, almacenar armas y explosivos e infiltrar las fortalezas reales en los círculos más alejados.

Pero nada de eso importa si la realeza permanece escondida, acurrucada detrás del muro inmenso que rodea la Joya. Ahí es donde nosotras entramos en juego. Las sustitutas somos más fuertes cuando trabajamos juntas, y necesitaremos a todas las chicas que podamos reunir para hacer pedazos esa muralla gigante. Para quitarle a la realeza su protección principal. Para dejar entrar a todos a la Joya.

Raven y yo viajamos a los cuatro centros de retención, junto a otras sustitutas que Lucien salvó de la Joya: Sienna, Olive e Indi. La Puerta Norte fue la peor: todo de hierro frío y pisos de piedra, uniformes aburridos y ningún artículo personal permitido. No sorprende que Sienna odiara tanto el lugar. No le gustó volver ahí tampoco, pero necesitábamos una sustituta que conociera las instalaciones y a las chicas.

Les estuvimos mostrando la verdad a algunas por vez, las ayudamos a acceder a los elementos y así las transformamos en algo más. Raven tiene una habilidad única e intangible: puede acceder a un lugar especial, un acantilado frente al océano, y puede llevar a otros con ella también. Es un punto de ensueño, mágico, donde las chicas como nosotras crean una conexión instantánea con los elementos. Estuve ahí en estos meses más veces de las que puedo contar.

Debemos ser cuidadosas con quienes elegimos: solo las chicas que van a la Subasta, las que van a estar en los trenes que ingresan a la Joya. Lucien nos consiguió las listas.

No hay una puerta escondida que lleve a la Puerta Sur, como en la casa de acompañantes de Ash, ni soldados que merodeen por ahí, tampoco. La Puerta Sur es una fortaleza en medio de un mar de ranchos de ladrillos hechos de lodo. El Pantano es incluso más triste de lo que recordaba. El olor sulfuroso del lodo que tengo bajo los pies; los árboles raquíticos, tristes; los hogares destartalados… Todo transmite *pobreza* de una forma que nunca había entendido de verdad, hasta que viví en la Joya.

Ni el Humo ni la Granja son tan terribles como esto. La injusticia aquí es como una bofetada. Gran parte de la población de la Ciudad Solitaria vive en la miseria y a nadie le importa. Peor, nadie lo sabe en realidad. ¿Qué saben los ciudadanos del Banco o el Humo sobre el Pantano? Es un lugar lejano donde viven las personas que les palean el carbón o les limpian las cocinas o les manejan los telares. No es real para ellos. Es como si no existiera.

–Nos falta mostrarles los elementos a apenas tres chicas aquí –dice Raven–. En unos días volvemos a la Puerta Oeste.

Volvió a llevar el cabello corto y los ojos le brillan como fuego negro bajo la capucha. No es la misma Raven que dejó conmigo este centro de retención en octubre para ir a la Subasta, ni es la cáscara vacía en la que la Condesa de la Piedra la había convertido tras tanta tortura cuando la rescaté de la Joya. Está en algún lugar en el medio. Tiene pesadillas sobre el tiempo que pasó encerrada en una jaula dentro de los calabozos del palacio de la Piedra. Todavía oye partes de los pensamientos o sentimientos de las personas –*susurros*, los llama ella–, un efecto secundario de los cortes sucesivos que le hizo el doctor de la Condesa en el cerebro.

Pero le volvió la risa y la inteligencia, en especial cuando habla con Garnet. Y entrena todos los días con Ash, y así empezó a fortalecer el cuerpo débil, hasta que su figura delgada se volvió saludable y fuerte.

Levanta la mirada al muro inmenso que está sobre nosotras. Treparlo nunca fue una opción. La superficie de piedra es perfectamente lisa, sin grietas ni rajaduras de donde sostenerse. Pasamos horas sentadas en la mesa del comedor con Sil debatiendo las mejores maneras de meternos en los centros de retención. Al final, fue Sienna quien tuvo la idea. No podemos pasar por arriba de los muros ni atravesarlos (al menos, sin atraer atención para nada deseada).

Pero podemos pasar por debajo.

El poder de los elementos se volvió más fuerte en mí durante los últimos meses. Ella está más fuerte también, así como Indi, la sustituta de la Puerta Oeste. Sienna puede conectarse con la Tierra y el Fuego; Indi, solo con el Agua. Hasta ahora, ninguna otra sustituta, además de Sil y yo, tiene el poder de acceder a los cuatro elementos. Olive, la chiquita de rulos de la Puerta Este, es la única que todavía tiene dificultades para usar los elementos con los que se conecta, el Aire y el Agua. Es la única de nosotras que todavía usa los Augurios. Y es la única persona de la Rosa Blanca que tiene algo bueno para decir de la realeza.

Pero Olive, Indi, Sienna y Sil están lejos, en la casa de ladrillos rojos de la granja que ahora llamo hogar. Es probable que estén durmiendo ahora, cómodas en las camas tibias, seguras en el bosque salvaje que protege la Rosa Blanca.

—¿Violet? —pregunta Raven.

8

Asiento con la cabeza.

—Estoy lista —digo cerrando los ojos.

Conectarse con la Tierra es tan fácil como sumergirse en un baño caliente. Me transformo en la Tierra; dejo que el elemento me llene hasta que nos volvemos una unidad. Siento las capas de tierra bajo los pies, un peso en el pecho. Lo único que necesito hacer es dar una orden, y la tierra responde.

Cava, pienso.

La tierra en el Pantano es diferente a la de la Granja; es áspera, fina e insalubre. El martilleo de la lluvia tapa el sonido de la tierra que se agrieta bajo nuestros pies. Llego más lejos con la mente y le pido a la tierra que cave un túnel en sí misma de más, más, más profundidad, hasta que siento el suelo suave y color café oscuro. Creo un pasaje con facilidad; la Tierra está más que feliz de satisfacer mis necesidades. Cuando me raspo con piedra, sé que he llegado al fondo de los cimientos del muro. Empujo mi túnel más abajo; el muro es grueso y debo asegurarme de pasarlo.

Es una sensación tan extraña… estar tan consciente del túnel y a la vez estar físicamente sobre el suelo. Como si tuviera dos pares de ojos, manos, orejas, orificios nasales. Me pregunto si se parece un poco a la manera en que se siente Raven cuando oye los susurros, cuando tiene los pensamientos de otra persona en la cabeza junto a los propios. Me doy cuenta de que la piedra queda atrás y no hay más que luz y tierra sobre mí. Mi túnel trepa, la Tierra y yo cavamos un espacio juntas hasta que, con un estallido pequeño, salimos del lodo al patio que está del otro lado de este muro.

Una vez que el trabajo está terminado, me desconecto del elemento y abro los ojos.

Raven me está mirando, preocupada.

—Tu rostro se vuelve tan extraño cuando haces eso, ¿sabes?

—A Ash le parece hermoso. Inquietante, dice, pero hermoso.

Pone los ojos en blanco.

—A Ash le parece hermoso todo sobre ti.

De todas las personas que dejamos atrás en la Rosa Blanca, es probable que Ash sea el único que esté despierto ahora. Aunque hicimos esto tantas veces, en los cuatro centros de retención, todavía se preocupa. Lo imagino en nuestro entrepiso mirando los listones del techo del establo, preguntándose dónde estamos, si lo logramos, si nos van a capturar, cuándo volveremos a casa.

Pero no debo pensar en cómo Ash se preocupa por mí. Bajo la vista al túnel oscuro.

—Vamos —digo.

El túnel es angosto; el ancho nos permite entrar de a una por vez. Es imposible asirse de la tierra que se despedaza, así que Raven y yo nos dejamos deslizar por las paredes resbaladizas hasta que llegamos al fondo.

Tras lo que parecen unos tres metros bajo el muro, quedamos cubiertas por la oscuridad total durante un minuto y luego estamos del lado de la Puerta Sur, con la vista hacia arriba, hacia el túnel que lleva al patio. Parecen kilómetros desde este punto de vista.

Subimos con dificultad y salimos al patio de la Puerta Sur, cubiertas de lodo y sin aliento.

Aquí es donde está el verdadero peligro. Fuera, en las calles

del Pantano, nadie nos reconocería jamás, con excepción de nuestros familiares directos. Nadie nos ha visto desde los doce años. La familia de Raven está lejos, al este, y la mía, al oeste, pero solo queda mi madre para reconocerme. Mi hermano, Ochre, es parte de la Sociedad ahora, porque trabaja en la Granja. Y a mi hermana, Hazel, se la llevó la Duquesa del Lago para reemplazarme.

No. No tengo que pensar en Hazel ahora. No tengo tiempo para distraerme. Haré esto por ella. Para salvarla. Para salvar a todas las sustitutas.

De todos modos, es imposible no preocuparse. Lucien dijo que la Duquesa hizo un arreglo con el Exetor. Un compromiso. Entre el hijo del Exetor y la futura hija de la Duquesa. Dijo que la sustituta –mi Hazel– está embarazada.

Y si eso es cierto, entonces Hazel está muerta. El parto mata a las sustitutas.

No. Sacudo la cabeza y miro a Raven. Ella estaba embarazada cuando la rescaté de la Joya en diciembre. Sobrevivió. Hazel va a sobrevivir también. Voy a asegurarme de eso.

Pero ahora tengo que concentrarme en la tarea que estoy haciendo.

El edificio se alza, imponente, frente a nosotras; un contorno rígido en medio de la lluvia. Parece más pequeño que cuando vivía aquí, aunque quizá sea porque pasé mucho tiempo entre los palacios inmensos de la Joya. Además, la Puerta Sur es el centro de retención más pequeño. La Puerta Norte era enorme. Incluso la Puerta Oeste y la Puerta Este son más grandes que esto. La Puerta Oeste tiene un jardín gigante alrededor y un solárium en el centro. En realidad, es bastante lindo.

—Vamos —susurra Raven. Bordeamos el montón de tierra que removí para hacer el túnel (la voy a reponer cuando nos vayamos, para no dejar rastros) y nos dirigimos al invernadero.

La estructura de vidrio brilla en la lluvia; nos escabullimos dentro y nos quitamos las capuchas. Raven se sacude el cabello y recorre el lugar con la mirada.

—¿Llegamos temprano?

Tomo el reloj de bolsillo de Ash. Treinta segundos para la medianoche.

—Ellas vendrán —digo. Hace calor dentro del invernadero, el aire está pesado por el aroma a cosas que crecen: tierra, raíces y flores. La lluvia golpetea suavemente mientras Raven y yo esperamos.

Exactamente cinco segundos después de la medianoche, percibo unas figuras encapuchadas que se apresuran a través del patio. Luego, la puerta del invernadero se abre y el grupo de chicas que estábamos esperando entra en tropel.

—¡Violet! —susurran algunas mientras corren a saludarnos a Raven y a mí.

Amber Lockring da un paso adelante mientras se quita la capucha; los ojos le brillan.

—Justo a tiempo —dice, sonriente.

—Cinco segundos tarde, en realidad —aclara Raven.

Amber no era nuestra amiga aquí, aunque vivía en nuestro piso. Raven confesó que ella había dicho que yo era un bicho raro el primer día que pasé en la Puerta Sur y Raven le dobló el brazo detrás de la espalda hasta que Amber dijo que lo sentía. Nunca se gustaron después de eso. Cuando recibimos la lista de las chicas que irían a la Subasta, Raven eligió a Amber de inmediato para que fuera la primera a la que le reveláramos este secreto. Cuando le pregunté por qué, achicó los ojos y dijo: "Odia a la realeza tanto como yo. Y era la única chica de nuestro piso, además de mí, que usaba pantalones".

Tuve que sonreír ante eso. Si no se hubieran odiado tanto, tal vez habrían sido amigas.

−¿Las trajiste? −pregunto.

Amber señala con orgullo a las figuras todavía apiñadas cerca de la puerta; tres chicas con una expresión de miedo y sospecha en el rostro.

−Tawny, Ginger y Henna. Son las últimas. Somos todas las que vamos a la Subasta.

Hago un recuento rápido. Solo nueve de setenta y siete chicas de la Subasta de este año son de la Puerta Sur. Y están delante de mí ahora.

−¿Las vio alguien? −pregunta Raven.

Amber resopla.

−No. Claro que no. Hice esto antes, ¿sabes?

−Gran trabajo −digo.

−¿Listas? −pregunta Raven entre dientes.

Doy un paso adelante.

Es tiempo de mostrarles a estas chicas quiénes son en realidad.

Dos

Pero antes de tener la oportunidad de abrir la boca, me interrumpen.

–Violet… ¿qué…? –Ginger me mira, boquiabierta. Es la más adulta de las tres chicas nuevas, tiene el cabello color zanahoria y hombros anchos–. ¿Qué haces aquí? –direcciona la mirada hacia Amber–. ¿Qué hace *ella* aquí? ¡Te dije que no quería meterme en líos!

–Deja de quejarte –dice Amber–. Te elegimos por una razón. ¿No quieres saber por qué?

Amber es un poco matona, pero fue una perfecta primera opción. Ninguna de las chicas quiere discutirle nunca y ella tiene bien claro cómo convencerlas.

–¿No se supone que estás en la Joya? –pregunta Tawny. Tiene quince años, y unos ojos de liebre que están tan grandes en este momento que es como si le ocuparan la mitad del rostro.

–Estaba –respondo–. Pero ahora estoy aquí para ayudarlas.

–¿Ayudarnos? –pregunta Henna. Es una cosita de piel rojiza y cabello negro rizado. Hay algo en ella que me recuerda a Hazel, y siento un pellizco en el corazón. No parece asustada ni confundida, sino curiosa–. ¿Cómo?

–Ya lo verán –dice una linda pelirroja llamada Scarlet mientras la abraza–. Es increíble.

–Estuvimos practicando –comenta Amber–. Scarlet hizo un remolino en una de las bañeras la otra noche. Yo hice un tornado pequeñito en la palma de mi mano, como el que me mostraste la primera vez que viniste.

–Estupendo –respondo, al mismo tiempo que Ginger interrumpe.

–¿Scarlet hizo qué cosa?

–Más vale que nadie las descubra –dice Raven.

Amber le lanza una mirada engreída.

–Somos cuidadosas.

Hubiera pensado que hacer que tantas chicas se abrieran a los elementos en un mismo lugar sería peligroso, volátil. Pero hasta ahora resultó al revés. Me di cuenta por primera vez gracias a Indi y Olive. No tuvieron ese sueño irregular, destructivo que tuve yo cuando pasé de ser sustituta a algo más, porque Sienna, Sil y yo estábamos ahí. Pareciera que cuántas más de nosotras estamos juntas, más fácil resulta mantener los elementos bajo control. Como si nos sostuviéramos unas a otras.

Tenemos suerte. De otra forma, alguna pobre chica habría destruido la habitación sin quererlo mientras dormía. Sería difícil de explicar a las cuidadoras.

–Bueno, ¿qué está pasando? –pregunta Ginger mientras se cruza de brazos–. ¿Cómo llegaste aquí? ¿Por qué no estás en la Joya? ¿Por qué nos sacaste a rastras de la cama en medio de la noche?

–Sabía que ella sería la peor –me dice Amber entre dientes. Raven ríe por lo bajo.

Tomo un respiro profundo y empiezo a explicar. Es una historia que conté muchas veces y la relato de forma bastante concisa. Les cuento sobre lo que significa ser sustituta, sobre las cadenas, la pistola estimulante, las humillaciones de verse forzada a actuar frente a la realeza. Cómo nos tratan como objetos, como mascotas. Les cuento sobre Dahlia, a quien la Duquesa del Lago asesinó por ninguna otra razón que rencor. Les cuento sobre Raven, cómo la Condesa de la Piedra le hacía cortes en el cerebro. Raven se adelanta en ese punto.

–Todavía se sienten –dice mientras se acerca a Ginger para que le toque la cabeza.

–¿Qué cosas se sienten? –pregunta ella.

–Las cicatrices.

El cráneo de Raven está tan lleno de cicatrices que apenas la chica lo toca, retrocede.

–Violet me salvó la vida –dice con un tono monótono. Mete la mano en el bolsillo de la camisa y toma las fotos. Esta es mi parte menos preferida–. De otra forma, habría terminado así. Y así van a terminar ustedes si las venden el Día de la Subasta.

Mantengo la mirada en un rizo solitario a un costado de la frente de Henna. Odio esas fotos. Agradecí cuando Raven se ofreció a estar a cargo de mostrarlas. Creo que ella sabía cuánto me dolería verlas.

Son cuatro chicas, todas muertas, los labios azules, la piel amarillenta. Tienen los ojos cerrados, pero tienen unas cicatrices con forma de V en el pecho. Lucien me dijo que había veces que, si un doctor estaba particularmente interesado, se hacía una autopsia. No para determinar la causa de muerte… ya la conocen, sino para saber cómo somos por dentro. Solo porque somos diferentes.

Henna da un grito ahogado. Tawny mira hacia otra parte. Ginger se adelanta.

–¿Son…? ¿Son reales? –pregunta.

–¿Esa es Verdant? –Henna vuelve a quedarse sin aire. Todas las fotos son de chicas de los centros de retención–. A Verdant la vendieron en la Subasta anterior a la mía.

No necesita otra respuesta más que la expresión que Raven y yo tenemos en el rostro. Ginger da un paso atrás, el rostro lleno de horror.

–Nos dijeron que la realeza nos cuidaría –dice–. Ellos… Patience dijo…

–Patience mintió –repongo.

–Este es el destino de todas las sustitutas que fueron a la Subasta –explica Raven–. El parto nos mata, si no nos encuentra primero otra Casa real. Pero por primera vez en nuestra historia, las sustitutas tienen una oportunidad de hacer algo al respecto.

Extiendo la mano y le toco el hombro a Raven.

–Guárdalas –digo–. Lo entienden.

Tawny pestañea para sacarse las lágrimas.

–Pero ¿por qué? Nosotras los ayudamos. Les damos bebés. ¿Por qué… por qué nos matan?

–Nuestras muertes no son más que una consecuencia secundaria –explico–. El resultado de un embarazo antinatural. No sabemos bien por qué llevar un niño real en el vientre causa la muerte. Quizá son los Augurios. Quizá sucede porque no fuimos hechas para llevar niños que no son nuestros. Sea cual sea la causa, para ellos, somos solamente un medio para un fin. Ni siquiera nos consideran personas. No tenemos nombres en la Joya. Nuestras opiniones no importan.

»Pero –continúo– hay personas en esta ciudad que quieren el cambio. Personas que ponen en riesgo la vida para terminar con el control que tiene la realeza sobre nosotras. ¿Por qué nos mantienen separados por muros? ¿Por qué establecen lo que hacemos con nuestras vidas, el lugar donde trabajamos, el dinero que ganamos? ¿Por qué no tenemos ni voz ni voto en la manera en que vivimos?

–Y las sustitutas no son las únicas a las que tratan como si fueran descartables –agrega Raven–. Ahí fuera hay toda una ciudad oprimida.

–Imaginen lo que lograríamos si trabajáramos todos juntos –digo.

–Perdón –interviene Henna levantando la mano como si estuviera en clase–. Dijiste que por fin tenemos la oportunidad de hacer algo al respecto. Pero… estamos encerradas aquí y nos vigilan las cuidadoras. El único poder que tenemos son los Augurios. No veo cómo cambiarle el color a una cosa pueda ser algo útil.

–Llevémoslas al acantilado –dice una morena llamada

Sorrel mientras tira de la manga de Raven. Es la más pequeña de todas las chicas del grupo.

–Sí, el acantilado –asiente Scarlet, entusiasmada.

–No puedo creer que sepas sobre esto y no me lo hayas contado –dice Ginger.

Scarlet parece avergonzada.

–No podía. Me pidieron que lo prometiera. Una vez que vayas al acantilado, lo verás… es algo muy peligroso y no hay que hablar de eso. Si alguien se enterara…

–Está bien, basta de charla –digo–. Es hora de mostrarles.

Amber, Scarlet y las otras chicas a las que ya les mostramos los elementos forman un círculo de prisa. Scarlet toma a Ginger de la mano y le pide disculpas con la mirada.

–No te enojes mucho –dice–. Te encantará cuando lo veas.

Raven me aprieta los dedos. Sonrío y cierro los ojos. Me encanta ir al acantilado.

Es un lugar extraño, en alguna parte nebulosa entre el mundo real y una antigua fortaleza paladina. Las Paladinas eran una raza de guerreras que tenían el don de conectarse con los elementos y estaban encargadas de proteger esta isla. La realeza vino en barcos, proclamó que la isla le pertenecía y mató a todas las Paladinas.

O eso creyeron. Pero las Paladinas sobrevivieron. Las sustitutas somos sus descendientes. Lucien cree que la genética hace que algunas mujeres (como yo) tengan la habilidad de conectarse con los elementos mientras que otras (como mi madre) no la tengan. Cree que es un rasgo recesivo, como tener ojos azules. Sil le dijo que eso es una tontería y que no todo puede explicarse de forma tan sencilla.

Sea como sea, no importa. Estas chicas frente a mí son Paladinas, y es momento de mostrarles qué significa eso.

El acantilado apareció por primera vez cuando le salvé la vida a Raven, después de que perdiera el embarazo. No sé qué me hizo ir a ese lugar, si fue el destino, el azar o puro amor, pero una vez que fui ahí, sentí una conexión instantánea con los elementos, con mi herencia. Me entendí a mí misma y el mundo como nunca antes.

Eso es lo que hicimos con Sienna, Olive e Indi. Eso es lo que hicimos con todas las chicas de los centros. Les llevamos a Raven. Las llevamos al acantilado.

Un segundo después, cierro los ojos. Estoy cayendo. Oigo un chillido débil que parece de Tawny, pero no hay problema; ya estamos en un sitio donde los habitantes dormidos de la Puerta Sur no pueden oírnos.

Es de noche en el acantilado, y llueve. El clima aquí suele reflejar el clima en el mundo real. O, a veces, refleja el deseo de la sustituta, como cuando llevamos a Sienna y nevaba, porque a ella le encanta la nieve.

Las gotas de lluvia están tibias y, cuando levanto el rostro hacia el cielo, forman pequeños ríos que recorren mis mejillas. El océano se extiende abajo, y aunque casi no lo veo en la oscuridad, oigo cómo las olas rompen contra las rocas. Los árboles que se extienden detrás de mí susurran con el viento. Y en el centro del acantilado hay una estatua, un monumento de piedra gris azulada que sube en espiral, una ola congelada que llega al cielo.

Extrañaba este lugar, murmuro mentalmente.

Yo también, responde Raven sin palabras.

Y yo, agrega Amber. Algunas de las chicas que ya vinieron corren a hacer sus cosas favoritas. Azure baila bajo los árboles. Sorrel contempla la vista desde el acantilado y escucha el rugido del océano. Ginger está de pie en un estado de shock; Scarlet está a su lado, tomándole la mano. Tawny no sabe si estar asustada o entusiasmada.

Los ojos de Henna son enormes mientras rodea la estatua y extiende la mano para tocarla. Sé lo que está sintiendo: una piedra lisa de una forma imposible, como el agua vuelta sólida.

Luego, comienza a reír. Levanta las manos para atrapar las gotas de lluvia y yo sonrío, porque ya es nuestra ahora. Ve quién estaba destinada a ser.

Algo en su risa hace que Tawny se ría y, luego, las dos están corriendo al borde del acantilado con Sorrel, tan cerca que creo que podrían caer.

Pero eso no va a ocurrir. Las Paladinas hicieron este lugar y lo protegen. Nos protegen a nosotras, aquí.

Scarlet hace que la lluvia baile y de vueltas alrededor de la cabeza de Ginger, lo que divierte a la niña más grande. Me sigue sorprendiendo cada vez lo felices que somos aquí, tan libres, tan salvajes y tan nosotras mismas, sin reparos. Cada vez que veo que una chica nueva siente eso, esa conexión con las demás y con el mundo que nos rodea, tengo esperanzas.

Hora de irnos, dice Raven, y nos saca de ahí, nos succiona hacia arriba hasta que volvemos a estar dentro del invernadero en la Puerta Sur. Tawny no esconde el llanto y los ojos de Ginger están vidriosos. Henna está despeinada por el viento, y contenta.

–¿Qué...? Yo... –Ginger no puede armar lo que quiere decir. Recuerdo bien esa sensación.

–¿Qué era ese lugar? –pregunta Henna, entusiasmada.

–Miren abajo –digo. Las tres miran y quedan boquiabiertas. Hay flores color violeta oscuro bajo los pies de Ginger y rosa pálido bajo los de Tawny. Las de Henna son de un naranja brillante. Por unos instantes miran con atención, embelesadas, mientras la lluvia golpetea el vidrio sobre nosotras.

–Cuéntales sobre las Paladinas, Violet –dice Scarlet.

–Cuéntales sobre la Sociedad de la Llave Negra –añade Amber.

–¡Y tienes que contarnos más historias, Violet! –insiste Azure–. Queremos saber lo que está pasando allá fuera.

–Una cosa a la vez –digo. Tomo un respiro hondo y empiezo a hablar.

Tres

–Bueno, ahora sigue la Puerta Oeste –digo, y apenas contengo un bostezo. Estuvimos toda la noche en la Puerta Sur, casi hasta el amanecer–. Nos vamos en dos días.

–No veo la hora de dormir en mi propia cama esta noche –Raven se mueve incómoda con el abrigo húmedo.

El vagón del tren está repleto de trabajadores, a pesar de que el sol está sobre el horizonte hace apenas menos de una hora. Lucien nos hizo a todas documentos falsos y nos designó trabajadoras rurales. La mejor manera de moverse entre los círculos de la ciudad, dijo, es esconderse a la vista de todos. De todas formas, nadie piensa mucho acerca de los trabajadores del Pantano.

En nuestro primer viaje en tren hasta aquí, tenía terror de que un soldado nos identificara, que desconfiara de nuestro papelito y gritara "¡Arréstenlas!". Pero todos en la

Joya piensan que Raven está muerta y nadie me busca a mí, porque todos piensan que soy mi hermana. El soldado que nos controló los papeles casi ni nos miró.

Lo mismo ocurrió en los otros centros de retención. Nadie les prestó atención a un par de trabajadoras rurales adolescentes.

Observo cómo el sol sube sobre las casas de adobe que pasan deprisa por la ventana del tren. Este viaje es tan diferente al que me llevó a la Subasta. En ese momento, comenzaba una vida nueva en un lugar extraño, estaba llena de miedos y expectativas.

Esta vez, sé con exactitud hacia dónde voy: de regreso a la Rosa Blanca. Y no veo la hora de llegar.

Me pregunto cómo será el día hoy para Ginger, Tawny y Henna. Deben sentirse tan extrañas, tan vivas; todo radiante y nuevo, los colores más nítidos, los aromas más intensos. Estoy contenta de que Amber y las otras chicas estén ahí para ayudarlas, para guiarlas. Henna se conectó con el Aire enseguida: el asombro se le vio en los ojos cuando el viento empezó a dar vueltas alrededor de ella y a reaccionar a lo que estaba pensando. Scarlet le mostró a Ginger cómo hacer grietas en la tierra y Tawny hizo que las gotas de lluvia subieran, en lugar de caer. Nunca es aburrido ver a las chicas asombradas de sus propias habilidades. Y cuantas más chicas reunimos Raven y yo, más fuertes son mis esperanzas.

Mi estómago hace un rugido. Espero que Sil haya hecho bizcochos para el desayuno. Un bizcocho hojaldrado con dulce de fresa sería perfecto en este momento. Y un beso de Ash, y tal vez un abrazo de Indi. A Indi le encanta abrazar.

No me doy cuenta de que me quedo dormida hasta que Raven me sacude para despertarme.

–Llegamos –dice.

Bajamos con dificultad del tren en la estación Barlett y el corazón casi se me sale cuando veo a Sil entre el montón de carros y carruajes; su yegua, Turnip, se sacude la crin color arena. Ella está vestida con el enterito de siempre y una camisa de franela. El cabello, negro y ondulado, gris cerca de la frente, le rodea el rostro como un halo salvaje.

–Bueno –dice una vez que nos trepamos al asiento del carro y ella sacude las riendas de Turnip–. ¿Cómo les fue?

–Como siempre. Asustadas y tercas al principio, pero cuando ven las fotos y van al acantilado, todo cambia –responde Raven.

–"Su Llavedad" va a estar feliz de oír eso. Estoy segura –afirma Sil. Ella y Lucien tienen una especie de amistad a regañadientes. Pero sospecho que se quieren más de lo que admitirían.

–¿Cómo está todo en la Rosa Blanca? –pregunto. Ella suelta una risa.

–Se fueron por una noche. ¿Qué...? ¿Piensas que Sienna quemó la casa?

–No me extrañaría –murmura Raven.

–No creas que tu novio durmió mucho, pero todo lo demás está igual. Sienna estuvo insolente e Indi se la pasó tratando de darme un maldito abrazo. Olive empezó a coser otro vestido. Un vestido de fiesta, dice. Me preguntó si había forma de que le consiguiera un poco de seda.

Raven y Sil ríen con ganas, pero el apego que siente Olive

por todo lo de la realeza me pone nerviosa; no me divierte. A Sil le encanta quejarse de las chicas nuevas, pero creo que en secreto disfruta de la compañía. Estuvo sola durante tanto tiempo antes de que Azalea, la hermana de Lucien, la encontrara.

Empiezo a quedarme dormida otra vez cuando entramos al bosque. Será un día caluroso. Las gotas de lluvia de anoche caen de las hojas que están sobre nosotras y Raven se pone la capucha. Yo no me pongo la mía. Me encanta la sensación del agua en el cabello.

El bosque se vuelve más denso a medida que nos adentramos en él. La Rosa Blanca está escondida en su interior, protegida por una magia paladina antigua, sospecha Sil. Cree que las Paladinas la guiaron hasta ahí, hasta un claro donde no quedaba más que una casa de granja hecha pedazos. Los árboles crecen en formas raras en este bosque: los troncos se curvan en ángulos extraños, las ramas se meten en la tierra.

Siento el tirón, el tirón ligero en el estómago que significa que estamos cerca.

Y así es, unos minutos después entramos en el claro, la casa de ladrillos rojos, una imagen de bienvenida. Y una imagen mejor, una figura familiar de pie en el porche.

Ash ya bajó de la casa y empezó a correr hacia nosotras antes de que llegáramos a la mitad del claro. Salto del asiento y corro hacia él. Me alza en brazos y yo entierro mi rostro en su cuello.

–Volviste –susurra. Le beso la oreja.

–Espero que no te hayas preocupado mucho.

Me baja al piso.

–Debo haber dormido una o dos horas. Voy mejorando.

Le recorro el cabello con los dedos –le ha crecido durante estos dos últimos meses– y luego toco las sombras bajo sus ojos. Me toma de la mano y caminamos a la casa. Sil y Raven ya entraron. Le cuento sobre las últimas tres chicas.

–Entonces, todas las sustitutas de la Puerta Sur que van a la Subasta saben que son Paladinas –digo–. ¿Se sabe algo de los otros círculos?

A pesar de que al Pantano no lo tocan de cerca los conflictos crecientes de la ciudad, todo empeora en el Banco y el Humo. Y aunque entiendo que esto es lo que trae consigo una revolución, odio ver los informes en los periódicos, los bombardeos, los daños, la muerte. Todos los días oímos sobre más arrestos, más violencia. La Sociedad apunta a las fortalezas reales: las barracas de los soldados y las oficinas de los jueces y los banqueros. Tratan de calcular el tiempo de reacción y mantener confundida a la realeza. Nunca el mismo cuartel o círculo dos veces seguidas. Dibujan llaves negras en los muros y las puertas. Oímos más y más informes sobre violencia espontánea, sobre personas que atacan a la realeza por su cuenta.

Ash estuvo entrenando a una franja de los miembros de la Sociedad en este cuartel, pero su alcance es limitado, porque todavía hay una orden para arrestarlo y ejecutarlo. No puede ir a los otros cuarteles, o a los otros círculos, como yo.

–Lo mismo de siempre, más que nada –el ceño fruncido de Ash es pronunciado–. No puedo dejar de pensar en los acompañantes. Si pudiera acceder a ellos, nos ayudarían tanto…

–Ya lo sé –digo con paciencia. Ya tuvimos esta discusión–. Lucien dice que hace todo lo que está a su alcance por ellos. Pero tú eres un fugitivo aún.

–Lucien no hace todo lo que está a su alcance porque no hay *nada* que pueda hacer por ellos. No confían en él –responde–. Es un hecho.

No quiero volver a tener esta discusión. Durante los últimos meses, Ash se ha impacientado más y más; aumenta la preocupación que siente por los acompañantes cada vez que hay un nuevo ataque al Banco.

–Pero estás ayudando tanto aquí… –afirmo–. Mira lo que hiciste por Raven, por el Silbador y su equipo, por todos los miembros de la Sociedad en la Puerta Sur.

El Silbador, uno de los agentes más importantes de Lucien, tiene un salón de tatuajes donde se reúne en secreto la Sociedad. Mi hermano, Ochre, trabaja con él ahora. Ash estuvo entrenando a otros hombres y mujeres jóvenes para luchar, para que les enseñen a las personas de los cuarteles y círculos vecinos, ya que no puede salir del cuartel él mismo.

–Sí, solamente en este cuartel, solamente de noche, cuando nadie me ve, y *solamente* cuando viene Sil –Ash se detiene y se sienta en los escalones de la entrada, se frota la frente con la palma de la mano–. ¡Rye está en la Joya, ni más ni menos que en la propia casa de la Duquesa! Si pudiera… contactarlo de alguna forma. Y no vuelvas a nombrar a Lucien. Es un genio, pero los acompañantes desconfían abiertamente de las damas de compañía. Si quieren, pueden meterte en grandes líos.

Siempre me sorprende cuando Ash habla sobre el detrás de escena de la Joya. Los chismes entre los sirvientes o los romances prohibidos. Las jerarquías que existen en la clase que subyace tras la realeza.

–Haces todo lo que puedes –digo–. Tu nombre alcanza para que las personas se unan a nuestra causa.

Ash se ha convertido en una leyenda en la Ciudad Solitaria. Su situación de prófugo de la justicia funciona a nuestro favor. El acompañante revoltoso, acusado por un crimen que no cometió, que escapó de la Joya y de las garras de la realeza: el fugitivo que evadió la captura. Es un héroe en los círculos de la Sociedad.

–Entonces, me pongo cómodo y dejo que mi nombre haga todo el trabajo mientras los acompañantes siguen muriendo y sufriendo el abuso –replica Ash.

La vida de un acompañante es dura. Me horroricé cuando él por fin me contó sobre eso. Suelen volverse suicidas, se cortan o se drogan con una versión líquida del opio llamada *azul*. Rye, el compañero de cuarto de Ash que nos ayudó a escapar del Banco, lo consumía cuando lo conocí meses atrás.

Pongo la mano en el cuello de Ash y trato de sacarle la tensión con un masaje.

–Sé que es difícil –digo–. Pero es la única forma. El Banco es muy peligroso para ti. La Rosa Blanca es el único lugar donde estarás a salvo.

–Pero ¿está bien que tú corras peligro? –pregunta–. Tú, Raven y las chicas… Ustedes viajan a los centros de retención. Eso no es para nada seguro.

Antes de que pueda responder, la puerta de entrada se abre con fuerza.

–¡Ah, Violet, estás de vuelta!

Indi tira de mí y me envuelve en un abrazo. Es tan alta… Le llego apenas a los hombros.

–¿Cómo salió? ¿Encontraste a las chicas que buscabas?

–Sí –respondo mientras le doy una palmada en la espalda–. Salió bien. Ya te contaré todo, pero primero necesito comida, o voy a caer.

–Claro, seguro estás muriendo de hambre. Deja que te sirva un plato –el rostro se le pone un poco rosado cuando mira a Ash–. ¿Quieres uno también?

A pesar de que Indi ya lo conoce desde hace meses, aún se sonroja cuando está cerca de él. Para darle crédito a Ash, él siempre hace como si no lo notara.

–Entro en un momento –dice–. Primero, tengo que llevar a Turnip al establo.

Me aprieta la mano, para que sepa que la discusión terminó por ahora. Turnip está mascando un poco de pasto, todavía atada al carro. Él la guía al establo que está en el límite del círculo de árboles, y yo miro y deseo que hubiera algo que pudiera hacer por él.

Pero no dejaré que vuelva al Banco. Eso es, sin dudas, una sentencia de muerte.

–Bueno, vamos, Violet –dice Indi con los ojos, como los míos, enfocados en la figura de Ash, que se aleja–. Quiero oír todo sobre anoche, y sabes cómo lo va a contar Raven. Ella va a dejar fuera todos los detalles interesantes y no va a hacer más que responderme de forma cortante cuando le haga preguntas.

–¡Indi! –la voz de Sil resuena detrás de la puerta mosquitero–. Tus malditos *muffins* se queman.

Indi suelta un grito ahogado, da media vuelta y desaparece dentro de la casa.

Me quedo de pie en el porche durante un segundo y dejo que el sol me caliente el rostro. Quiero aferrarme con fuerza a esta mañana, copiarla en el cerebro; un talismán contra cualquier oscuridad que me depare el futuro.

En este momento, estoy segura y viva, y rodeada de amigos.

Cuatro

Termino durmiendo la mayor parte del día.

La cena es el asunto ruidoso de siempre.

—Olive, ¿me pasas la ensalada, por favor? —pregunto.

Mientras que Indi es alta, hermosa y optimista casi al punto de poner nerviosos a los demás, Olive es morena, pequeña y tiene el contorno de los ojos siempre rojos de tanto llorar. Incluso ahora los veo llenarse de lágrimas.

—Mi señora amaba la ensalada —comenta mientras me pasa el bol—. Una vez en el palacio del Arroyo, comimos una ensalada de nueces de pecán confitadas y queso de cabra fresco con una flor de loto arriba y, cuando la abrías, había un pájaro dorado dentro —da un suspiro exagerado mientras mira la pila de lechuga, tomate y pepino sobre el plato.

Sienna se pone algunas trenzas brillantes sobre el hombro.

—A tu señora le encantaba ponerte correa, también —dice

prendiendo el encendedor que Sil le regaló. Se enciende una pequeña llama–. ¿Y si empezamos a atarte fuera a la noche como un perro?

–Guarda eso –le advierte Sil.

Olive deja el tenedor en la mesa de un golpe y se pone de pie.

–No me hables así.

–Sabes que estarías muerta si Violet no te hubiera salvado, ¿no? –dice Sienna guardando el encendedor.

–Termínala –interviene Raven.

Las pocas velas en el centro de la mesa llamean. Las cejas de Olive se juntan y de un soplo, las llamas se extinguen.

–Ey –dice Sil.

Sienna levanta las manos.

–Fue un accidente, lo juro.

–Por favor –dice Sil–, tu control es perfecto ahora. Hace meses que no tienes ningún accidente.

–Revisemos el plan una vez más –intervengo, y todos gruñen, con excepción de Ash, que está siempre callado durante la cena. En general, engulle la comida deprisa y luego escapa al establo para estar entre los pollos y las cabras que tiene Sil. Y Turnip.

Turnip era el apodo de su hermana menor, Cinder. Ella murió hace un mes de pulmón negro. Lucien lo oyó de uno de sus contactos en el Humo, un joven que se hace llamar el Ladrón. Él ayudó a Ash para que tuviera la oportunidad de despedirse de su hermana antes de que escapáramos de ese círculo. Supongo que él la cuidó después.

Ash traga el último trozo de pollo, engulle un pedazo de patata y se pone de pie.

–Señoritas –dice inclinando la cabeza. Me besa la coronilla y camina hacia el fregadero. Ash ya ha escuchado todo esto antes. Siento un mordisco de culpa después de nuestra discusión de hoy, porque él no es parte de este plan, porque esto es algo que planeo hacer sin él. Pero no puedo hacer nada al respecto: necesitamos a las Paladinas para derribar el muro, y Ash no es una de ellas.

Me acerco al armario y tomo varios rollos de papel. Uno es un mapa de la ciudad. Los otros son copias de los planos de la Casa de la Subasta.

–Entonces –digo, desenrollando el mapa sobre el centro de la mesa–, en unos días iremos a la Puerta Oeste. Sil, tú te quedarás aquí y coordinarás todo con el Silbador en la Granja. Nos quedan cuatro chicas en la Puerta Oeste, siete en la Puerta Norte y cinco en la Puerta Este –señalo los números escritos sobre cada centro y luego borro el 3 sobre la Puerta Sur–. Indi, Sienna y Olive, una vez que lleguemos a sus centros respectivos y les mostremos a las chicas los elementos, ustedes se…

–Van a quedar en una casa segura hasta la noche anterior a la Subasta –dice Sienna con un tono monótono y aburrido.

–En donde vamos a volver a los centros con la ayuda de alguna chica que pueda conectarse con la Tierra –continúa Indi con alegría.

–Y luego nos esconderemos en los trenes hasta que partan hacia la Subasta –termina Olive. Un destello le brilla en los ojos–. Ahí es cuando nos deshacemos de las cuidadoras y el doctor.

–No los vamos a matar, Olive –replico–. Solo les daremos un golpe para que queden inconscientes.

–Estoy segura de que vamos a arreglárnoslas –dice Raven–. No había nadie más aparte de Charity y el doctor Steel en nuestro tren.

–La Puerta Norte siempre envía a tres cuidadoras –responde Sienna.

–De todos modos, seremos más que ellos –afirmo.

–Los soldados las estarán esperando en la Casa de la Subasta –nos recuerda Sil.

–Y Garnet tiene que ocuparse de retrasarlos lo más que pueda –asiento mientras cierro el mapa y desenrollo los planos–. Y recuerden, si algo sucede en el tren, si las encuentran o… cualquier otra cosa, vayan a los muros. Derribar los muros es crucial. Incluso si no es el muro que rodea la Joya; derribar cualquier barrera de la realeza es un triunfo para nuestra causa.

Olive hace una mueca con los labios, pero permanece callada. Hay muchos papeles con planos de la Casa de la Subasta, no solo porque tiene muchas salas diferentes, sino porque también tiene muchos pisos subterráneos. Los fijo en la mesa usando platos y vasos.

La Casa de la Subasta es un gran domo que tiene otros domos más pequeños y torrecillas alrededor: varias salas donde se entretiene a la realeza mientras esperan para comprar sustitutas. Y, por supuesto, el anfiteatro donde tiene lugar la Subasta misma. Pero también hay –como resaltó Lucien– salas de espera y de preparación, una estación de tren en los pisos debajo, cámaras donde los sirvientes esperan y tocadores para que las jóvenes de la realeza se arreglen el cabello y el maquillaje. Y hay salas de protección, salas seguras, en caso de que cualquier peligro sobrevenga en la

Joya durante la Subasta. Estas salas tienen paredes gruesas y puertas de acero. Hacia allí va a correr la realeza si se ve amenazada. Los vamos a tener atrapados, mientras cae la ciudad alrededor de ellos.

La Subasta es el evento social más grande del año. Lucien nos contó que todos los miembros casados de la realeza están autorizados a ir, de modo que no necesitan invitación como sucede con el baile del Exetor o una simple fiesta de una Casa. Todos los que pueden asistir, van. Será la mayor concentración de miembros de la realeza en un solo lugar.

–Entonces, vamos a entrar aquí –digo señalando la estación de tren subterránea en el plano que muestra los niveles inferiores de la Casa de la Subasta–. Y tendremos que estar listas enseguida. Sil tiene razón, habrá soldados a la espera de cuatro cargas de chicas inconscientes. Y Garnet tal vez no pueda demorarlos por mucho tiempo, si es que puede retrasarlos. Anticipamos una lucha.

–Sí, y la mayoría de los soldados que logró poner de nuestro lado no trabajan en la Joya –añade Raven–. Dice que esos soldados son los peores.

Garnet pasó de ser un chico alocado que siempre estaba de fiesta a un ciudadano ilustre en un abrir y cerrar de ojos. A pesar de que todos los hombres de la realeza son técnicamente oficiales del ejército, no ha sido más que un título honorario para ellos. Nadie presta servicios al ejército en verdad. Pero cuando Garnet quiso servir en la búsqueda de Ash, descubrió que había mucho descontento en las fuerzas, en especial en los círculos inferiores. Ahora usa eso en nuestro beneficio.

–Ojalá hubiera una forma más fácil –dice Indi, pensativa–, una forma sin violencia.

–¿Quieres que luchemos contra ellos con abrazos? –pregunta Sienna.

–El amor es más fuerte que el odio –replica Indi.

–La violencia es la única opción, así que no tiene sentido discutirlo –digo interrumpiendo a Sienna antes de que pudiera contestar–. Una vez que entremos, todo tiene que darse al mismo tiempo. Debemos contener a los soldados y causar muchísimo pánico para que la realeza corra y se esconda en sus queridas salas seguras. Luego, debemos llegar al muro.

–Y tú y yo hacemos la señal –me dice Sienna y prende el encendedor una vez más.

Asiento con la cabeza.

–Tú y yo hacemos la señal.

–Y todo arderá –dice. La llama del encendedor le brilla en los ojos negros.

Debe darse todo a tiempo. Durante los días previos a la Subasta, vamos a plantar bombas en las últimas locaciones clave que aún no atacamos. La mayor cantidad de miembros de la Sociedad se reunirá en el Banco. El día de la Subasta, se ubicarán junto al muro que separa el Banco de la Joya, a la espera de que las Paladinas lo derrumben. Mi trabajo es subir lo más que pueda, en una de las cinco torres de la Casa de la Subasta. Sienna usará el Fuego mientras yo uso el Aire para crear unas llamaradas bien altas, para que todos en la ciudad las vean y sepan que tienen que hacer explotar las bombas. Lo haría yo sola si pudiera, pero no podemos usar más de un elemento por vez.

Y después de eso, como dijo Sienna de forma tan apropiada, todo arderá.

Reviso todos los planos con cuidado. Paso los dedos por los distintos corredores, evalúo el conocimiento de las chicas sobre qué cosa lleva a dónde, qué escalera lleva a qué lugar, cuántos pisos tiene la Casa de la Subasta, qué hay en cada uno, dónde están las salas seguras, las salidas y las entradas, hasta que Sienna hace un suspiro fuerte.

—Violet, lo sabemos, ¿está bien? Ya lo revisamos millones de veces. Podría dibujar los planos mientras duermo.

—Tenemos que estar preparadas —digo—. Las otras chicas no van a saber nada. No habrán visto los planos. *Nosotras* tenemos que ser las líderes. *Nosotras* tenemos que saber con exactitud a dónde vamos. No podemos meterlas en esto y no hacer más que decepcionarlas.

Sienna parece avergonzada. La frente de Indi se arruga y Olive no desvía la mirada de su plato.

Raven estira la mano y toma la mía.

—No haremos eso —dice.

Enrollo los planos y el mapa y los guardo, mientras una inquietud profunda se aloja en mi estómago. Todo esto es para ayudar a las sustitutas y, sin embargo, mi hermana sigue atrapada en ese palacio. Memorizar todos los planos del mundo no será de ayuda para ella en el lugar donde está.

Han pasado meses desde que la Duquesa anunció el embarazo de Hazel. ¿Será su estómago una protuberancia pequeña, como la de Raven fue una vez? ¿Usará el doctor esa horrible pistola estimulante? Ni siquiera sé si Hazel *es* una sustituta. Se la llevaron antes de que le hicieran la prueba en la clínica del Pantano. Pero debe serlo; de otra forma, no tendría utilidad para la Duquesa.

Si tan solo hubiera una forma de que yo pudiera verla, saber que está bien, decirle que resista…

Después de la cena, Olive le ruega a Sil que traiga el Libro.

El Libro no es un libro, en realidad, sino varios fragmentos de muchísimos tomos diferentes. Lucien lo armó para Sil a lo largo de los años. Iba robando fragmentos de textos viejos de la biblioteca de la Duquesa. Todo junto, cuenta la historia de las Paladinas, de esta isla antes de que se convirtiera en la Ciudad Solitaria. Y a todas las chicas de la casa les encanta leerlo. A mí también.

La isla se llamaba Excélsior, la Joya de la Tierra.

Olive se acurruca a mi lado mientras leemos las páginas amarillas, arrugadas. Es extraño para mí que a ella le guste tanto el Libro, en especial porque detalla cómo la realeza conquistó esta isla por la fuerza y masacró a la mayoría de la población nativa. Pero habla de un lugar llamado Bellstar y otro llamado Ellaria, y creo que le gusta la idea de otros lugares tras la Gran Muralla, de la misma manera en que a mí me gustaba *El pozo de los deseos* cuando era niña. Quiere creer en la magia y el misterio.

No parece entender que nosotras somos parte de esa magia.

Los únicos sonidos son los que hace el choque de platos mientras Sienna los lava, y el canturreo de Indi mientras los seca. Sil está sentada en la silla mecedora junto al fuego con un vaso de whisky en las manos. Raven está en el suelo, a mis pies, y su cabeza descansa en mis rodillas.

–¿Cómo crees que será Bellstar? –pregunta Olive–. Ojalá hubiera imágenes.

–Tiene que haber sido un lugar con mucho dinero –digo–. Construyeron cientos de barcos para encontrar esta isla.

–¿Qué les pasó?

–¿A las personas?

–A los barcos.

Paso los dedos por las letras borrosas de la página.

–No lo sé –murmuro.

De repente, el arcana me zumba en el cabello. Hace tiempo que les revelé el secreto del arcana a las otras chicas; fue demasiado difícil de ocultar después de un tiempo. Lo extraigo ahora y el diapasón flota a unos centímetros de mi rostro.

–¿Hola? –digo. Raven se pone contenta. Nunca sabemos si va a estar Lucien o Garnet del otro lado.

–¿Bueno? –la voz de Lucien suena tensa–. ¿Cómo salió?

Sonrío.

–Salió bien. Lo de siempre. Terminamos con la Puerta Sur. Quedan solo tres centros de retención.

–Y no más que un mes para el gran día.

El estómago se me retuerce de los nervios. Mis pensamientos vuelan a mi hermana otra vez. Un mes es tanto tiempo…

Resiste un poco más, Hazel. Voy a llegar.

–¿Cómo está la Joya? –pregunto, que siempre es más que nada un código para *¿cómo está Hazel?* Entonces, cuando Lucien empieza a irse por las ramas, me pone los nervios de punta.

–Una locura, como siempre cuando falta poco para la Subasta –responde–. Claro, es peor este año, ya que hay tanta agitación en los círculos inferiores. Pero pensarías que la realeza no lee el periódico. La Señora del Granizo no deja de alardear sobre su cena posterior a la Subasta; suena como si estuviera preparando veinte platos si le crees, pero yo no lo hago. Le envió a la Electriz unas cien invitaciones. Y ahora tengo que supervisar un envío desde la Casa de la Llama. Carnes especiadas, algo de azafrán, crema fresca de sus lecherías en la Granja. Llega mañana. Como si pudiera preocuparme del azafrán ahora. Mientras tanto, hubo tres arrestos más en el Banco. Nos salvamos por poco en uno; pensé que habían capturado a uno de mis socios… y otra bomba explotó en el Humo, cosa que no apruebo para nada; estaba mal hecha y llena de metralla así que ahora ese cuartel tiene restricciones para los alimentos. Incluso los soldados se ven afectados. Y mientras tanto…

—¿Cómo está mi hermana? —interrumpo.

Hace una pausa. El corazón se me detiene, porque él no dice nada.

—Lucien —insisto—, ¿qué ocurre?

—Nada —dice—, nada por lo que debas preocuparte.

Raven se incorpora; los ojos negros fijos en el arcana. Sil apoya el whisky.

—¿Por qué no dejas que yo decida cuándo preocuparme? —replico.

—Tengo una… una sospecha. No está confirmada, pero creo que la Electriz planea un… accidente. Para tu hermana.

—¿Qué? —salto como si pudiera correr hasta Hazel ahora, como si pudiera protegerla. Tengo que protegerla—. ¡Trabajas para ella! ¡Descubre qué planea y detenla!

—Ni siquiera sé si planea algo —dice Lucien—. Todo lo que sé es que cuánto más entusiasmo demuestra el Exetor por este compromiso, más furiosa se pone ella. Ha hecho algunos comentarios que me llevan a pensar que…

–Lo haría simplemente por rencor –respondo–. Para vengarse de la Duquesa.

–Sí, pero…

–¡Ay, esta gente! –levanto las manos de la frustración–. ¿No se dan cuenta de que ella es la hermana de alguien, la hija de alguien, la amiga de alguien?

–No –dice Lucien, serio–. Y creo que tú lo entiendes más que nadie.

Sus palabras cortan, pero no tan profundo como el pensamiento del asesinato de Hazel. Pensé que tendría tiempo. Tiempo para llegar a ella, liberarla. Tiempo para explicarle, para pedirle perdón.

Lucien no puede salvarla. No puede vigilarla las veinticuatro horas del día. Tiene otras prioridades, y aunque me quiere mucho, sacrificaría a Hazel si eso implicara salvar a la ciudad.

–Voy a ir a la Joya –digo–. Ahora. Esta noche.

–Violet, no seas…

–Voy a ir –digo deprisa y lo interrumpo–. ¿Qué harías si fuera Azalea? Si no fuese por mi culpa, Hazel no estaría allí. La Duquesa se la llevó para vengarse de mí. Lo sé, lo siento. Si no puedo protegerla ahora, yo… –la voz se me corta porque no puedo terminar la oración.

–¿Y qué planeas hacer una vez que llegues?

–Tomaré el tren al Banco. Puedo hacer un túnel por debajo del muro de la Joya tan fácilmente como lo hice en la Puerta Sur.

Bueno, quizá no sea tan fácil, pero es la misma idea general.

–No solo es un plan riesgoso que podría revelar nuestro plan, ¿qué piensas hacer una vez que estés dentro de la Joya? ¿Caminar hasta el palacio de la Duquesa y llamar a la puerta?

Piensa, Violet. Hay cosas más grandes en juego que los problemas personales.

–Y si no intento salvar a Hazel ahora, entonces no sé ni por qué estoy luchando –digo.

–Te reconocerían –responde Lucien–. Es muy...

Doy un grito ahogado. Se me ocurre una idea, una idea loca, rápida, que ni siquiera sé si es posible. Pero estoy dispuesta a probar lo que sea en este momento. Sin más palabras, me doy vuelta y corro al piso de arriba, sin prestar atención a las preguntas que me gritan Sil y Raven y a la vocecita de Lucien que pregunta qué está pasando.

Ash y yo dormimos juntos en el establo, pero guardamos la ropa en la habitación de Raven. Ahí también hay más ropa, que Sil ha reunido a lo largo de los años. Me acuerdo en particular de un vestido, porque me recordaba tanto a uno de los vestidos de sirvienta que Raven y yo habíamos usado para pasar inadvertidas en el Banco. Busco en el armario, lo encuentro y lo quito de la percha. Es liso y color café, un poco pequeño en el busto, pero servirá. Me lo pruebo y me miro en el espejo. Despacio, levanto una mano y la envuelvo con varias vueltas de mi cabello.

Una vez para verlo como es. Dos, para verlo en tu mente. Tres, para que obedezca tu voluntad.

El cuero cabelludo me hormiguea mientras mi cabello se transforma de negro a dorado. El dolor de cabeza que causa hacer un Augurio me late en la base del cráneo. Así disfracé a Ash cuando nos escabullimos en su casa de acompañantes. Es extraño usarlo en mí misma. Muevo la cabeza a ambos lados y me examino los extraños mechones dorados.

Pero mis ojos son el verdadero problema. Si no los cambio, la Duquesa me reconocerá de inmediato.

Los cierro ahora. Creo que puedo hacerlo sin poner los dedos físicamente sobre las pupilas; pensar en eso me pone la piel de gallina. Necesito concentrarme mucho en lo que quiero. La imagen se forma clara como el cristal en mi mente.

Una vez para verlo como es. Dos, para verlo en tu mente. Tres, para que obedezca tu voluntad.

A diferencia del cabello, este Augurio es una agonía. Grito y me doy palmadas sobre los ojos. Me hierven en la cara, me queman como pequeñas bolas de fuego. Justo cuando pienso que no puedo soportarlo más, el dolor cesa. Me quedo encorvada por un momento, respiro con dificultad.

Cuando abro los ojos, una extraña me mira desde el espejo. Una extraña rubia, de ojos verdes, con mi nariz y barbilla. Deprisa, uso el segundo Augurio, Forma, para ajustarme las líneas del rostro. Duele casi tanto como los ojos, pero al final, tengo la barbilla un poco más redondeada, la frente más arriba, la nariz un poco más grande.

–Violet, ¿estás…? –Raven se queda helada en el corredor, mirándome boquiabierta–. ¿Qué has hecho?

–Iré a la Joya –afirmo, paso por delante de ella y me dirijo al piso de abajo, donde es probable que Lucien siga como loco en el arcana.

Olive grita cuando entro a la sala de estar. Indi deja caer el plato que estaba secando. Sienna da un grito ahogado. Sil me mira horrorizada por medio segundo, pero luego le veo un débil dejo de orgullo en los ojos.

—Le dije —comenta, sobre la voz de Lucien, que todavía sale del arcana—. Eres demasiado cabeza dura.

—¿Qué está sucediendo? —pregunta Lucien—. ¿Por qué gritó? Sil, respóndeme.

—Voy a la Joya, Lucien —respondo—. Voy a meterme en el palacio de la Duquesa. Voy a cuidar a mi hermana hasta la Subasta.

Lucien comienza a reír. De hecho, ríe durante tanto tiempo que Sil y yo intercambiamos una mirada de preocupación.

—Lo siento —dice—. Pero esto es demasiado, incluso para ti. ¿Cuánto tiempo piensas permanecer en libertad una vez que la Duquesa te descubra *en su propio palacio*? ¿Cómo planeas proteger a tu hermana cuando tú misma seas una cautiva? O quizá la Duquesa te mate por diversión, ahora que no necesita de tu cuerpo para producir un hijo.

—Lucien —comenta Sil mientras junta las manos y apoya la barbilla en ellas—, en cualquier otra circunstancia, estaría de acuerdo contigo, pero… no creo que haya forma de que la Duquesa la reconozca.

—¿Y por qué dices eso?

—Porque asusta lo diferente que está.

No me había dado cuenta de que Sienna había venido de la cocina. Estira la mano y me toma con delicadeza un mechón de cabello.

—¿Color y Forma? —me pregunta. Yo asiento con la cabeza—. ¿Dolió?

Hago una mueca de dolor. Sienna sonríe.

—Ash se va a volver…

—¿Qué quieres decir? ¿Diferente? —interrumpe Lucien.

–Usé los Augurios –digo–. En mí misma –me brotan lágrimas en los ojos que crepitan por el calor residual del Augurio–. Por favor, Lucien. Ayúdame. Ayúdame a ayudar a mi hermana.

Recuerdo el Día de la Verdad, la última vez que vi a mi familia completa. Qué enojada estaba Hazel conmigo, cómo pensaba que me había olvidado de ella. No entendía que yo no tenía permitido escribirle, que la Puerta Sur tenía reglas.

Yo entiendo las reglas de la Joya. Y no voy a dejar que mi hermana piense que se olvidaron de ella otra vez.

Cinco

Al silencio que sigue solo lo interrumpe el latido fuerte de mi corazón.

–Déjame hablar con Garnet sobre esto –responde Lucien con tono entrecortado–. Espera y no hagas nada a las apuradas.

El arcana cae al piso, silencioso. Lo levanto y lo sostengo con los dedos temblorosos.

–No puedo dejarla ahí –digo y me hundo en el sofá. Raven se sienta a mi lado–. Está completamente sola. No puedo…

–Lo sé –dice Sil con suavidad en la voz.

Nos quedamos sentadas durante lo que parecieron horas. El arcana nunca zumba. Finalmente, me levanto.

–Mejor voy a ver a Ash –anuncio–. Debe estar preguntándose dónde estoy.

No creo que vaya a tomarse bien la noticia. Cuando me pongo de pie, el arcana se levanta en el aire.

–Entonces –dice Garnet–, me dijeron que planeas una operación encubierta.

–Hazel está en peligro –explico–. Tengo que estar ahí. Tengo que hacer lo que esté a mi alcance.

–Bueno, tienes suerte –responde él–, porque justo conozco una Casa real que está contratando sirvientes.

–¿En serio? –digo.

–Sí –responde–. La mía.

Raven y yo intercambiamos una mirada curiosa. Garnet continúa:

–Mi esposa necesita una dama de compañía personal –Raven se endurece un poco frente a la palabra *esposa*–. Coral ha intentado contratar una durante meses y mamá rechaza a todas las que encuentra. Hasta ahora no intervine porque no tiene sentido discutir con mi madre sobre algo tan trivial y, honestamente, no me importa para nada si Coral tiene una dama de compañía o no. Pero ahora parece que necesitamos una. De modo que mañana voy a informarles a todos que te he contratado a ti. Es una jugada que tiene mi estilo: un buen toque de arrogancia, un poquito de indiferencia a los deseos de mi mamá –imagino el brillo astuto en esos ojos azules–. Mañana te aviso qué tren tienes que tomar. Estoy seguro de que viene un nuevo grupo de sirvientes; todos están como locos con los preparativos para la Subasta. Avisaré que te estamos esperando.

–Gracias, Garnet –digo, entusiasmada.

–Ni lo digas. Ey, ¿está Raven ahí?

–Ya pensaba que te habías olvidado de preguntar –dice ella y da un paso hacia delante, sonriente.

—Los negocios antes de la diversión, siempre. ¿Tienes tiempo para hablar?

Raven ríe.

—Yo no soy la de la esposa loca y la madre autoritaria. Tengo todo el tiempo del mundo.

—Sí, pero tienes a Sil, que no es precisamente una cubeta llena de arcoíris, ¿no? ¡Es una broma! —añade deprisa antes de que se queje Sil.

Raven se lleva el arcana al porche delantero. Le doy las buenas noches a Sil y a las chicas y me dirijo al establo a contarle las noticias a Ash.

Ash está junto al corral de cabras; una de ellas le acaricia la mano en busca de un premio más cuando entro al establo.

Durante un momento, me quedo en el lugar y lo miro: la fuerza de los hombros, la curva de los brazos, la suavidad de las caricias que le hace detrás de la oreja a la cabra de manchas blancas y negras. Respiro en la calma que voy a romper.

—¿Ash? —digo con miedo.

Gira y suelta un grito débil cuando ve mi rostro.

—¿Qué...? ¿Violet?

—Soy yo —respondo, y doy un paso adelante. Se acerca y me inspecciona los ojos, la nariz y el cabello con un poco de asombro y mucha confusión.

—¿Los Augurios? —pregunta. Yo asiento—. ¿Por qué?

Le explico lo que Lucien me contó sobre el peligro en el que se encuentra Hazel, y cómo Garnet me contratará para

trabajar en el palacio. Veo que su rostro deja de expresar asombro y pasa a mostrar enojo por completo.

–Hablas en serio –dice–. Vas a dejar la Rosa Blanca. Vas a abandonar tu propio plan y vas a meterte en la Joya, en el corazón del peligro.

Trago.

–Sí.

–Bueno –se da vuelta, sube las escaleras de madera y tira algunas cosas que guarda ahí: una camisa de más, el reloj de bolsillo, la foto de su familia que tomó de la casa de acompañantes de Madame Curio. Luego, baja las escaleras–. Voy contigo.

–¿Qué? No, Ash, no puedes.

–¿Y tú sí?

–¡No luzco como yo! No hay un millón de soldados que me buscan para ejecutarme. Garnet va a cuidar de mí. Estaré a salvo.

–Garnet tiene una función propia en la revolución –dice Ash–. No puede dejar todo de lado para cuidar de ti –empieza a guardar sus cosas en una pequeña mochila–. Todos en esta maldita ciudad tienen una función, excepto yo.

Se pone la mochila al hombro y me mira, enfadado.

–Entonces, ¿cuándo te vas? –pregunta.

Espero unos momentos a que respire más calmado. Luego, me adelanto y le acaricio la mejilla.

–Ash, *no puedes* –digo–. No podrías ir más allá del Banco.

–No intentes mantenerme a salvo todo el tiempo, cuando es claro que tú no tienes la misma consideración contigo misma –las gallinas cacarean nerviosas mientras él va y viene por el establo–. Siempre me dices que me quede aquí, que sea paciente, que esté a salvo, pero ¿y si eso no es lo que yo quiero? ¿Y si quiero hacer más, sea cual sea el riesgo? Y tú crees que puedes irte a la Joya así sin más porque Hazel está en peligro y esperas que todos entendamos. Bueno, *yo* no entiendo, Violet. No entiendo.

–Ella está en peligro –respondo.

–¡*Todos* estamos en peligro! –grita Ash, y Turnip se queja sacudiendo la crin. Él le acaricia el largo cuello para calmarla–. ¿Ni siquiera ves la hipocresía en esto? ¿No ves lo injusto que es? ¿Qué tú puedas poner todo en riesgo y yo no? Los acompañantes son mis sustitutas, Violet. Son *mi* gente y están sufriendo también, pero no son especiales de ninguna forma, entonces, ¿a quién le importa? ¿A quién le importa si son jóvenes inteligentes, talentosos, que sufren el abuso y la manipulación? Son cositas lindas que solo sirven para tener sexo, ¿no? ¿Por qué importarían sus voces?

–Eso no es lo que… Se trata de Hazel, Ash. Mi hermana. Harías lo mismo por Cinder.

Fue un error decir eso, y me doy cuenta de inmediato. La cabeza de Ash se levanta como un látigo, la mirada tan dura que hace que me aleje encogida.

–No –dice con frialdad.

Me queman las mejillas.

–Lo siento. Lo que quiero decir es que todos tenemos personas por las cuales estamos dispuestos a sacrificarnos.

–¿Y quién me queda a mí, Violet? Tú, nadie más que tú –se quita la mochila y la tira al suelo–. Pero al parecer, piensas que eres la única que puede tomar decisiones difíciles.

Y no notas que tus elecciones afectan a otras personas; entre ellas, a mí.

Me mira durante unos segundos antes de sacudir la cabeza, dar media vuelta y salir enojado a la oscuridad de la noche.

Cuando Raven pasa por el establo para devolverme el arcana, se da cuenta de que algo está mal.

No necesito explicarle demasiado la pelea con Ash. Mis susurros deben haberse trasmitido a todo volumen. Mueve a un lado el muñeco de paja con el que Ash le hace practicar cosas como estrangular a alguien o darle golpes, y me hace sentar sobre un fardo de heno; me pasa el brazo por detrás.

—Tiene miedo y está enojado —dice—. Y quiere ayudar.

—Lo entiendo, ¡pero es como si no tuviera noción del peligro en el que se metería si se fuera! No digo que no crea en él…

—¿No? —pregunta Raven. No me está juzgando, pero la pregunta me molesta de todas formas.

—¿Qué quieres que haga? ¿Que diga *sí, Ash, gran idea, ve al Banco y crucemos los dedos para que nadie te reconozca?*

—Hay personas en esta ciudad por las que él se preocupa, también. Y en esta casa, todo se trata de las sustitutas. Nunca hablamos de los acompañantes. Nadie habla de eso. Ni Lucien, ni Garnet… —inclina la cabeza hacia un lado—. Todos tenemos nuestras propias batallas. Yo tampoco quiero que vuelvas a la Joya. Pero te conozco, y sé que no tiene sentido discutir contigo —me da un empujoncito con el hombro—. Más vale que te cuides. Y la cuides a Hazel. Y vigila a Garnet por mí.

Sonrío, aunque la pelea aún me preocupa.

—Sí, señora.

—Me pregunto cómo será su esposa.

—Bastante aburrida, por lo que nos contó —Garnet trata de no mencionar a Coral de ser posible. En especial, cerca de Raven.

Se levanta del fardo de un salto.

—Así que volverás a ser una sirvienta. Bueno, tal vez sea una ventaja. Tal vez tengas la oportunidad de ver si hay descontento en las Casas reales, ¿sabes?, y usarlo para nuestra causa.

Sé que trata de ayudar, de ser positiva. Y lo valoro.

—Sí —digo. Y luego hago una pausa—. ¿Sabes si… si volvió a la casa?

—No —dice Raven—. No sé dónde está.

Le doy un abrazo de despedida y me preparo para ir a la cama. Subo al entrepiso del establo y llevo conmigo la mochila llena de cosas de Ash. Me recuesto, cierro los ojos y deseo quedarme dormida. Pero todo lo que veo es a la Electriz poniendo veneno en el vaso de agua de Hazel. O contratando a alguien para que la tire por las escaleras, la ahorque mientras duerme o…

La Duquesa nunca deja salir a Hazel de todas maneras, me recuerdo a mí misma. ¿No debería bastar su confinamiento para mantenerla a salvo?

Abro los ojos y miro los listones en el techo en un intento por alejar la frustración y por no adelantarme a los hechos. Siempre pensé que sería fácil hacer lo correcto. Y en caso de que no fuera fácil de hacer, al menos fácil de identificar.

Pero ahora estoy abandonando mi propio plan por algo repentino y pensado a medias. Ni siquiera me parezco a mí misma.

Oigo un crujido en las escaleras y me incorporo.

—¿Ash? —susurro. Siento su peso cuando se pone encima de mí—. Lo siento tanto —digo—. No quise…

—Shhh —pone los labios sobre los míos con delicadeza y yo tiemblo. Lo atraigo hacia mí, agradecida por su presencia reconfortante, el calor de su cuerpo, el olor de su piel.

—No quiero discutir —murmura.

—Yo tampoco.

Sus dedos me bajan por el cuello, me pasan por la clavícula. Solo tengo puesto un camisón fino, y se me pone la piel de gallina cuando sus dedos bajan a mi abdomen.

—¿Has pensado alguna vez en… después? —pregunta con tranquilidad.

—¿Después? —repito, aunque presto atención a medias porque los dedos me rodearon el ombligo y ahora están alcanzando la cadera, del lado derecho.

—Después de todo esto —sus labios me besan el cuello—. Después de que salves a Hazel. Después de luchar y derribar los muros. Después de que esta ciudad viva un agitamiento social nunca antes visto. Imagina si ganamos. La realeza ya no va a dirigir esta ciudad. ¿Qué quieres?

—No lo sé —digo mientras me pellizca el muslo con la mano—. No pensé demasiado al respecto.

—¿Planeas todo esto y no tienes la más mínima idea de lo que quieres después?

—Quizás no siento que vayamos a ganar.

–Quizás estás asustada del futuro.

Encuentro el hueco que tiene en la base del cuello y se lo beso despacio.

–¿Y cuál es *tu* plan para el futuro?

Se le congela la mano a la altura de mis rodillas.

–Ninguno –responde, y se aleja de mí.

Me pongo alerta de inmediato.

–Ey –digo, y levanto la mano para pasarle los dedos por el cabello, para mantenerlo cerca. Sus ojos reflejan el tenue brillo de luz de luna que llega a nuestra cama–. Me puedes contar.

–Quiero ser un granjero –responde luego de un suspiro.

Espero a que siga la explicación, pero no continúa.

–¿Eso... eso es todo? –pregunto sin querer ofenderlo, pero estoy un poco confundida.

–¿No te parece que es estúpido? –dice–. ¿No crees que después de todas las cosas refinadas a las que tuvimos acceso personas como tú o yo, la ropa, la comida, la riqueza, yo querría algo más?

–Creo que todas esas cosas refinadas que tuvimos tuvieron un precio muy alto –comento–. Estaría feliz de no volver a ver vestidos de oro en la vida. ¿Dónde querrías cultivar? Digo, dentro de la Granja, por supuesto.

Se acomoda y estira a mi lado, con la cabeza apoyada en una mano.

–Hay un viejo sitio en ruinas a unos ocho kilómetros de la villa del Silbador. Ochre me lo mostró una vez. Es un buen lugar para esconder a los chicos más jóvenes que se unieron a nosotros, ¿sabes? Un día o dos antes de la Subasta, cuando no vayan a volver a casa después de trabajar. Pero pensé… pensé que puedo arreglarlo. Sil podría venderme un par de gallinas y una cabra. Conseguiría algunas semillas. Sería lindo trabajar con la tierra. Y me gustan los animales. Me gustaría una vida en la que pudiera cosechar mi propia comida, hacer mis propias cosas. Tener una casa de verdad.

Unas lágrimas me brotan en los ojos cuando me doy cuenta de que no estoy en ninguna parte de esa pintura que ha creado.

—Ah —digo con un tono áspero—. Suena lindo.

—¿Estás llorando? —pregunta, aterrado.

—No —respondo demasiado deprisa y me seco las lágrimas. Casi oigo cómo el cerebro le hace un chasquido.

—¿Crees que no te quiero ahí conmigo?

—No —repito, pero es claro que es una mentira.

—Violet. No te borré de mi vida —responde—, pero nunca asumiría que tus planes coincidirían con los míos. Tienes el derecho a elegir lo que quieras para ti.

—Pero ¿y si eso suena lindo para mí también? —digo—. ¿Y si quiero ayudarte a arreglar ese viejo sitio? Apuesto a que puedo convencer a Sil de darnos a Turnip, ya que le gustas más que ella, de todas formas. Y podría tener un jardín de crisantemos, como el que mi madre tenía en la ventana de la cocina. Podría usar la Tierra para ayudarte a plantar cultivos y el Agua para cuidarlas. Podría usar el Fuego para mantener la casa tibia en invierno y el Aire para mantenernos frescos en verano.

Lo veo, lo veo tan claramente que es un verdadero dolor en el pecho. Un pequeño porche con un jardín agreste lleno de flores alrededor. Una casa blanca con postigos azules.

Trabajar juntos con la tierra, terminar el día cansados, transpirados y cubiertos de suciedad, pero felices. Tener un lugar propio.

Cuando Ash vuelve a hablar, tiene la voz gruesa.

—Eso suena… perfecto.

—Claro que Raven tendría que vivir cerca —digo.

—Y Garnet, también.

—E Indi.

—¿Y Sienna?

—Sí, pero no Olive.

—No —dice Ash riéndose—, Olive no.

Suspiro y me recuesto sobre la manta gruesa en la que dormimos.

—Quiero esa vida, Ash. La quiero tanto que puedo sentirla.

—Yo también —murmura.

Dejo que la mente me siga dando vueltas, la dejo imaginar un mundo donde mi hermana no tiene que vivir con miedo de su propio cuerpo y del poder que tiene dentro, donde a mi hermano no lo fuerzan a trabajar una profesión asignada. Trato de imaginar los muros cayendo, la ciudad integrada, las personas unidas en lugar de divididas.

Me duermo con el sabor de los labios de Ash sobre los míos y con las fantasías de un futuro mejor que danzan en mis sueños.

A la mañana siguiente, sin embargo, el buen humor de Ash ha desaparecido; toda la dulzura de anoche ya no está y, en su lugar, hay tensión y enojo porque me voy.

Me doy cuenta de que trata de ocultarlo, pero tiene cierta rigidez alrededor de los ojos y la boca, un dejo filoso en el tono de voz.

Ash no es el único que está tenso. Incluso Indi está nerviosa. Cuando Garnet se contacta conmigo para indicarme qué tren debo tomar, no hay sonrisas que me despidan, excepto por una forzada de Raven.

Me detengo a un costado del carro de Sil y le doy un abrazo a cada una de las chicas; les prometo que las volveré a ver pronto y les recuerdo que sigan estudiando los planos. Ash me abraza con fuerza y me susurra, enérgico, en el oído:

—Por favor, ten cuidado. Prométemelo.

—Te lo prometo —susurro.

—Ojalá hubiera manera de decirle a Rye que te cuide.

—¿Crees que me reconocería? —pregunto.

Ash me esconde un mechón del nuevo cabello rubio detrás de la oreja.

—No —murmura pensativo—. Además, está muy ocupado con Carnelian y no va a prestarle mucha atención a un sirviente nuevo.

—¿Crees que tendría que decirle quién soy?

—No lo sé. Podría ser peligroso —la mandíbula de Ash se tensa—. Y ten cuidado con Carnelian.

—Claro. No quisiera tener que dormir con ella bajo el mismo techo otra vez.

—Hablo en serio, Violet. Es más astuta y más inteligente de lo que crees.

—Bueno, estaría feliz de evitarla por completo —digo. No quiero hablar más de Carnelian.

Nos besamos por última vez antes de que Sil suba al carro y yo me trepe a su lado.

Raven levanta la mano a modo de despedida. Ash se queda en el porche y mira el carro hasta que pasamos bajo los árboles y la Rosa Blanca queda sumergida detrás de nosotras.

—Sí que sabes armar un lío —comenta Sil.

—No quiero pelear contigo, Sil —respondo, cansada.

Asiente con la cabeza y sacude las riendas una vez más. Andamos en silencio el resto del camino. No puedo evitar preguntarme: ¿y si es tarde?, ¿y si Hazel muere hoy?, ¿y si algo está sucediéndole ahora? El andar de Turnip es de una lentitud exasperante. Los campos se extienden como un mar de olas de un castaño amarillento, siempre idénticas.

Cuando por fin llegamos a la estación Barlett, la espalda me duele de la tensión. Sil espera conmigo hasta que llega el tren.

—¿Tienes los papeles? —pregunta, y yo le muestro los documentos falsos que me permitirán llegar hasta el Banco. Tengo que tomar tres trenes diferentes hoy para llegar a la Joya. Tengo puesto el vestido color café, el que se parece a la ropa de una sirvienta.

»Y aquí tienes algunos diamantes de más, por si acaso —me pone las monedas en la mano. Se me ha hinchado la garganta así que asiento con la cabeza para agradecerle.

»Bueno —dice mientras el tren se detiene y las puertas se abren. Me envuelve con un abrazo corto, pero empático.

—Gracias, Sil —susurro—. Por todo.

—Vamos, sube —dice mientras se frota los ojos y da media vuelta. Me sumo a la fila de personas que esperan para abordar. Cuando subo, busco un asiento junto a una ventana. Turnip y Sil ya están volviendo a la Rosa Blanca.

El tren avanza y el primer paso de este viaje comienza. Para llegar al Banco, tengo que cambiar de tren en una de las terminales principales de la Granja.

¿Está bien que esté haciendo esto? ¿Será el peligro que corre Hazel tan grande para que yo tome este riesgo?

Pero mientras los campos pasan a toda velocidad por la ventana, pienso en quedarme aquí durante el próximo mes, tan lejos de ella... sin saber si está viva o muerta, segura de una sola cosa: es mi culpa. No podría vivir así.

La terminal principal es enorme y bulliciosa, llena de personas. Encuentro mi tren, un monstruo gris enorme, y elijo un asiento frente a un trabajador que lee la *Gacetilla de la Ciudad Solitaria*. En primera plana, aparece:

El Exetor y la Electriz prometen celebraciones espectaculares en la Subasta de este año

Al final de la página veo otro artículo, de un solo párrafo y de letra pequeña:

Cinco mueren en un bombardeo: se sospecha de La Sociedad de la Llave Negra.

Los nervios me roen el estómago durante el resto del viaje. En especial cuando pasamos por las ruinas de una fábrica en el Humo, cerca de las rutas elevadas. Uno de los edificios bombardeados. Hay llaves negras dibujadas por todos lados. Tres soldados golpean a un hombre en la calle. Luego, el tren sigue marchando y deja esa escena perturbadora atrás.

Pero permanece en mi mente por el resto del viaje. No he visto mucho de la revolución propiamente dicha. He oído historias, de Lucien y Garnet, y las he leído en los periódicos, pero nunca he visto los resultados de los esfuerzos de Lucien al desnudo frente a mí. Es diferente leer un titular en el periódico a ver las ruinas ennegrecidas que dejamos atrás.

Cuando llegamos a la estación en el Banco, nos indican que debemos bajar del tren y subir a otro. Se me hacen tantos nudos en el estómago que no creo que puedan desatarse nunca. Estoy sudando bajo los brazos y en la parte baja de la espalda. Garnet dijo que vendría un grupo de sirvientes recién contratados, pero todo lo que veo son hombres con sombreros de hongo y mujeres con sombrillas.

Enseguida, llega un vagón cubierto. Salen chicas en fila; todas llevan un vestido color café. Sus edades varían; algunas son unos años más jóvenes que yo, y otras, casi tan grandes como Sil. Una mujer a cargo las está haciendo salir del vagón.

Deprisa, me escabullo entre la muchedumbre y me ubico detrás de una chica de cabello castaño y ondulado. Esperamos con paciencia en grupo mientras llega otro tren, el que va a la Joya.

Alguien me toma del brazo.

—¿Dónde está tu gorro? —una chica de unos veinte años me está mirando, furiosa.

—¿Qué? Ah, lo... lo perdí —digo. La mentira se me sale de la boca por sí sola.

La joven chista.

—Ten, tengo uno de más —me da un gorro blanco con los bordes de encaje, igual al que trae puesto—. Ten cuidado de no perder este.

—Claro, gracias —asiento.

—Tienes suerte de no haber llegado a la Joya así —dice mientras subimos al tren. Me doy cuenta de que todas las sirvientas están entrando en un compartimiento más pequeño, adelante, separadas de las personas que vienen al Banco—. Las damas de compañía son muy estrictas con las chicas nuevas. Podrían mandarte de vuelta al Banco, y no quieres eso, ¿no?

Sacudo la cabeza.

—¿A qué Casa te asignaron?

—El Lago —respondo.

—¿En serio? —la chica se sorprende—. No sabía que buscaban más ayuda.

—Garnet de la Casa del Lago me contrató —digo, con el cuidado de llamarlo con su título completo—. Para su esposa.

—Ah, ¿así que por fin le consiguió una dama de compañía como se debe? Pensé que la Duquesa nunca dejaría que tuviera una —se pone una mano sobre la boca; los ojos bien abiertos—. No repitas eso. No, no quise decir eso.

—No te preocupes —respondo en un tono más bajo para que suene como un susurro de complicidad—. No voy a decir nada.

Sonríe.

—Gracias.

Subimos al compartimiento, que no es más que un sitio donde estar de pie. No hay sillas ni bancos donde sentarse. El tren hace un chillido y las puertas se cierran. Un segundo después, nos sacude cuando arranca.

–No has visto la Joya antes, ¿verdad? –pregunta la chica.

–No –miento.

Debo lucir realmente asustada, porque su forma de dirigirse a mí se suaviza.

–¿Cómo te llamas?

–Lily –respondo. De nuevo, la palabra sale por sí sola, pero estoy contenta de haberla elegido. Un tributo a mi amiga rubia de la Puerta Sur. Lily está embarazada y vive en el Banco ahora.

–Bueno, Lily –dice la chica mientras mira las elegantes casas de ciudad que pasan por la ventanilla–. Estás por tener una experiencia maravillosa.

Seis

Las puertas de hierro chirrían cuando se abren.

Contengo la respiración cuando el tren marcha despacio a través del muro que separa el Banco de la Joya. Cuando vine aquí para la Subasta, casi siete meses atrás, estaba drogada e inconsciente durante esta parte del viaje. Ahora puedo ver lo grueso que es el muro; parece tan grueso como la Gran Muralla que rodea toda la isla. Nos sumergimos en la oscuridad y solo puedo pensar en una cosa: *¿alcanzarán ochenta y tres sustitutas para derribarlo?*

Sustitutas, no. Me recuerdo a mí misma. *Las sustitutas son esclavas. Somos ochenta y tres Paladinas.*

Después de un minuto de oscuridad total, miro asombrada por la ventanilla cuando la Joya aparece ante mi vista. Había olvidado cómo engaña con su belleza.

Los edificios que bordean el lado interior del muro no son

palacios, pero son glamorosos de todas formas. Pasamos por un restaurante hecho completamente de vidrio, tres filas de personas comen, beben y ríen. Hay un campo de croquet. Dos adolescentes golpean bolas de colores brillantes mientras sus damas de compañía (un hombre y una mujer) observan. A la distancia veo el edificio rosado con forma de domo y torres doradas.

La Casa de la Subasta.

El tren avanza despacio hacia la estación, que es, por lejos, la más linda que he visto. Hay una sala cómoda a un costado donde las personas pueden esperar los trenes. Hay autos aparcados en la calle.

Nos dicen que nos quedemos quietas y en silencio hasta que los otros viajeros hayan bajado y el tren esté vacío. Luego, descendemos en una fila ordenada. Nos esperan tres carros. La mujer a cargo empieza a clasificarnos, de acuerdo a la Casa a la que vamos. Espero mi turno, nerviosa, hasta que oigo una voz conocida.

—Esa no. Tiene que tener el emblema de la Casa de la Llama.

La última vez que vi a Lucien fue en la Rosa Blanca, cuando le pedí que salvara a Sienna por mí. Eso fue unos dos meses atrás. Lo veo enfadado, impaciente, la boca triste, la frente arrugada. El cabello atado como siempre en un rodete perfecto, y él se acomoda el cuello de encaje del vestido blanco que lleva puesto cuando dos hombres guardan un baúl dentro del maletero de un coche brillante con el emblema del Exetor: una llama con una corona cruzada por dos espadas.

—Tengan cuidado, dije —grita a los hombres. Yo sabía que Lucien dirige la Casa del Exetor y la Electriz, pero nunca lo había visto así. Parece... cruel.

Pero luego su mirada pasa a la fila de chicas que la mujer a cargo está clasificando, les echa un vistazo rápido, busca un rostro conocido... y cuando sus ojos se posan en mí, no muestran la más mínima señal de reconocimiento. El rostro apenas se le entristece.

Supongo que debería sentirme aliviada. Es algo bueno que no me reconozcan. Pero duele un poco, de todas formas.

—Ese es el último, señor —dice uno de los hombres.

—Muy bien —responde Lucien y le da algunos diamantes.

—¿A qué Casa?

Doy un salto. La mujer a cargo está delante de mí.

—¿A qué Casa? —repite.

—El Lago —respondo.

—Tercer carro —señala el que está más a la derecha y bajo la cabeza, sumisa y apresurada, en dirección al carro, y me subo atrás. Está cubierto de un plástico color café y hay dos bancos. Me siento junto a una chica regordeta de cabello negro y rizado.

—¿En qué Casa vas a servir? —me pregunta.

—Ah, emmm, la Casa del Lago.

—Voy a una Casa Fundadora también —exclama—. La Casa de la Rosa. ¿Es la primera vez que vienes a la Joya?

Asiento con la cabeza.

—Yo también. Soy Rabbet. ¿Cómo te llamas?

El carro se llena. Algunas chicas no le hablan a nadie, otras hablan en voz baja.

Casi escupo mi nombre verdadero, pero me detengo a último momento.

—Soy Lily.

—Tienes un lindo nombre –dice Rabbet–. ¿De qué círculo eres?

—La Granja –respondo cuando el vagón avanza. Parte de mí desea que Rabbet deje de hablarme porque estoy nerviosa, pero de alguna forma me distrae–. ¿Y tú?

—El Humo. Empecé a trabajar como sirvienta en el Banco cuando tenía ocho años. Y luego me ascendieron a ayudante de cocina y luego a criada. Mi señora quería que fuera su camarera. Pero luego murió.

—Lo siento.

Rabbet se encoge de hombros.

—¡Ahora voy a trabajar en la Joya! Me pregunto cómo será el palacio de la Rosa.

Vi el palacio de la Rosa durante unos segundos. La Duquesa y yo lo pasamos con el coche cuando íbamos al funeral de Dahlia. Estaba hecho de jade y parecía un árbol siempre verde.

Solo puedo ver hacia fuera por la parte de atrás del carro y estoy a la expectativa de palacios detrás de portones dorados, como los que veía en todos mis viajes por la Joya. Pero el camino por el que vamos es rugoso y desnivelado, no como los caminos lisos que recuerdo. Y no veo ningún palacio, sino muros de piedra a ambos lados. Y sobre los muros, hay unas púas espantosas.

¿Estamos *detrás* de los palacios?

Eso tendría sentido. La realeza nunca querría ver este tipo de carros en las calles. No querrían ni ver a los sirvientes.

Lo que sospecho se confirma cuando llegamos a la primera parada.

—¡La Casa del Viento! –grita el conductor. Una chica rubia y una morena saltan por la parte trasera del carro. Hay una puerta de hierro en el muro de piedra y, a un costado, cuelga una campana. La rubia hacer sonar la campana y el carro se mueve. La chica morena nos mira mientras la puerta se abre, los ojos llenos de miedo, antes de desaparecer de nuestra vista.

Nunca pensé en buscar una puerta en el muro que rodea el palacio de la Duquesa. Y me encantaba caminar por el jardín agreste.

Luego, alejo mis pensamientos de allí, porque todos los recuerdos que tengo del jardín están teñidos por Annabelle. Ella era mi propia dama de compañía, pero en realidad era mi amiga. Mi primera amiga en la Joya. Era dulce y buena, y la Duquesa la mató justo frente a mí.

Se me aparece el recuerdo de ella tirada, muriendo en el piso de mi habitación, un monstruo de culpa y pena en mi interior. Aprieto los ojos durante un momento para recobrar el equilibrio.

Hacemos dos paradas más y luego llega el turno de Rabbet.

—¡La Casa de la Rosa! –exclama el conductor.

—Deséame suerte –dice ella entre respiraciones profundas.

—Buena suerte –asiento con una sonrisa tensa. El carro avanza y, dos paradas después, el conductor grita:

—¡La Casa del Lago!

Las rodillas me tiemblan cuando bajo del carro y me paro frente a la puerta de hierro que lleva al palacio de la Duquesa. Tengo la garganta seca y me resulta difícil tragar. Tengo las piernas y los brazos dormidos y torpes; es como si hubieran olvidado cómo funcionar. El carro se va y lo miro durante un momento, en pánico, y pienso que quizá esto sea una idea muy estúpida. Pero luego recuerdo que Hazel está detrás de esta puerta y, de alguna forma, mi mano logra levantarse y tirar de la cuerda que hace sonar la gran campana dorada.

Pasan varios segundos. Luego, un minuto. Dos. Nada.

Hago sonar la campana otra vez. Y otra vez.

¿Y si Garnet olvidó decirle a alguien que yo vendría? ¿Y si la Duquesa dijo "No, él no puede contratar una dama de compañía"? ¿Y si alguien más viene por este camino y empieza a hacer preguntas? ¿Y si…?

La puerta ruge al abrirse.

—¿Qué quieres? —no reconozco a la mujer que está frente a mí. Es regordeta y más grande que yo, con la piel color oliva y arrugas alrededor de los ojos.

—Vine… vine para trabajar aquí —digo.

Los ojos de la mujer se entrecierran.

—No estoy al tanto de que Cora haya contratado a alguien.

—Garnet me contrató.

La mujer se lleva la mano al pecho.

—¡Por Dios! Discúlpame. Cuando me lo dijo, pensé que era otra de sus bromas. Entra, entra, te daremos la vestimenta apropiada. ¿Cómo te llamas?

Tengo un poco de ganas de reír, porque la última vez que estuve aquí, no solo nadie preguntó mi nombre, sino que tenía prohibido intentar decirlo en voz alta.

—Lily —respondo.

—Bueno, te asignaremos un nombre de dama de compañía apropiado. Soy Maude.

Doy un paso y estoy del lado interno de los muros del palacio del Lago, y los recuerdos son tan fuertes que amenazan con aplastarme. Todas esas caminatas con Annabelle; el día que me mostró el invernadero, los tiempos en los que nos sentábamos en una banca a escuchar los pájaros cantar y el viento soplar a través de los árboles. Descubrir que Raven vivía al lado y alzar la mirada al muro que nos separaba. Enviarle chucherías, un botón o una cinta para el cabello, cualquier cosa para hacerle saber que yo estaba bien. Ver a Ash besando a Carnelian en el salón de baile, la agonía arrolladora de saber que nunca sería mío. Cómo me siguió al laberinto de plantas y me confesó que odiaba su vida. Ese fue el día que empecé a darme cuenta de que éramos iguales.

–El pasaje a la cocina está detrás de esto –indica Maude y señala una estatua de un pequeño arquero con un lobo a un costado, a punto de derrumbarse–. Pero te voy a mostrar los jardines por ahora. Por aquí.

Actúo como si entendiera de qué está hablando. Caminamos por el jardín, los pimpollos acaban de empezar a florecer en los árboles, el sol se filtra entre las ramas. Pasamos un roble, donde el doctor Blythe me hizo practicar el tercer Augurio, Crecimiento. El árbol era tan grande… Nunca pensé que podría afectarlo. Pero lo hice. Recuerdo la sangre que me salió por la nariz mientras él aplaudía en reconocimiento.

Veo que hay cosas nuevas también, cosas que no había podido notar antes. El olor de la tierra aquí es diferente al de la Granja. Tiene un toque químico que hace que la nariz se me arrugue. Y lo que me parecía salvaje acerca de la forma en que crecían los árboles, ahora me parece ordenada: el jardín lucirá agreste, pero todos los árboles fueron plantados con cuidado. Están tan atrapados aquí como lo estaba yo, todos apretados, sin lugar para respirar. La Tierra es el elemento con el que me conecto con más facilidad y de forma más profunda; los árboles que me rodean sienten mi presencia, como las orejas de un perro se levantan cuando escuchan un sonido conocido. Quiero alcanzarlos, unirme a ellos.

Pasamos el pequeño lago, donde le dije a Ash que no podía seguir viéndolo. Unos peces de color naranja y blanco brillante nadan por el agua poco profunda. Entramos en un área más cuidada al borde del gran laberinto de plantas. Pero en lugar de entrar por la puerta junto al salón de baile –la puerta que siempre usaba cuando visitaba el jardín–, Maude gira bruscamente a la derecha. Hay unas escaleras cavadas en el suelo, escondidas por unos arbustos, que llevan a una puerta lisa de madera. La abre y me encuentro en la esquina de una cocina bulliciosa.

Una gran mesa de madera domina el centro de la sala. Varias cocineras con delantales blancos están ocupadas dando órdenes a los gritos, revolviendo cosas en ollas o cortando vegetales. Hay cinco hornos enormes y parece haber algo que se hierve, se cuece o se hornea en cada uno. Las sirvientas, con el rostro manchado de hollín, atizan el fuego y llenan las pilas de leña que hay en diferentes partes de la cocina. Una chica amasa una gran cantidad de engrudo. Es claro que estamos en un piso inferior del palacio, porque las ventanas están altas en las paredes; unos rayos largos y rectangulares de luz caen en diagonal a través de ellas.

Hay ollas y cacharros de bronce brillante colgados de unos estantes en el techo. Los aromas son deliciosos: carne asada, ajo y pan recién horneado. Un lacayo coquetea con una criada en una esquina y me sobresalto cuando la reconozco: es la criada de Carnelian. Creo que se llama Mary.

Resisto la necesidad de tocar mi rostro, de asegurarme de que todavía está diferente.

–¿Quién es ella? –grita una cocinera con el rostro sonrosado. Es casi tan gorda como la malvada Condesa de la Piedra, la antigua señora de Raven. Pero la Condesa de la Piedra tiene ojos fríos, crueles, mientras que la expresión de esta mujer es mucho más amigable.

–Garnet la contrató para servir a Coral –explica Maude.

–Bien por él –responde la cocinera–. Tenía que suceder tarde o temprano. Aquí tienes, querida, come una tartaleta –se dirige a una bandeja de masas cubiertas de rodajas de manzana glaseada. Tomo una y la como, agradecida.

–No hay tiempo para comer –replica Maude y me guía fuera de la cocina.

–Gracias –le digo a la cocinera mientras me limpio unas migajas de los labios. Me sonríe.

Caminamos por un corredor largo de piedra, del que salen otros corredores, y luego unas escaleras, y entramos al ala de la servidumbre del palacio. Maude me guía por el corredor principal y luego gira rápido a la izquierda.

–Aquí estamos –anuncia y abre la puerta a lo que parece una combinación de un salón y un vestidor. Hay un espejo tríptico en una esquina cerca de una fila de armarios. Del lado opuesto, hay un sofá tapizado de seda color durazno y una mesa ratona de madera caoba. Una jarra de agua y dos vasos descansan en la mesa.

—Busca un vestido que te quede… Creo que los vestidos de las damas de compañía están… —abre la puerta de un armario, la cierra, luego abre otra—. Ah, aquí están.

Hay filas de vestidos blancos con cuellos altos de encaje. Se me hace un nudo en el estómago. Esto se está volviendo surrealista: que yo esté aquí, en circunstancias tan diferentes… Miro los vestidos otra vez. ¿Son los mismos que usó Annabelle?

—Vamos, Lily, no tenemos todo el día —Maude introduce la mano en el armario y toma un vestido—. Este parece de tu talla.

Me lo da, y noto que se supone que tengo que cambiarme ahora. Me quito el vestido color café, triste de perder la única parte de la Rosa Blanca que traje conmigo. El vestido de dama de compañía me calza bastante bien y decido que no puede haber sido de Annabelle: ella era mucho más delgada que yo y tenía menos busto. El encaje me pica alrededor de la garganta.

—Te queda hermoso. Ahora hay que arreglarte el cabello —Maude intenta tocarme el rodete bajo que llevo, pero doy un paso atrás.

—Está bien, puedo hacerlo yo —digo. No necesito que me haga preguntas sobre el arcana que llevo en el cabello a todos lados. Espero hasta que me da la espalda y luego tomo deprisa mi cabello y me hago un rodete ajustado en el centro de la cabeza, como el que usaba Annabelle, y escondo el arcana debajo.

—Muy lindo —comenta Maude. Me rocía con un poco de perfume floral y me declara lista para que me vean en el palacio.

»La señora y Cora salieron en este momento –explica–. Me sorprende que Cora no se haya quedado en casa a esperar tu llegada. Suele recibir a las damas de compañía nuevas.

–Tal vez no le creyó a Garnet tampoco –digo.

Maude ríe entre dientes.

–Tienes razón, querida. Es probable que no. Bueno, creo que me corresponde mostrarte el lugar, entonces.

Sonrío. ¿Ni Cora ni la Duquesa y un paseo por el palacio? Es el momento perfecto para buscar a Hazel. Maude tal vez me lleve directamente a ella.

–Me encantaría –respondo–. Después de ti.

Siete

Estoy segura de que voy a dominar el paseo deprisa. Después de todo, viví en este palacio durante tres meses.

Pero una vez que salimos del ala de la servidumbre y pasamos el corredor de vidrio que la conecta con la parte principal del palacio, Maude retira un tapiz con la imagen de la antigua Duquesa del Lago, que cuelga en la pared cerca del comedor. Detrás, hay unos escalones de piedra que llevan, supongo, a la serie de corredores que vi antes.

–Estoy segura de que conoces las reglas sobre ser vista –dice mientras bajamos. Es claro que el aire es más frío, lo que me hace acordar al pasaje secreto desde el salón de Ash a la biblioteca. Me pregunto si estas salas se conectan con aquel.

–¿Por qué no me explicas todo? –pregunto–. Estoy segura de que Garnet y la Duquesa querrán que esté informada.

Esto parece impresionar a Maude.

–Qué chica inteligente. Muy bien, solo podemos usar los corredores principales durante las comidas y cuando la Duquesa no está en casa. Puedes ser vista en varias salas (te daré la lista después) solo si estás limpiando. Los aposentos del Duque están prohibidos para ti, así como los de la Duquesa y la sustituta.

–¿Cómo está ella? –pregunto. No puedo dejar pasar ninguna oportunidad para saber sobre Hazel–. La sustituta, quiero decir. Después de que ese acompañante la violara y eso –la mentira me muerde la garganta; es la mentira de la Duquesa, la que le dijo al mundo cuando Ash escapó. Es extraño pensar que, hasta donde Maude sabe, la sustituta sigo siendo *yo*.

Ella se pone tensa.

–La sustituta está bien. Es todo lo que tienes que saber.

–Claro –respondo deprisa.

Llegamos a la base de las escaleras y Maude nombra todos los salones de un tirón:

–El comedor, la biblioteca, el salón de baile, la galería principal, la sala de estar… –todo parece igual aquí abajo. Cuando vivía en los aposentos lujosos de la sustituta, les ponía apodos a las salas en base a lo que contenían: la sala de las flores, la sala de los retratos… Para los sirvientes, todas las salas parecen la sala de piedra.

Sin embargo, a diferencia de los salones a los que les puse apodos, estas salas están repletas de personas. Criadas, lavanderas, sirvientas, lacayos y ese viejo mayordomo (James, ese era su nombre), e incluso veo un soldado. Es grande y corpulento y saluda con la cabeza a Maude.

–Seis –dice ella–. ¿Cómo va todo con los recién casados?

Él sonríe.

–Igual. A decir verdad, creo que Garnet hubiera preferido casarse con una tortuga.

–Esta es la nueva dama de compañía de Coral –anuncia con un guiño de ojo. Los ojos del soldado se salen de las órbitas.

–¿Por fin le consiguieron una?

–Garnet se encargó personalmente –comenta Maude.

–Buena suerte –me dice el soldado.

Luego da media vuelta y se marcha por el corredor.

–¿Cómo lo llamaste? –pregunto.

–Debería habértelo presentado. Él es Seis. La Duquesa tiene seis guardaespaldas –debo lucir confundida, porque Maude frunce el ceño–. ¿No numeraban a los soldados en tu antiguo palacio?

Normalizo mi expresión.

–Sí, claro. Es que… se parece a alguien que conocía.

Los ojos de Maude brillan.

–¿Un amante?

–No –digo con firmeza.

–Bien. La Duquesa no tolera esas tonterías aquí.

–No tendrá que preocuparse por ese tipo de cosas conmigo –afirmo.

Maude parece satisfecha.

–No dejes de tener cuidado con William. Un lacayo de una belleza endemoniada. La Duquesa ha echado a tres chicas por su culpa. Ah, y hay un acompañante aquí, así que asegúrate de evitar cualquier contacto con él. En especial, después del último.

Me pregunto de nuevo si será seguro revelarle mi identidad a Rye. Un acompañante en la Joya, de nuestro lado, podría ser de gran ayuda.

Es exactamente lo que quería Ash. Pero él deseaba hacerlo por su cuenta. Siento una minúscula sensación de culpa y la aplasto. Yo estoy aquí, y Ash, no. No voy a negar un aliado posible.

Llegamos al final del corredor principal y Maude me conduce por unas escaleras y sigue dándome instrucciones.

—El Duque nunca se levanta hasta las once y siempre es bueno evitarlo —explica—. Un carácter terrible. La Duquesa es muy especial con las comidas, tienen que estar a ciertos horarios y siempre en el comedor. A menos que asista a una cena o almuerzo. Garnet y Coral comen con ella por la noche, así que tendrás que asegurarte de que Coral esté vestida y lista, en general, a las ocho.

Espero recordar bastante de lo que hacía Annabelle, para actuar como una verdadera dama de compañía. Debería haberle preguntado a alguien en la Rosa Blanca, pero en realidad, la única persona que hubiera sabido algo sobre cómo vestirse para una cena era Ash.

Me pregunto si sigue enfadado. Lo imagino solo en el entrepiso del establo, preocupándose acerca de dónde estoy, si me encuentro bien, por qué tuve que dejarlo. Pienso en cómo me sentiría yo si la situación fuera a la inversa, y luego no lo pienso más porque estaría tan enfadada con él… Ya tomé la decisión, así que no tiene sentido arrepentirse ahora.

La puerta al final de las escaleras es de madera y no tiene manija. Maude la desliza hacia un costado y entramos en una sala que reconozco. La sala de los retratos. Los ojos en las pinturas me observan mientras Maude acomoda un panel de madera para tapar la puerta.

–Bueno, esta es la sala de conciertos. No se ha usado desde la fiesta de compromiso de Garnet, pero a la Duquesa le gusta que se mantenga limpia.

Espío dentro; el aire tibio, opulento, que trae otra ola de recuerdos. Esta sala tiene tanto sentido para mí. Aquí solía tocar para Annabelle. Solos mi violonchelo y yo en el escenario; una forma de escapar de la realidad de mi vida.

Aquí besé a Ash por primera vez.

Aquí también es donde perdí el bebé. Sangré tanto que Lucien tuvo que bajarme del escenario y llevarme al consultorio, donde me salvó la vida.

Estamos cerca de mis viejos aposentos ahora y Maude parece un poco más relajada, así que intento averiguar dónde está Hazel otra vez.

–¿Qué hay por allí?

–Esos son los antiguos aposentos de la sustituta.

–¿Ya no vive ahí?

Maude titubea.

–La Duquesa la tiene en el consultorio día y noche. Por precaución. Casi muere en la fiesta de Garnet. Llenó de sangre todo el escenario.

–Sí… recuerdo haber oído eso –es tan extraño hablar de Hazel como si ella fuera yo. Odio pensar que mi hermana está encerrada en ese cuarto frío, estéril.

Antes de que pueda preguntar algo más, Maude me guía lejos de las habitaciones de la sustituta hacia el lado este del palacio. Recuerdo que Annabelle me decía que ahí es donde estaban las habitaciones de los hombres.

–Por suerte, Lucien estaba ahí para salvarla. No creo que haya existido una mente como la suya en la historia de las damas de compañía.

–Sí, oí que es muy inteligente –comento.

–Brillante, diría yo. Aunque tiene su carácter. Supongo que es esperable. Cuanto más grande es el cerebro, mayor es el ego, más corta es la mecha. Ah, aquí estamos.

Se detiene en la entrada del ala este. Está alfombrada en color granate; de las paredes cuelgan retratos de los anteriores Duques del Lago. Me pregunto cuál es el padre de la Duquesa. Por la forma en que Sil hablaba sobre él, suena a que era aún más cruel que ella.

Sil era la sustituta de la Duquesa. El Duque la forzó a concentrar toda su fuerza de los Augurios en una de sus hijas gemelas antes de darlas a luz. La Duquesa es esa hija. Sil fue fuerte y sobrevivió la muerte que suele acompañar el parto de las sustitutas, gracias a la magia paladina.

La sala en la que estamos une las habitaciones de los hombres en forma de T, por lo que solo podemos ir a la izquierda o la derecha. A mi lado, una escalera gira hacia arriba y desaparece. Las escaleras son de nácar; el pasamanos, de oro brillante.

–Las habitaciones privadas de la Duquesa –susurra Maude–. Nunca, bajo ninguna circunstancia, subas ahí.

Asiento con la cabeza. No necesito que me lo repitan.

–Los aposentos del Duque están hacia allá –dice señalando a la derecha–. Y tiene varios lacayos que están encargados de sus habitaciones personales –Maude levanta una ceja–.

Tiene a los lacayos *muy* cerca, si entiendes lo que quiero decir –agrega.

Este palacio es como una colmena de secretos y mentiras. Maude se ríe de mi expresión de sorpresa y me pide que la siga. Llama a la puerta y la abre diciendo:

–¿Hola? ¿Señora Coral? ¿Garnet? Soy Maude. Su nueva dama de compañía ha llegado.

Los aposentos de Coral y Garnet son similares a los que ocupaba yo en este palacio. Tienen una sala de estar, pintada y decorada en tonos de azul y dorado, una sala de té revestida con un empapelado rosado y molduras rojas y blancas. No se parece en nada al estilo de Garnet.

–Es demasiado, ¿no? –susurra Maude–. A Coral le encanta el color rosa.

Hay flores rosadas en jarrones de vidrio rosas sobre las mesas, y todas las sillas y sillones están tapizados en diferentes tonos de magenta, fucsia y rosado. Una pared está completamente cubierta por vitrinas de cristal llenas de miniaturas de juegos de té.

–Vaya –digo mientras me acerco para ver de cerca–. Eso… eso es mucha porcelana.

–Sí, Coral es bastante particular con respecto a eso. No deja que las sirvientas lo toquen.

Hay miniaturas de tazas, platos y teteras de diferentes colores y tramas: flores y colibríes púrpura, herraduras, parras verde brillante, un sol dorado y una luna plateada, rayas y colores lisos y todo lo que exista en el medio. Estoy mirando una taza azul con un racimo de uvas pintado en el exterior, cuando se abre una puerta.

–Ah, hola, Maude, pensé que te había oído –dice la voz de una chica.

Me doy vuelta mientras Maude se inclina para hacer una reverencia. Coral es delicada y pequeña; tiene el cabello rubio ondulado y sujeto de una forma muy linda sobre un hombro. Me inclino para hacer mi propia reverencia.

–Disculpe, señora Coral –dice Maude–. Ella es su nueva dama de compañía. No hacía más que admirar su colección.

–¿Qué? –a Coral se le ilumina el rostro–. Pero pensé que la Duquesa había rechazado a mi última candidata.

–Fue Garnet, señora, quien la contrató.

–¡Qué linda sorpresa! Garnet está tan ocupado… No pensé que… ¿cómo te llamas? –me pregunta.

–No le asignaron un nombre de dama de compañía aún, señora –dice Maude–. Aún no volvió Cora.

–¡Qué ridículo! –exclama Coral–. Puedo nombrarla con facilidad, igual que Cora. He vivido cerca de damas de compañía toda la vida. Además, es mía, ¿no?

Había olvidado lo horrible que es que hablen de una como si fuera una propiedad.

Un músculo en la mandíbula de Maude tiembla.

–Por supuesto, señora.

Coral pone sus manos en mi rostro, un gesto íntimo e incómodo dado que acabamos de conocernos. Me mueve el rostro de lado a lado.

–Mmm… Creo que serás… Imogen –dice con una sonrisa–. Así se llamaba la dama de compañía de mi abuela –gira para mirar a Maude–. ¿Qué piensas?

–Excelente elección, señora.

–Coral, ¿has visto mi gemelo...? –Garnet entra en la habitación y se detiene en seco cuando nos ve.

»Maude –dice mientras ella hace otra reverencia. Sus ojos me analizan y veo que está descifrando si soy quien soy, dado que luzco tan diferente–. ¿Es ella?

Por suerte, Coral ayuda.

–Mi propia dama de compañía, ¡al fin! –exclama y corre a besarle la mejilla–. Mi amor, ¡qué atento de tu parte!

Garnet me lanza un débil indicio de una sonrisa.

–¿Te gusta, hermosa?

–Es perfecta.

Él suelta una risita y se dirige a Maude.

–Ocúpate de que haya una habitación preparada para ella en el ala de la servidumbre.

Ella hace otra reverencia.

–Por supuesto, señor. Lo haré de inmediato.

–Excelente. Eso nos da tiempo para conocernos antes de la cena.

Maude sale corriendo de la habitación.

–¿Qué hacemos primero? –pregunta Coral y se acerca para tomarme de las manos–. ¿Y si te ocupas de mi cabello? ¿O quizá podemos elegir un vestido para la cena? ¿Y si lees para mí?

–Querida, voy a necesitar un momento para hablar con... –la voz de Garnet se pierde. No sabe cómo llamarme exactamente.

–Imogen –dice Coral–. Le puse el nombre yo misma.

La sonrisa de él parece tan sincera...

–Hermoso. Tengo que hablar con Imogen durante un momento en privado para asegurarme de que esté informada de todo. ¿Por qué no vas al jardín y yo hago que ella te busque allí? Sé cuánto te gusta mirar las flores.

–Está bien –responde–. No te la quedes durante mucho tiempo.

–No lo haré.

Coral hace gestos teatrales cuando la ayudo a ponerse el abrigo y un sombrerito sobre sus rizos. Le da un beso a Garnet en la mejilla y sale de la habitación. Con gran felicidad, nos quedamos solos.

Ocho

Apenas la puerta se cierra detrás de su esposa, la sonrisa de Garnet desaparece y en su lugar hay una mirada de asombro.

–¡Vaya! –exclama–. Raven me dijo que estabas diferente, pero… vaya.

–Gracias –respondo–, por ayudarme a venir aquí. Lucien no estaba muy entusiasmado con la idea.

–Lo sé. Creo que lo haces enojar más que yo.

–Pero eres un ciudadano ilustre ahora –le recuerdo–. Un sargento mayor y todo.

–Es cierto. Me van a ascender a sargento mayor en unos días. Habrá una ceremonia oficial. Como si hubiera hecho algo para merecer el ascenso más que poner a muchos soldados de nuestro lado –ladea la cabeza–. Aunque tendré acceso a más información. Eso es una ventaja.

—Garnet, eso es fantástico —digo—. Es muy útil. ¿Qué más ha sucedido en la Joya?

—Uno hubiera pensado que los bombardeos estropearían todas las fiestas y bailes y qué sé yo, pero las personas aquí no están al tanto de lo que sucede, o asumen que es algo que nunca va a afectarlos, que desaparecerá por sí solo —se deja caer en una silla a rayas rosadas—. Lo juro, lo arrogantes que son algunos… ¿Sabes acerca de los bombardeos a los cuarteles del Humo que hubo hace dos días?

Pienso en el titular que vi en el tren.

—Sí.

Las mejillas de Garnet se sonrojan.

—Había personas ahí que estaban de nuestro lado. Y lo entiendo, tenemos que hacer sacrificios, pero si escuchas a mis amigos de la realeza… te harían creer que los soldados se lo buscaron por sí solos. Uno de ellos llegó a decirme: "Ya no los hacen como antes". ¿Cómo *era* que *hacían* a los soldados? Cuánto más trabajo con los hombres de rojo, más me doy cuenta de que a la mayoría los reclutaron a la fuerza o que muchos están ahí por el simple hecho de que necesitan un trabajo para alimentar a sus familias. Los de la Joya son los peores. Son los verdaderos intransigentes. Eso es lo que hace la Subasta tan complicada… serán ellos los que vigilen la Casa de la Subasta. Necesitamos en serio a las sustitutas para derribar ese muro. Tenemos que traer a todos aquí dentro, a luchar.

Me trago las dudas que tengo y digo:

—Podemos lograrlo. Ya tenemos tantas chicas dispuestas a ayudar…

Garnet está perdido en su propio mundo.

–¿Sabes? No puedo acercarme personalmente a la mayoría de esos soldados. Es muy peligroso. Tengo que usar otras personas, más que nada soldados rasos, especialistas y eso. Nadie va a ser honesto con alguien de la realeza. Soy como el Lucien de los soldados –se frota la frente–. Entiendo un poco por qué está de mal humor todo el tiempo.

Lo miro ahora y no puedo creer que este sea el mismo hombre que entró a la primera cena que tuve en el palacio del Lago, totalmente ebrio, sin ninguna otra preocupación más que dónde estaba su próxima bebida.

–Estoy orgullosa de ti –digo con vergüenza–. Si es que sirve de algo.

Su rostro se sonroja aún más y Garnet tose para limpiarse la garganta.

–Faltan apenas unas semanas, ¿no? Luego, no tendremos que escondernos más. Estoy cansado de actuar como si fuera de la realeza.

–Estoy cansada de que me traten como un objeto otra vez. Tan rápido… –me quejo.

–Sí, perdón por eso. No puedo hacer…

Levanto una mano.

–Como dijiste, unas semanas más y esto habrá terminado, de una u otra forma –un malestar nos invade mientras aceptamos la realidad de esa idea. Podríamos morir en un mes–. ¿Es cierto que tu madre tiene a Hazel en el consultorio? –pregunto cambiando de tema.

–Mi madre no me dice nada en absoluto acerca de la sustituta. ¿Eso es lo que te dijo Maude?

–Sí.

Garnet se rasca el mentón.

–Entonces debe ser cierto.

Me acerco a él.

–¿Y no has escuchado o visto nada que te haga pensar que su vida está en peligro?

–No, pero como te dije, nadie me dice nada sobre las sustitutas –frunce el ceño, como si se hubiera dado cuenta de algo–. Debes tener cuidado. No puedes hablar cerca de mi madre o de Cora; ellas reconocerían tu voz. Ah, ni de Carnelian.

Carnelian. Casi la olvido. La sobrina de la Duquesa, para quien contrataron a Ash como acompañante. Ella se enteró de Ash y de mí, y le dijo a la Duquesa. Hizo que tiraran a Ash en un calabozo y casi lo asesinan por su culpa. Me crece odio en la boca, caliente y amargo, como bilis.

–Esto es tan extraño… –dice Garnet–. Sé que eres tú, pero no te *pareces* a ti. Digo, conozco el rostro enfadado de Violet y es como… como ver esa expresión en el rostro de una extraña.

–Eso es bueno, ¿no?

–Sí. Es que… es que es extraño –se pone de pie y mira hacia la puerta–. Es mejor que vayas al jardín.

–Claro –no tengo idea de qué hacer, de cómo ser una dama de compañía.

La expresión de Garnet se suaviza.

–Haz lo que sea que ella te diga. Elije vestidos y eso. Y tráele el desayuno si quiere. Eso es todo lo que implica el trabajo. Estoy seguro de que lo recuerdas –sé que se refiere a Annabelle–. Ten –dice, se dirige a un armario y me da un chal suave, rosado–. Perdón por el color. A Coral le gusta el rosado.

Le dedico una risita.

—¿Ah sí?

Me tiembla la mano cuando me envuelvo los hombros con el chal.

—Ah, ¿Violet? —dice Garnet—. Lo que hiciste es imprudente y todo eso, pero si sirve de algo, pienso que tu hermana tiene mucha suerte de tenerte.

—Gracias —susurro con la garganta tensa. Lo señalo con el dedo—. Me llamo Imogen ahora. No lo olvides. Yo podría olvidarme.

—Claro, señora —me dice, sonriente.

Me tiemblan las piernas cuando bajo y salgo al jardín.

Ser la dama de compañía de Coral pone a prueba la paciencia.

Espero que Annabelle nunca haya sentido lo mismo conmigo. Está horas y horas hablando sobre nada y sobre todo: quién se puso ese vestido que quiere, qué vieja amiga no le habla ahora o que ella ha prosperado en la Joya. Alcanza para que yo quiera taparme los oídos. Y encima de todo, mientras estamos en el jardín, me tiene persiguiéndola por todas partes. Admira una flor durante un segundo y, un instante después, ve un pájaro y *tiene* que salir corriendo detrás de él. Finalmente, insiste en que está agotada y me ordena que la lleve adentro.

Para la hora de la cena, estoy exhausta y hecha polvo y no he tenido un segundo libre para buscar una manera de entrar en el consultorio. Cuando era la sustituta de la Duquesa, tomaba un elevador privado desde el segundo piso hasta

el sótano. Recuerdo el camino con exactitud: había que atravesar la sala de las flores, la galería descubierta, luego doblar a la derecha, luego, a la izquierda, luego atravesar un corredor corto recubierto de roble. Pero a causa de las necesidades constantes de Coral, no he tenido la oportunidad de intentar llegar hasta allí. Aparte del hecho de que Maude me dijo que no debo ser vista en las salas. ¿Habrá una entrada para los sirvientes al consultorio? Trato de recordar si vi alguna puerta durante las consultas que tuve con el médico, pero solo recuerdo la sensación de que todo estaba esterilizado, los grupos de luces brillantes, la bandeja llena de instrumentos de plata reluciente.

La cena trae consigo un breve descanso (después de que Coral se haya probado siete vestidos y los haya rechazado, y me haya hecho arreglarle el cabello dos veces), y estoy agradecida por eso. ¿Se cansaría tanto Annabelle? Me duelen los pies y las pantorrillas, y estoy empezando a tener un dolor de cabeza en la sien izquierda. Después de llevar a Coral al comedor, decido tratar de encontrar la cocina y perderme en el laberinto de túneles subterráneos para los sirvientes. Me da mucha vergüenza pedir que me den indicaciones. Todos parecen tan ocupados... Paso un soldado y no puedo evitar que el pecho se me infle, que el pulso se me acelere. Se detiene y se presenta como Tres y luego me señala con amabilidad hacia dónde debo dirigirme.

–¿Así que sirves a Coral?

Asiento con la cabeza. Después de lo que dijo Garnet, tengo miedo de hablar frente a alguien, aunque los soldados no recordarían mi voz.

–¿De qué círculo eres?

Es delgado y de piel oscura, con grandes ojos color avellana. Tiene las pestañas más largas que he visto en un hombre. Nunca me he tomado el tiempo de mirar en detalle a un soldado… Siempre se ven iguales cuando están todos juntos.

–La Granja –miento.

–Yo soy del Banco –me pregunto si es el hijo de Cobbler, el hombre que Lucien envío a buscarme a la casa de Lily, el hombre a quien la realeza le quitó su hijo para entrenarlo como soldado–. ¿Cómo decidieron llamarte?

–Imogen.

–Es lindo. No creo haberlo escuchado antes. Yo soy como el millonésimo Tres que camina por estos pasillos. La Duquesa despidió a la mayoría de sus guardias después de aquel asunto con el acompañante. He estado aquí apenas unos cuantos meses.

Huelo la cocina antes de verla: el aroma a jamón y miel mezclado con romero y tomillo. El estómago me hace ruido y Tres ríe.

–Vas a comer pronto. Después de que Coral se acueste –se inclina hacia mí–. Sé buena con Zara. Es la cocinera gorda. Bueno, la más gorda. Si le caes bien, te dejará comer algo entre las comidas.

La cocina es un loquero. Hay ollas que caen de un golpe sobre las hornallas y grandes bandejas que se están llenando de comida, lacayos que corren por todas partes, cocineras que les gritan a las ayudantes que le agreguen un poco más de eso o una pizca de lo otro a distintos platos.

–¡Necesitamos el segundo plato ahora! –grita un lacayo.

–¡Lo tendrás cuando esté listo! –replica la cocinera gorda

que me dio una tartaleta más temprano. Un vistazo me demuestra que ella debe ser Zara. Escurre medio limón sobre un dorado completo, gigante, acomodado entre rodajas de limón y hojas verdes esponjosas. Una ayudante de cocina espolvorea un poco de condimentos sobre el plato; luego Zara le da la bandeja al lacayo malhumorado. Los ojos de la mujer se posan en mí y se iluminan–. ¡La chica nueva! ¿Te pusieron un nombre ya?

–Imogen –asiento.

–Soy Zara –dice ella–. Seguramente mueres de hambre. Toma lo que quieras de esa tabla para cortar que está allí –otra ayudante de cocina deja caer un bowl de espesa crema blanca en el suelo y Zara empieza a gritarle. Voy al rincón con disimulo, desesperada por comer.

En la tabla hay un trozo de queso azul y media rebanada de pan, un par de tomates pequeños, firmes; un bowl de aceitunas; media docena de higos; algunas nueces y algunas rodajas de fiambre. Me meto lo más que puedo en la boca y casi me ahogo con un carozo de aceituna.

El arcana en mi rodete empieza a zumbar y, de repente, estoy desesperada por una salida. Camino tan deprisa y tranquila como puedo hacia la puerta que lleva al jardín, sin querer llamar la atención. Pero todos están tan ocupados con la cena que nadie me presta atención. Me escabullo en la noche fría de abril.

Hay un gran arbusto, recortado con la forma de un oso bailarín, junto al corredor de cristal que lleva al ala este, y sirve para esconderse detrás por lo grande que es. Me inclino y tomo el arcana con cuidado.

—¿Lucien?

—Garnet me dijo que llegaste. ¿Cómo estás? Dice que hiciste un trabajo estupendo con tu disfraz —el sonido de su voz hace que el interior del cuerpo se me derrita de alivio.

—Estoy bien —susurro—. Me instalé sin problemas como la dama de compañía de Coral.

—¿Sabes? Eres tan cabeza dura que sacas de quicio, pero tal vez esta no haya sido la peor idea, después de todo. Quizá podamos encontrar la manera de que veas la Casa de la Subasta antes del gran día. Que te familiarices con el lugar en la vida real.

Eso está muy bien, pero en este momento no quiero más que a mi hermana.

—Tengo que ver a Hazel, Lucien. La tienen encerrada en el consultorio y sé dónde está el elevador, pero se supone que no tengo que ser vista en las salas y Coral siempre necesita que haga algo, y…

—Tranquila, cariño. Respira. Todas las salas de los médicos tienen una entrada subterránea. Has visto los túneles de los sirvientes ya, me imagino.

—Sí —digo—. Es todo muy confuso.

—Hay más túneles aún, otros que son más privados.

Hago una pausa.

—¿Cómo el que yo solía usar para meterme en la habitación de Ash?

Puedo escuchar que Lucien sonríe.

—Sí. Mira, tus citas sirvieron de algo —me burla con un toque de dulzura.

—Entonces, ¿uno de esos podrían llevar al consultorio?

—Seguramente. A la realeza no le gusta llevar por los

corredores dorados a las sustitutas embarazadas cuando están listas para ir al centro de partos. O sustitutas muertas a la morgue. Prefieren una salida más sutil. Muchos de esos túneles están cerca de los garajes, así que puedes empezar por ahí.

–Gracias, Lucien –digo con entusiasmo–. ¿Sabes algo más sobre… sobre los planes de la Electriz?

–Nada. Aunque si te acuerdas, antes de que decidieras que tenías que volver aquí tan deprisa, yo no tenía pruebas de nada. Solo partes de conversaciones entre el Exetor y la Electriz.

–¿Qué decían?

–Recuerdo con claridad que el Exetor hablaba de un casamiento y la Electriz se reía y decía que una mortaja sería más apropiada que un vestido.

–Podría referirse a cualquier cosa.

–Sí, pero tú no vives con la Electriz. Ella odia a la Duquesa. Me pide todo el tiempo que vigile a la sustituta de la Duquesa, que averigüe cómo está, cómo va el embarazo. El problema es que, desde el anuncio oficial del compromiso, cualquier intento de matar a Hazel se vería como un intento de asesinar a la futura Electriz. Se consideraría traición.

–¿Y tú crees que la Electriz tomaría ese riesgo?

Lucien suspira.

–No estoy seguro. Ella da por sentada su situación. No me sorprendería que piense que está por encima de la ley. Pero recuerda, no es un miembro puro de la realeza. Hay muchos en este círculo que se le enfrentarían en un instante, que querrían cambiarla por un miembro puro –hace una pausa–. Lo preocupante es que no me haya pedido ayuda.

Si alguien pudiera llevar a cabo un asesinato de una sustituta con discreción…

–Por favor –digo–, no termines esa oración.

–No lo haría, por supuesto –responde Lucien–. Pero ya me lo ha pedido. ¿Por qué no lo pide ahora?

–Tal vez porque no lo hiciste en el pasado –sugiero.

–Quizá…

Una rama se rompe cerca de mi escondite y luego se escuchan voces.

–Viene alguien –digo entre dientes.

El arcana me cae en la palma de la mano, mudo e inerte.

–No sé ni de dónde viene –dice una chica–. Acaba de llegar.

–Estaba convencida de que la Duquesa te nombraría a ti como nueva dama de compañía –dice una segunda voz. Miro entre las ramas y veo a Mary, la criada de Carnelian, junto a otra sirvienta.

–Lo sé –responde Mary–. Pero no fue la Duquesa quien la contrató. Fue Garnet.

–¿Sabes qué pienso? –dice la segunda chica con picardía.

–¿Qué?

–Que ella vino aquí por *él*. Un juguetito para el hijo real. No creo que Coral sea muy apasionada tras las puertas cerradas.

Mary hace una pausa y levanta una ceja.

–Ah, claro –suelta una risita–. Elizabeth, me parece que podrías descubrir algo jugoso.

Elizabeth se encoge de hombros.

–Entonces la Duquesa se va a encargar de ella como hizo con la muda.

Las dos chicas ríen, y hago todo mi esfuerzo por quedarme clavada en el lugar, por no unirme a la Tierra y hacer que el suelo se les abra bajo los pies o que los árboles las hagan pedazos.

—Entremos —dice Mary.

Espero un minuto antes de entrar en la cocina, con la cabeza que me da vueltas.

El final de la cena tiene como señal a Maude, que entra corriendo a la cocina y pregunta dónde está Imogen.

Durante medio segundo, miro a ambos lados buscando a otra persona, antes de recordar que habla de mí.

—Sube —bufa.

—¡Lo siento! —digo y la sigo por los pasillos de piedra—. No me di cuenta de que había terminado la cena.

—Tienes casi tres minutos antes de que termine —indica Maude—. Hice sonar la campana.

—Estaba en el jardín. Necesitaba aire fresco. No volverá a pasar— digo deprisa encogiéndome ante su vista.

—Más vale que no. Tienes que acompañar a la señora Coral arriba, prepararla para la cama y, luego, presentarte ante Cora. Ella es tu supervisora directa en esta casa.

—Sss… sí —tartamudeo—. Claro.

Subimos las escaleras detrás del tapiz y salimos a una sala junto al comedor. Cora ya está esperando ahí. Verla me trae otro aluvión de recuerdos: un plato de uvas y queso blando, la sensación relajante de la crema refrescante que me aplicó

después de que la Duquesa me pegara. Ponerme el velo para el funeral de Dahlia. El tintineo que hacían las llaves que le colgaban del cinturón. El rodete castaño está igual a como lo recordaba, así como las arrugas alrededor de los ojos. Me echa un vistazo seco.

–¿Y Garnet la contrató? –le pregunta a Maude.

–Sí, señora.

Me quedo callada.

–Mmm –las comisuras de la boca de Cora bajan–. Escuché que Coral te puso un nombre.

Asiento con la cabeza.

–Imogen –responde Maude.

–Mmm –dice Cora otra vez–. Te tienes que presentar en mi habitación después de que Coral se haya acostado.

Hago una reverencia y, en ese momento, las puertas se abren. Levanto la vista y me encuentro cara a cara con la Duquesa.

El pánico que se apodera de mí es tan completo… El miedo es tan abrumador que, durante un instante, es como si yo no existiera. Mi cuerpo no está más y mi mente está en blanco y lo único que queda es el terror.

Había olvidado lo hermosa que es. La piel color caramelo, el cabello negro como el ébano, la forma en que el vestido de seda púrpura le cuelga a la perfección de la figura esbelta, los hombros y la clavícula al descubierto. Pero son los ojos lo que más recuerdo. La forma en que me miraban, críticos e imperturbables. Cómo pasaban de verse vulnerables a crueles en un instante. Cómo miraban cuando ella le cortaba la garganta a Annabelle, con la misma facilidad con la que cortaría un pan de manteca.

El Duque está a su lado. Parece ebrio.

–Una cena fabulosa, Maude –ruge él. A la Duquesa se le crispa el rostro–. Hágale llegar mis felicitaciones a Zara.

–Sí, señor –asiente Maude.

–¿Qué es esto? –pregunta la Duquesa y se detiene en seco para mirarme. No se me escapa que dice *qué* y no *quién*. Me gotea sudor bajo los brazos y las rodillas me tiemblan, pero me esfuerzo por mantener la mirada firme, la expresión neutra, igual que cuando la vi por primera vez, antes de que me pegara.

Era más difícil en ese momento. Yo no sabía nada, sobre dónde estaba o quién era yo o cuál era mi potencial. Ya no soy esa chica.

–La nueva dama de compañía, señora –responde Maude.

En ese momento, Garnet y Coral aparecen detrás de ellos.

–Madre, ¿ya has visto a Imogen? –comenta él. Parece un poco ebrio también–. La conseguí para Coral. Tiene que tener una verdadera dama de compañía, ¿no?

La Duquesa posa los ojos en mí durante largo rato. Tal vez lo estoy imaginando, pero parece poner su atención en mis ojos. Luego el momento pasa y ella vuelve a mirar a su hijo, con una sonrisa de hielo en el rostro.

–¿Por qué, cariño? Qué maravilla. Nunca pensé que fueras capaz de contratar ayuda doméstica.

–¿No es perfecta? –dice Coral, embobada–. Se parece a mí, ¿no?

Ojalá Coral no hubiera hecho esa comparación extraña. No quiero que la Duquesa venga más cerca de lo que ya está. Siento que puede ver a través de este velo fino, mi disfraz de Augurios.

–Sí –dice la Duquesa después de un momento–. Supongo que sí –sus ojos parpadean y se posan en los míos una vez más, y luego ella camina dando largos pasos hacia el otro lado de la sala, en dirección a la escalera principal. Siento que el cuerpo se me desinfla por la tensión. Cora la sigue; tienen las cabezas cerca cuando la Duquesa le susurra algo que no oigo.

–¿Estás seguro de que no quieres venir a tomar un brandy conmigo? –le pregunta el Duque a su hijo.

–No, padre, hoy no –Garnet casi ni esconde el desprecio cuando el Duque se va tambaleando a la sala de cigarros.

–Vamos, Imogen –dice Coral–. Es hora de que me prepares para irme a la cama.

Nos retiramos a sus aposentos después de que Garnet inventara una excusa de que tenía que ir a la biblioteca. Preparo un baño para Coral y encuentro sales perfumadas bajo el lavabo. Enseguida, el aire huele a lilas y fresias. Quiero sumergirme en la tina y no salir nunca.

–¿Está listo? –pregunta Coral. Está en la puerta con una gruesa bata blanca. De un momento a otro, se saca la bata y me la da a mí. Está completamente desnuda. No sé hacia dónde mirar, pero Coral se ve a gusto.

–¿Espero fuera, señora?

–Sí, está bien. Pon mi mejor camisón sobre la cama por mí.

Hago una reverencia y salgo corriendo de la habitación. Coral tiene tres armarios, una cómoda, dos roperos y, además, un vestidor. Creo que Annabelle guardaba mis camisones en un cajón y, como lo esperaba, encuentro una variedad de ropa interior y camisones de seda. Mientras reviso lo que hay dentro y me pregunto cuál será su mejor camisón, se me ocurre que no he visto la ropa de Garnet en estos armarios.

—¡Imogen! —grita Coral—. El agua se enfrió. Tráeme la toalla ahora.

¿Qué hacía cuando no tenía dama de compañía?, me pregunto.

Una vez que seco a Coral, le cepillo el cabello, le humecto el rostro y los brazos y le acomodo las sábanas hasta el mentón, por fin termino con las tareas del día.

—Buenas noches, Imogen —dice Coral.

No me sorprendería que Garnet no haya dormido ni una noche en esa cama.

—Buenas noches —repito, y cierro la puerta detrás de mí.

Es tiempo de enfrentar a Cora.

Nueve

Los aposentos de Cora están detrás de la primera puerta en el ala este. Maude me los mostró antes.

Tomo aire para mantener la calma antes de llamar a la puerta.

–Adelante –llama desde adentro.

La sala está iluminada con un resplandor suave: en las paredes, cuelgan lámparas hermosas que dan una luz rosada. Hay una chimenea y un gran sofá que se dobla en forma de sonrisa y un grueso tapete dorado. Hay pinturas al óleo en las paredes y cortinas doradas cubren las ventanas.

Me recuerda mucho a la vieja habitación de Ash en este palacio, la sala en la que me escabullía cuando Carnelian tomaba clases.

Cora está sentada en una mecedora junto a la ventana, una posición que me recuerda tanto a Sil que hace que el corazón me lata con fuerza. No se pone de pie cuando entro.

–Toma asiento –dice señalando el sofá.

Hago lo que me indica.

–¿Cuándo te contrató Garnet?

Trato de mantener bajo y ronco el tono de voz y responder de la forma más honesta y breve posible. No quiero enredarme en más mentiras de las necesarias.

–Ayer.

Se le fruncen los ojos.

–Vas a dirigirte a mí como *señora*. ¿Para qué Casa trabajabas?

Es como si todas las Casas reales se me hubieran escapado del cerebro. No puedo nombrar ni una, pero, de alguna forma, sale disparado:

–La Casa de la Llama, señora –Cora asiente como si eso tuviera sentido para ella. Hago una nota mental para luego decirle a Garnet, en caso de que le pregunte.

–Él debió decirme que venías. Este es un momento terrible para entrenar sirvientes nuevos… Con toda la conmoción que hay en los círculos inferiores, la nueva fecha de la Subasta y el compromiso y el ascenso de Garnet… –la voz de Cora se pierde y ella toma un vaso de agua de la mesa que tiene al lado y bebe un sorbo.

»Tu función principal durante estas semanas será preparar a Coral para la Subasta y asegurarte de que no moleste a la Duquesa. Es la primera vez que asiste y está muy entusiasmada al respecto. La señora no tiene tiempo para responder preguntas frívolas, así que debes mantener ocupada a Coral. Como dama de compañía, deberías poder hacer eso sin problemas.

Dice eso con una sonrisa de complicidad. Yo respondo de la misma forma.

–¿Dónde te entrenaron? –pregunta.

–¿Dis… disculpe? –pensé que ya había respondido eso.

–¿Quién te entreno? –pregunta Cora exagerando las palabras.

–Lucien –digo sin pensar.

Levanta una ceja.

–¿En serio? No sabía que seguían entrenando.

–Fui su última alumna –afirmo, a la espera de que eso tenga sentido.

Cora bebe otro sorbo de agua y apoya el vaso.

–Garnet es más competente de lo que aparenta, al parecer.

–Ha madurado un poco –ni bien salen esas palabras cierro la boca con fuerza. Qué tontería haber dicho eso. Imogen, la dama de compañía, no debe hablar de Garnet de forma tan relajada.

Cora me mira durante un largo rato antes de contestar.

–Sí –responde–. Ha madurado.

–Lo que… lo que quise decir es que solía tener una mala reputación, señora –comenta.

–Sé lo que quisiste decir. ¿De qué círculo eres?

–La Granja, señora.

Da unos golpecitos con los dedos sobre la silla.

–Bueno, eso es todo por hoy. Puedes marcharte.

Casi no puedo contener el alivio cuando corro a la puerta.

–Ah, ¿Violet? –la voz de Cora me detiene y doy media vuelta.

–¿Sí, señora? –hasta que no veo la sonrisa cruel que se le forma en los labios, no me doy cuenta de lo que he hecho. La mano se me va a la boca como si eso sirviera de algo, como si pudiera cambiar las reacciones de mi cuerpo.

—Supe que eras tú —dice mientras se pone de pie con un movimiento continuo—, cuando hablaste de Garnet. Te cambió la voz. Como si lo conocieras. Porque lo conocías, ¿no?

No puedo moverme. ¿Dónde podría ir? Cora maneja esta casa. Conoce cada centímetro. No hay dónde esconderse, y estoy rodeada por muros inmensos. Claro, podría llamar a la Tierra o el Aire, pero eso revelaría todo y de todas formas seguiría varada en la Joya. No les haré eso a todos los miembros de la Sociedad que cuentan con las Paladinas, que esperan la fecha de la Subasta, la oportunidad de ser libres.

Pienso en Hazel. Ni siquiera llegué a ver a mi hermana por última vez. Todo el plan colapsó antes de comenzar.

Cora camina tranquila hacia mí con toda la confianza de alguien que sabe que tiene atrapada a su presa. Cuando está bien cerca, me toma el rostro entre las manos, como la Duquesa hizo esa noche que mató a Annabelle.

—¿Cómo lo hiciste? —pregunta y me mueve el rostro hacia un lado—. Los ojos, el cabello, los rasgos... ¿fueron los Augurios?

Asiento con la cabeza.

—Está muy bien hecho —murmura—. ¿Cómo te las arreglaste para volver a entrar? ¿O has estado escondiéndote en la Joya todo este tiempo? —los ojos se me ponen grandes y ella se ríe—. ¿Piensas que no sé que la Duquesa tiene a tu hermana atrapada en tu reemplazo?

—Por favor —las palabras son incomprensibles por la fuerza con la que me tiene agarrada.

—Por favor, ¿qué? Has vuelto para salvarla, supongo.

No respondo. Me clava los dedos en la piel.

—Puedo ayudarte. Puedo ayudarte a salvar a tu hermana

—esa no es la respuesta que esperaba. Cora se ríe de mi expresión—. Por un precio, claro.

—Haré lo que sea —las palabras no se entienden bien.

—¿Perdón? No llegué a entender eso —me suelta un poco.

—Haré lo que sea —mascullo.

—Estaba esperando que dijeras eso —me suelta y se sienta en el sofá—. Ven aquí —dice dándole unas palmaditas al sofá. Me siento, aturdida—. No revelaré tu presencia en el palacio. Incluso podría ayudarte a llegar a tu hermana. Pero tienes que hacer algo por mí primero.

Espero. Sabe que no puedo hacer otra cosa que no sea aceptar.

La sonrisa de Cora es aterradora.

—Quiero que mates a la Duquesa.

—*¿Qué?* —digo, sin aire—. Pero… pero… ¿por qué?

Su rostro se vuelve serio.

—¿De verdad tienes que preguntarlo? Asesinó a mi hija.

Me toma un segundo atar los cabos en la mente.

—¿Annabelle? Nunca vi que la trataras de otra forma que no fuera como una sirvienta.

—Solo porque no pude actuar como una madre no significa que no la quisiera —dice Cora bruscamente. Se da vuelta y la mirada se le va a una foto pequeña en un portarretratos ovalado sobre la chimenea—. Recuerdo el día que la Duquesa vino a decirme que estaba autorizada a tener un bebé. Estaba tan feliz…

La palabra *autorizada* hace que se me ponga la piel de gallina.

—Y cuando vino ella, era tan chiquita y tan… tan callada. Al principio tuve miedo de que hubiera nacido muerta, pero el doctor Blythe me aseguró que estaba sana. Lo único sería que... que nunca podría decir una palabra –Cora se refriega la mejilla–. Siempre me pregunté cómo sonaría su voz –se pone de pie y camina a la chimenea para tomar la foto–. Otra Casa la habría ahogado por ese defecto. Pero la Duquesa me tenía aprecio. Dejó que me la quedara, que la entrenara. Siempre que demostrara ser útil.

–Era mucho más que eso –murmuro.

La cabeza de Cora se levanta de un tirón.

–¿No crees que sé eso? Traje algo bueno a este círculo. Traje algo puro y lo destruyeron. No tuve el poder para hacer algo al respecto y detenerlo. Ella me lo había prometido. Lo *había prometido*. Y luego viniste tú y te enamoraste de ese estúpido acompañante e hiciste que la mataran.

–Lo siento –las palabras se sienten huecas, sin sentido. Pedir disculpas no traerá de regreso a Annabelle–. Yo la quise también, ¿sabes?

–Lo sé –Cora regresa la foto a la chimenea–. Por eso harás esto por mí. Por el amor que le tuviste y por lo que me debes.

–¿Por qué necesitas que lo haga yo? ¿Por qué no otro sirviente del palacio?

–Porque otro sirviente me delataría por dinero o ascenso social. Tú no tienes ese poder. Podría arrestarte ahora mismo. La Duquesa podría hacer que te corten la cabeza o podría atarte en el consultorio con tu hermana. De cualquier modo, estás muerta.

Tiene sentido.

–¿Por qué no lo haces tú?

El rostro expresa dolor.

—No puedo. Estuve con la Duquesa desde los diez años. No importa cuánto quiera matarla. Yo… yo no puedo.

Es cierto que yo odio a la Duquesa, quiero venganza por Annabelle, pero el asesinato a sangre fría no es algo que yo pueda hacer, tampoco. Aunque no veo más que una opción: estar de acuerdo con el plan de Cora. Y si puedo esperar al día de la Subasta… Quizá no tenga que asesinar a la Duquesa después de todo.

—Está bien —afirmo—. Lo haré.

—Claro que lo harás.

—Y la Subasta será el momento perfecto —digo.

Cora frunce el ceño.

—Falta un mes para la Subasta.

—Piénsalo bien. Estará distraída en ese momento. Mucha conmoción, compra de vestidos, cenas que planear… —me preocupa un poco si sueno convincente o no, incluso para mí misma—. Has esperado meses ya. ¿Por qué no uno más?

Cora lo piensa durante un momento.

—Siempre pensé que eras de pocas luces —responde—. Me alegra haberme equivocado.

—Gracias —digo con los pelos de punta.

—Por supuesto —da un paso hacia mí—. Si me traicionas de cualquier forma, o no completas la tarea, no vas a estar viva después de la Subasta. Tal vez no pueda matar yo misma a mi señora, pero no tengo inconvenientes en matarte a ti.

—Entiendo.

—Duerme un poco —dice Cora—. Lo necesitarás. Hay una campana junto a tu cama que Coral va a hacer sonar cuando esté lista. Hay una que suena en la cocina, también. Tienes que levantarte y estar lista antes que ella, siempre. Ella toma el desayuno en la cama y luego tendrás que elegir lo que va a ponerse. Asegúrate de que se vista con clase.

—Recuerdo varias cosas —asiento—. Por Annabelle. Ella siempre sabía cómo vestirme.

Un músculo en la mandíbula de Cora vibra por un momento.

—Sí. Era muy buena en vestuario —se acomoda en la mecedora, pero tiene la postura tensa, la espalda erguida—. Puedes irte por hoy. Trata de no hablar frente a la señora; tu voz es muy familiar.

—Claro —me detengo en la puerta—. ¿Cora?

—¿Sí?

—¿Tienes en mente alguna forma en particular… en que quieras que la mate?

Los ojos se le ponen como piedras negras, oscuros y fríos.

—Quiero que le cortes. La. Garganta.

Escapo de la habitación; la mente me da vueltas.

—¿Se supone que tienes que hacer qué?

—Matar a la Duquesa —susurro—. Específicamente, cortarle la garganta.

Raven hace un sonido a medio camino entre un grito y un golpe de tos. Llega apagado a través del arcana.

—No te preocupes. Le dije que lo haré en la Subasta, la que, si todo sale acorde al plan, volverá nulo cualquier pacto de muerte que haya hecho.

Es pasada la medianoche. Sé que debería estar durmiendo,

pero me quedé despierta, esperando que Raven se comunicara conmigo. Sil tiene un arcana parecido al de Lucien, es decir que puede contactar a todos los otros arcanas. El mío no es más que un receptor. El de Garnet puede contactarse con el de Lucien y el mío únicamente.

—Así que el sirviente es tan cruel como el amo –dice Sil–. No me sorprende.

—¿Cómo es ella? –pregunta Raven. Sé que habla de Coral.

—Es rara. Como una niña grande. Es demandante e infantil. Me parece que a Garnet no le gusta mucho.

—Ah –es la única respuesta de Raven, pero le percibo la más mínima señal de alivio en la voz.

—¿Cómo están ustedes, chicas? ¿Ya tienen todo listo para el viaje final alrededor del Pantano? –este día se siente tan largo como una semana.

—Estamos más que listas –escucho la sonrisa en la voz de Sienna.

—Sil viene con nosotras a la Puerta Oeste y a los otros centros –añade Raven.

—¿Qué? –me incorporo.

—No me quedaré esperando aquí sin saber qué está pasando –explica Sil–. El Silbador puede ocuparse de las cosas en esta parte de la Granja. Yo les pertenezco a las sustitutas.

—Claro –digo–. Me tranquiliza saber que vas a estar ahí.

—No tendrías que sentirte así –comenta Sil–. Todo el plan es como una casa de cartas. Dependemos de que las sustitutas en los centros no digan nada. Dependemos de que la realeza siga siendo estúpida. Dependemos de quién conoce a quién para plantar las bombas la noche anterior a la Subasta.

Dependemos de ti para hacer la señal que hará explotar las bombas. Luego, tenemos que cruzar los dedos y esperar que unas ochenta sustitutas logren derribar el muro y que las fuerzas de la Sociedad ya estén es su lugar del lado del Banco, listos y a la espera de invadir la Joya. Podríamos estar marchando despacio a nuestra muerte.

Dado que Raven y yo ya estuvimos sentenciadas a muerte cuando nos vendieron como sustitutas, la idea no me molesta tanto como debería.

—Es como dijo Ash —le recuerdo—. Prefiero morir luchando contra la realeza que sirviéndole.

Sil resopla.

—Qué palabras valientes. Repítelas cuando las balas estén volando por el aire y las personas estén muriendo a tu alrededor.

—¿Está Ash ahí? —fui cobarde para preguntar por él antes, pero quiero escuchar su voz. Quiero saber que no sigue enojado conmigo.

Así que no estaba para nada preparada para el silencio que viene a continuación.

—¿Qué? —pregunto. El corazón se me acelera—. ¿Le pasó algo?

—Ash se fue —dice Raven finalmente.

—¿Cómo que *se fue*? ¿A dónde se fue?

—Al Banco —responde Sienna.

—El idiota… —susurra Sil.

Es como si hubieran succionado todo el aire de la habitación. El Banco. Ash se fue al *Banco*.

—No —digo con dificultad—. Raven, dime que no es cierto. Por favor. Va… va a morir ahí.

—Dejó una nota —explica ella, y escucho que un papel se

arruga. Luego lee en voz alta–. "Violet, perdóname, pero tenía que intentarlo. Espero que puedas perdonarme. No podía abandonarlos sin más. Tengo que ganarme un lugar en este nuevo mundo por el que estamos luchando. Te amo más que a mi propia vida. Te volveré a ver. Estaré ahí el día de la Subasta. Cuídate. Ash".

–¿Que lo perdone? –escupo–. ¿Está mal de la cabeza? ¡No voy a tener oportunidad! Ya va a estar muerto a metros de la entrada al Banco. Va a…

–Violet –la voz de Raven es suave y firme–. Ya se fue, y por más que des los gritos más fuertes del mundo, no cambiará nada.

–Pero, él… él…

–¿Se fue sin hacerte caso? Sí. Hizo eso. Ustedes son tal para cual, para ser honesta.

Me cruzo de brazos.

–Yo tenía un plan. Tengo personas que me ayudan. ¿Qué va a hacer él? ¿Golpear puertas y ver si hay miembros de la Sociedad en casa? ¿Ir a la casa de Madame Curio y llamar a la puerta?

–Ya sabemos que puede entrar a la casa de acompañantes sin que lo vean –dice Raven–. Y en cuanto al resto… bueno, no es estúpido. ¿Por qué estás tan segura de que van a atraparlo?

Los hombros se me caen. Tiene razón. Me rehúso a creer que Ash es capaz de sobrevivir por sí solo.

–Es que… es que si lo pierdo ahora…

–Lo sé –dice con delicadeza. Luego suspira–. Tendrías que tratar de dormir un poco. Suena como si tuvieras un largo día mañana.

–Sí –asiento, pero todos mis pensamientos están lejos, con Ash, sea donde sea que esté. ¿En la Granja aún? ¿En un tren? ¿En el Humo ya?

–Volveremos a hablar pronto –dice Indi. Siente que ya es seguro unirse a la conversación.

–Si ves a la Condesa de la Rosa, clávale un tenedor o algo por mí –añade Sienna, en referencia a su antigua señora.

–Si ves a la Señora del Arroyo…

–Buenas noches –digo firme, antes de que Olive empiece.

–Buenas noches –repite Sil.

El arcana cae dando un golpecito en la cama y pienso en lo frágil que es la conexión con mis amigas; este diapasón es lo único que nos mantiene unidas.

"Cuídate", susurro. Luego me acomodo entre las almohadas y el sueño me llega antes de lo que hubiera esperado, y el agotamiento supera mi enfado y mi miedo por Ash.

Diez

Una campana está sonando en algún lugar cerca de mi cabeza.

La golpeo, dormida, preguntándome por qué el arnés de Turnip está haciendo tanto ruido. Mi mano se conecta con el metal y luego cae sobre algo suave.

La cama. El palacio. La Joya.

Me incorporo con rapidez. La campana de Coral está sonando sin parar. Me levanto con torpeza de la cama, me pongo mi vestido de dama de compañía velozmente y sujeto mi cabello en un rodete apresurado con el arcana dentro. Me rasco por el cuello de encaje mientras atravieso corriendo el área de los cuartos de los sirvientes y bajo la velocidad cuando llego al final del corredor de vidrio. Los pasillos del palacio principal están vacíos. Me deslizo detrás de los tapices, bajo corriendo los escalones de piedra y encuentro el camino que me lleva a la cocina mucho más rápido que ayer. Cora está marchándose cuando ingreso, con una bandeja cargada con una taza, un plato pequeño, cubiertos y un plato cubierto.

–Llegas tarde –dice.

–Sí, señora –respondo. Me da el vistazo más breve y se marcha hacia la recámara de la Duquesa.

–¿Dormiste hasta tarde? –pregunta Zara con amabilidad. Su rostro está manchado de harina y tiene los brazos sumergidos hasta el codo en un montículo gigante de masa.

–Olvidé dónde estaba –comento, en un momento de honestidad brutal.

Zara ríe ante mi respuesta.

Hay bandejas de desayuno dispuestas sobre una mesada. Supongo que la de Coral es la que tiene la taza rosada. El soldado amable, Tres, y un lacayo están de pie junto a la puerta que lleva al jardín, leyendo el periódico matutino con el ceño fruncido del mismo modo. Por un momento, entro en pánico. ¿Alguien ha visto a Ash? ¿Ya lo han atrapado?

Tres alza la vista cuando paso junto a ellos.

–Buenos días, Imogen.

–¿Malas noticias? –pregunto, con indiferencia.

–Los de la Llave Negra mataron a un magistrado anoche –responde–. Que también era uno de los importantes del Humo. El Exetor tendrá que reemplazarlo rápido.

–Ah –digo, mientras tomo la bandeja, agradecida de que Ash parece haber sobrevivido a la noche. Solo cuando regreso al pasillo de piedra me doy cuenta de que no sé hacia dónde me dirijo. Dos segundos después, Mary me roza al pasar con la bandeja de Carnelian.

—Por aquí —dice, en un tono entrecortado e irritado.

Subimos por la escalera que lleva al tapiz, pero no atravesamos la tela tejida; en cambio, veo que hay otra escalera que lleva al segundo piso del palacio.

Salimos detrás de un gran pedestal que sostiene un busto de uno de los anteriores Duques del Lago. Reconozco el pasillo que lleva a las habitaciones de los hombres.

Llego a la puerta y me detengo. ¿Golpeo? No recuerdo que Annabelle lo hiciera. Respiro hondo, balanceo la bandeja en una sola mano y abro la puerta.

No hay nadie en la sala de estar azul a rayas, pero encuentro a Garnet sentado en el rincón para desayunar de la horrorosa sala rosada. Un lacayo apuesto está colocándole una servilleta sobre el regazo.

Garnet solo me dedica una mirada rápida.

—Entra; está en la cama.

Coral todavía está jalando la tela junto a su mesita de noche cuando ingreso. Su rostro entero se ilumina al verme.

—¿Dónde le gustaría tomar su desayuno, señorita? —la bandeja está empezando a hacerme doler las muñecas.

—En esa mesa de allá. Y elige un vestido para mí. Hoy iré a visitar a mi madre.

Apoyo la bandeja, me dirijo a sus armarios e inspecciono con detenimiento los diversos colores y estilos. Apuesto a que Ash sabría exactamente cuál elegir. Veo un vestido color durazno que me recuerda a uno que Annabelle me había puesto, así que tomo ese y lo extiendo sobre la cama de Coral.

—Entonces —dice ella, cruzando las piernas y mirándome por encima de su taza de café—, ¿qué rumores hay?

–¿Disculpe, señorita? –parpadeo.

Apoya la taza y comienza a añadirles sal a sus huevos fritos.

–Abajo. ¿Qué está sucediendo entre los sirvientes? ¿Algún encuentro amoroso? ¿Algún corazón roto? ¿Peleas entre los soldados? Cuéntame, debo saberlo –suspira–. A veces extraño mi antiguo hogar. Mi criada siempre me ponía al día durante el desayuno.

Me mantengo ocupada abriendo las cortinas y atándolas de nuevo. ¿Qué clase de rumores se supone que debo saber?

–Anoche asesinaron a un magistrado –digo–. En el Humo.

–Imogen, eso es muy deprimente. Madre nunca me permitía leer nada relacionado a los círculos menores. Dice que son aburridos y tristes, y que no necesito en absoluto preocuparme por ellos.

¿Aburridos y tristes? Aprieto la cortina de terciopelo en la mano y la sujeto más fuerte de lo normal.

–¡Oh! Olvidé preguntarle a Garnet si él vendrá conmigo a visitar a mamá –dice ella, mientras come un bocado de huevos–. ¿Podrías…?

–Iré a preguntárselo, señorita.

Agradecida de tener una excusa para marcharme, salgo de la habitación de Coral, cierro la puerta a mis espaldas y encuentro a Garnet aún en el rincón para desayunar.

–¿Cuánto tiempo estuvo tocando la campana? –pregunta con una sonrisa burlona.

–Siglos –respondo.

–No puede decirse que no sea insistente.

–Quería que te preguntara si irás con ella hoy a la casa de su madre.

Garnet se limpia la boca y apoya la servilleta.

–Ah. No, creo que me perderé el almuerzo con mi suegra. Asuntos de la Sociedad y demás. Pero cuéntame después cómo estuvo la comida en el almuerzo. La Casa de las Plumas es famosa por sus aves de corral. Me pregunto si esta vez servirán pato –me guiña un ojo.

–Yo no asistiré –digo, y tomo un trozo de tostada de su plato. Tengo que encontrar a Hazel. Tal vez pueda escabullirme hasta la sala médica mientras la Duquesa está almorzando. O podría buscar el pasadizo secreto sobre el que Lucien me contó.

Garnet me mira con expresión incrédula.

–Violet, si ella asiste, tú también. ¿Qué crees que hacen las damas de compañía? La sigues a donde sea que ella vaya.

–Pero Annabelle nunca vino conmigo a ninguna parte cuando salíamos de este palacio.

–Tú eras una sustituta. Coral es de la realeza –se pone de pie, extrae el arcana de su bolsillo y lo frota cariñosamente con el pulgar–. No se han marchado aún, ¿cierto?

Sé que se refiere a Raven.

–No –digo, prestándole atención a medias–. Mañana en la noche. ¿Te contó sobre Ash? –añado, enojada.

Él ríe.

–Sí –después, alza las manos en el aire al ver la expresión en mi rostro–. Oye, creo que él puede hacer lo que quiera y, ya sabes, tiene algo de razón.

–¿Sobre escaparse al Banco como un idiota? –replico.

–Sobre lograr que los acompañantes estén de nuestro lado. No es como acercarse a los empleados de las fábricas o a los soldados de los círculos bajos. Los acompañantes son *inteligentes*. Están bien entrenados y perfectamente ubicados; ¿te imaginas si pudiéramos tener un puñado de acompañantes además de los miembros de la Sociedad esperando del otro lado del muro cuando lo derriben? Y ellos no escucharán a nadie que no sea uno de los suyos. Sus vidas giran en torno a los secretos y las mentiras. Me sorprendería siquiera que confiaran el uno en el otro. Así que esto puede ser de hecho algo bueno para nosotros.

Desearía que todos dejaran de defender a Ash como si hubiera hecho algo maravilloso. Ellos no están enamorados de él. Ellos no tienen que preocuparse por que les destrocen el corazón en un millón de partes si él muere.

—¡Imogen! —llama Coral desde la habitación.

—No la hagas esperar —dice Garnet.

Pongo los ojos en blanco, después dibujo una sonrisa amable en mi rostro y regreso a la habitación para ayudar a Coral a vestirse.

El almuerzo en el Palacio de las Plumas es un asunto tedioso.

Uno creería que ellos ni siquiera están enterados de que hay una ciudad entera afuera. No mencionan ni una vez los bombardeos, los enfrentamientos o la Llave Negra. Coral y su madre parlotean sobre la Duquesa y Garnet, y sobre cómo es ser parte de una Casa Fundadora. Coral está muy entusiasmada por su primera Subasta. Lucien tenía razón: de veras es el evento del año, al que asiste cada miembro casado de la realeza.

La única parte interesante es cuando mencionan a Hazel brevemente.

–¿Sabías que la Electriz no ha visto a la sustituta que lleva en su vientre a su nuera desde que quedó embarazada? –dice la Dama de las Plumas–. Ni siquiera autorizaron a su médico a examinarla. La Duquesa no lo ha permitido hasta ahora.

–Oh, madre, no puedo creerlo. ¿Cómo podría haberse hecho el arreglo de otro modo? –pregunta Coral.

–Parecería que el Exetor ha conocido a la chica, pero que a la Electriz… todavía tienen que invitarla. Si alguien pudiera concretar una reunión, estoy segura de que se reflejaría de un modo positivo. En cada una de las Casas involucradas –mira a su hija con una expresión significativa.

Coral asiente con vigor.

–Hablaré con la Duquesa.

Coral es probablemente la última persona en el palacio del Lago que podría convencer a la Duquesa de hacer algo como eso. Incluso Carnelian tendría una mejor oportunidad de logarlo.

Regresamos al palacio justo cuando Carnelian en persona está bajando los escalones de la entrada y acercándose a un vehículo que la espera, con Rye del brazo. No la he visto desde la noche en el calabozo cuando ayudó a liberar a Ash. Parece incluso más adusta de lo habitual. Rye es tan apuesto como lo recuerdo, con su suave piel oscura y sus rizos negros. Sus ojos me echan un vistazo sin rastros de re- conocimiento; su expresión es una máscara de amabilidad, y luce igual a la que Ash solía usar en este palacio.

–Hola, Carnelian –saluda Coral–. ¿A dónde vas?

—A una estúpida fiesta –gruñe Carnelian. Sus ojos aterrizan sobre mí y me pongo tensa–. Por fin consiguió una para ti, ¿cierto?

—Fue Garnet –responde Coral, sonriendo–. La bauticé Imogen.

—Qué bien –dice con sarcasmo. Coral no parece darse cuenta, preocupada por la Duquesa, quien está bajando las escaleras seguida de Cora y el Duque.

—Vamos, Carnelian, no queremos llegar tarde –repone de mala manera la Duquesa. No puedo evitar cómo mi corazón tartamudea al verla, cómo mis piernas parecen congelarse–. Nunca podré casarte y quitarte de encima si ni siquiera puedes llegar a horario a una simple fiesta.

—Madre, yo… –comienza a decir Coral, pero la Duquesa la interrumpe.

—¿Cuántas veces te he pedido que no me llames así? –dice, mientras el conductor abre la puerta para que suba. La puerta se cierra antes de que Coral tenga la oportunidad de responder. Carnelian se ve abatida mientras sube del otro lado. Después, el vehículo avanza lentamente por la calle y Coral lo observa, con el ceño fruncido.

Yo no podría estar más feliz.

La Duquesa se ha ido por la noche. Esta es la oportunidad perfecta para encontrar a mi hermana.

Once

Aprovecho la oportunidad para buscar mientras Coral come su cena.

La noche está fresca cuando me escabullo al jardín y una brisa suave cosquillea mi nuca. Rodeo el paseo de vidrio y me dirijo al aparcamiento. Allí es donde Lucien dijo que estaba el pasadizo secreto que lleva a la sala médica. El problema con los pasadizos secretos es que a menos que sepas dónde están, son casi imposibles de hallar. Pasé tres meses en este palacio, sin saber nunca de la existencia de los laberínticos corredores de los sirvientes ocultos en su interior.

Después de pasar veinte minutos inspeccionando rocas y matorrales, me rindo y decido probar con el único camino que conozco.

El palacio está tranquilo, así que aprovecho y utilizo los pasillos principales.

Me apresuro hasta el segundo piso. Atravieso el corredor de las flores y la galería… pero cuando encuentro el vestíbulo con paneles de roble, mi corazón da un vuelco.

El elevador con la rejilla dorada tiene una nueva puerta de metal por delante, con un teclado instalado junto a ella. De todos modos me acerco, presionando la palma contra la superficie fría. Hazel está exactamente debajo de mí. Escucho un ruido proveniente del corredor, me sobresalto, huyo e ingreso en el primer pasadizo secreto que puedo encontrar. Camino sin rumbo hacia el primer piso y salgo junto al salón de baile.

Solo me queda una opción que probar: el pasadizo de la biblioteca, el que usaba con Ash.

El camino hacia el pasadizo secreto de Ash me resulta tan familiar como la casa en la que crecí. Paso junto a fila tras fila de libros hasta que encuentro el que necesito: *Ensayos sobre la polinización cruzada*, de Cadmium Blake. Jalo del libro y la puerta oculta se abre. El pasillo que aparece ante mí me trae otra oleada de recuerdos. La mano de Ash en la mía. Escabulléndonos por aquí tarde en la noche. Toda nuestra relación contenida en este pasillo sombrío.

Y quizá, no lo volveré a ver.

No. Aparto a Ash de mi mente y cierro la estantería detrás de mí. Solo por seguridad, decido asegurarme de que en verdad estoy sola allí. Sil me enseñó este truco hace un mes. Me conecto con el Aire y lo envío lejos de mí, a través de los pasillos, y luego lo hago regresar en una ráfaga. No trae nada más que silencio y el aroma a piedras y polvo.

Me deslizo por el pasillo hacia la anterior habitación de Ash. Recuerdo que había corredores que se bifurcaban desde este túnel, pero nunca había tomado ninguno. El primer pasillo que pruebo me lleva a una escalera que sale a un estudio del segundo piso que no he visto antes. Es una habitación cómoda, con muchas estanterías, un sillón lujoso y un pequeño escritorio. Una fotografía enmarcada me llama la atención: un hombre, una mujer y dos niñitas, de pie en los escalones inconfundibles del palacio del Lago. De inmediato, reconozco a una de las niñas como la Duquesa. La otra debe ser su hermana. Incluso como niña, la Duquesa posee toda la arrogancia de su versión adulta: mira a la cámara con una expresión altanera.

De pronto, esta habitación se siente demasiado privada, casi peligrosa. Apoyo la fotografía exactamente donde la encontré y me marcho.

Vuelvo sobre mis pasos y tomo el siguiente pasillo. Es un callejón sin salida.

El tercero resulta ser mucho mejor. Puedo sentir el suelo inclinándose hacia abajo, y el aire se torna viciado y frío. Me pican las palmas de las manos y mi respiración se acelera. Llego a una escalera de piedra pulida y bajo; mis pisadas resuenan más fuerte de lo que deberían en mis oídos. Cuando llego al final, una puerta negra me espera.

Sé que Hazel está detrás de ella. Puedo sentirlo. El vello de mis brazos se eriza.

No hay cerrojo ni manija, nada que muestre la manera de abrirla. No sé de qué material está hecha, pero se siente anormalmente fría contra mis palmas. Deslizo las manos sobre los bordes exteriores y siento una leve mella en el lateral izquierdo. La aferro con mis dedos y jalo; la puerta se desliza y se abre.

Una ráfaga de aire con olor a antiséptico me invade cuando entro. La sala médica es exactamente como la recuerdo. Las luces agolpadas parecidas a unos insectos, los muros blancos impolutos, la bandeja con los instrumentos de plata. El médico no está allí, aunque hay papeles desparramados sobre todo su escritorio.

Pero yo solo tengo ojos para la cama en el centro de la habitación. Hay una silueta que yace sobre ella, cubierta hasta el mentón con una sábana blanca.

–¿Hazel? –mi voz suena como un graznido. Después, estoy corriendo, pero cuando la silueta en la cama aparece ante mis ojos, me detengo en seco y doy un grito ahogado.

Está diferente. Le hicieron algo. Le alteraron su mentón, le hicieron la nariz más respingada. Y su cabello es más grueso, aunque todavía es negro, largo y ondulando como el mío. Está durmiendo, todo su cuerpo cubierto con la sábana. La destapo y el llanto sube por mi garganta al ver las correas que la sujetan a través de los hombros, el torso, la cadera. Incluso sus manos están atadas en las muñecas.

Pero su pecho sube y baja. Está viva.

Y aún más importante, su estómago está plano. No hay rastros de una protuberancia, como la que tenía Raven en el estómago cuando estuvo embarazada.

–Oh, Hazel –susurro; coloco una mano sobre su frente y corro un mechón de cabello que cayó sobre su rostro. Ella se agita, abre los ojos de par en par y lo que veo hace que mi estómago dé un vuelco.

Sus ojos. Sus hermosos ojos castaños.

Son violetas.

—¿Qué te han hecho? —susurro.

Los extraños ojos púrpuras de Hazel se abren más y luego su boca se mueve y suelta un grito espeluznante.

—¡Basta! —exclamo, colocando una mano sobre su boca, pero ella me muerde con fuerza.

—¡Ya no más! —grita—. ¡Ya no más! ¡Ya no más! ¡Ya no más!

—¡Hazel, soy yo! ¡Soy Violet!

Hazel se sacude lo máximo posible contra las correas. Le sostengo la cabeza entre las manos para mantenerla quieta.

—Mírame —le digo con vehemencia—. Mi cabello es diferente y mis ojos también, pero soy yo. Escucha mi voz. Soy Violet.

Hazel me mira fijo, jadeando, en pánico.

—Escucha mi voz —repito.

—¿Violet? —da un grito ahogado.

Una lágrima gruesa se escapa por el rabillo de mi ojo y cae sobre su mejilla.

—Sí —digo—. Soy yo.

Y mi dulce y fuerte hermanita rompe en llanto.

—Estás aquí —solloza—. Eres real.

—Estoy aquí —repito una y otra vez, mientras su pecho palpita contra las correas.

—Ah, por favor —dice—. Sácame de aquí. Me lastiman tanto, Violet. El doctor Blythe y la Duquesa, ellos… primero me ponían algo dentro de mí todos los días y todos los días sangraba y después dejaron de hacerlo, pero comenzaron a cortar mi rostro y no me permiten salir y siempre tengo tanto frío…

—Shhhh —digo, acariciando su cabello hacia atrás.

—Me secuestraron porque te marchaste —prosigue—. Eso es lo que ella dijo. Dijo que yo era tu castigo.

La culpa invade mi corazón.

—Lo siento tanto —susurro.

—Quiero irme a casa —gimotea Hazel.

—Yo también —digo; se me quiebra la voz. Busco una manera de quitarle las correas, pero están aseguradas justo dentro de la cama médica.

—Hay un botón —explica Hazel—. En la pared —señala a la izquierda con su mano atada. Corro hacia el muro, deslizo un panel blanco plateado y encuentro un teclado con botones—. Es el azul —indica Hazel—. He visto cómo el doctor lo usaba.

En cuanto las correas la sueltan, ya estoy de nuevo a su lado. Lanza sus brazos a mi alrededor; su cuerpo entero tiembla.

—Te tengo —digo. Desearía poder sacarla de aquí ahora mismo, llevarla al Pantano con mi madre, o a la Rosa Blanca, a algún lugar donde la Duquesa no pueda tocarla.

»Necesito preguntarte algo —añado, mi voz amortiguada por su cabello—. ¿Estás embarazada?

Los brazos de Hazel se tensan. Ella se separa de mí; sus ojos violetas están oscuros.

—No —responde—. No creen que… No está funcionando. Lo intentaron. Intentaron durante… ¿creo que un mes? ¿Tal vez más? No lo sé. El tiempo es tan extraño aquí…

Mis ojos se llenan de lágrimas y limpio una errante con el pulgar.

—Está bien —digo—. Tómate tu tiempo.

Hazel respira hondo, temblando.

—Vinieron a buscarme en la noche. Mamá estaba… —cierra los ojos y los aprieta—. Mamá estaba gritando y llorando, pero había muchísimo soldados. El doctor me hizo el análisis en el tren de camino hacia aquí. Dijo... Dijo que era una sustituta y que si teníamos "suerte" sería exactamente como tú. Me contó sobre los Augurios. Me dijo que tenía que darle un bebé a la Duquesa, pero rápido, más rápido de lo que se suponía que debía tardar.

La mano de Hazel se dirige a su espalda baja y el pavor invade mis pulmones.

—Dijo que no tenía tiempo para aprender los Augurios —susurra—. Dijo que...

Muy despacio, levanto la parte trasera del camisón de mi hermana. Hay un magullón en la base de su columna, del tamaño de una castaña, y una telaraña de venas azuladas y rojizas irradia de él.

El arma estimulante. El doctor Blythe debía haber estado utilizándola mucho, dado que Hazel nunca había aprendido cómo usar los Augurios por su cuenta.

—La Duquesa estaba muy enojada —continúa Hazel, observando sus manos—. Gritó y lanzó cosas cuando el doctor Blythe le dijo que yo no tendría... que yo no podía...

—Eso es algo bueno —digo—. El parto mata a las sustitutas.

—*¿Qué?*

—Hay tanto que explicar. Pero por ahora, ¿puedes decirme qué quiere ella? —pregunto—. ¿Si es que ya no está intentando dejarte embarazada?

Hazel mueve la cabeza de lado a lado.

—No lo sé. La siguiente vez que la vi estaba tranquila y dijo que tenían que... cambiarme. Fue en ese momento cuando el doctor comenzó a cortarme el rostro —toca su mejilla y su nariz con una mano—. ¿Cómo me veo? —pregunta, atemorizada.

Intento dibujar una sonrisa valiente.

—Te ves bien —le aseguro—. Te… Bueno, de hecho, te ves como yo.

Sus cejas se disparan hacia arriba.

—¿De verdad?

—Todos en la Joya creen que *eres* yo —explico.

Se ve tan ansiosa, y una culpa para la que no estaba preparada aparece.

—Escúchame —digo, sujetando su rostro entre mis manos—. Si quedarme aquí abajo significara que tú puedes regresar a casa con mamá, lo haría sin pensarlo. Pero… —las palabras me queman mientras salen de mi boca—. No puedo sacarte de aquí, Hazel. Todavía no.

—Espera, ¿qué? ¿Simplemente me… dejarás aquí?

—Estoy viviendo en el palacio —le explico—. Estaré cuidándote todo el tiempo, lo prometo. Pero si te dejo ir, te atraparán y sabrán que alguien está ayudándote. Y entonces ambas estaremos muertas. Están sucediendo tantas cosas ahora mismo en esta ciudad. Desearía poder explicártelo todo.

Hazel se desploma; su cabeza cae entre sus manos. Los segundos pasan en silencio.

—Entonces… ¿habrías muerto aquí? —susurra.

—Sí —respondo en el mismo tono.

—¿Moriré aquí? —su voz es muy baja y suena atemorizada.

La envuelvo con mis brazos.

—No —digo con firmeza—. No permitiré que nada te suceda —me muerdo el labio, las lágrimas inundan mis ojos de nuevo—. ¿Recuerdas aquellas primeras semanas después de que papá murió?

Asiente contra mi pecho.

–¿Recuerdas cuán asustada estabas porque mamá apenas hablaba y Ochre no dejaba de pelearse en la escuela?

Asiente de nuevo. No hablamos mucho de esa época. No he pensado en ella en años, porque es simplemente demasiado dolorosa. Pero necesito que mi hermana sepa que es mi familia, y que nunca en la vida la abandonaré.

–¿Qué hacíamos juntas?

–Encendíamos una vela todas las noches –responde Hazel–. Decías que papá podía vernos a través de la luz. Y me dijiste que podías escucharlo. Que él decía que la familia es para siempre y que siempre estábamos juntos en realidad, porque él me observaba y estaba orgulloso. Decía que me extrañaba y que me amaba y que… Pero, Violet, tú inventaste todo eso, y en ese entonces yo era una niña, así que te creí.

–¿Quién dice que lo inventé? –replico–. Papá sí nos observaba a través de la luz de la vela. Él te extraña y te ama. Está cuidándote ahora mismo. Y yo también. La familia es para siempre. No permitiré que nada te suceda. Y te *sacaré* de este lugar. Lo prometo –se me hace un nudo en la garganta–. Permití que creyeras que te había olvidado una vez. Me dije a mí misma que no permitiría que creyeras eso de nuevo.

–Tengo miedo.

–Yo también.

–Mamá también debe estar asustada –dice Hazel–. Y triste. Ahora, todos nos marchamos.

El nudo en mi garganta se agranda.

—Papá también la está cuidando a ella —digo.

Finalmente, sé que es hora de partir. Me he quedado demasiado.

—Debo irme —anuncio—. Pero regresaré, lo juro.

—¿Puedes traerme comida? —suplica Hazel—. Solo me alimentan a través de tubos. Extraño el chocolate.

—Mi pequeña golosa —le pellizco la nariz en broma. Hazel sonríe al oír el viejo apodo que papá usaba para llamarla, cuando ella hurgaba en sus bolsillos en busca de un dulce, un trozo de regaliz o algún caramelo.

La ayudo a recostarse para poder colocarle de nuevo las correas, la cubro con la sábana hasta el mentón y le doy un beso en la frente.

—¿Sabes que te deseaba buenas noches cada día mientras vivía en este palacio? Siempre me hacía sentir mejor.

—¿De verdad?

—De verdad. Y ahora, puedo decírtelo en persona. Buenas noches, Hazel.

La sonrisa que me da como respuesta es frágil.

—Buenas noches, Violet.

Después, volteo y salgo corriendo lo más rápido que puedo de la habitación antes de que pierda el control y me quede con ella para siempre. Deslizo la puerta a mis espaldas para cerrarla y me desplomo en la escalera mientras las lágrimas ruedan por mis mejillas.

¿Qué le hicieron a su rostro? ¿A sus ojos? Y ¿por qué? La Duquesa sabe claramente que Hazel no puede quedar embarazada, entonces no hay motivos para mantenerla encerrada en la sala médica. No hay razones para siquiera mantenerla con vida. Y, sin embargo, le ha dicho a toda la ciudad que Hazel ya está embarazada.

Entonces, ¿cuál es su estrategia?, pienso mientras me levanto y regreso a mi habitación. *¿Cuál es el rol de Hazel en sus planes?*

Doce

Durante la semana siguiente, me adapto a la vida como dama de compañía.

Me escabullo a la sala médica para ver a Hazel tarde en la noche. Le llevo comida cuando puedo, y la pongo al día sobre todo lo que está sucediendo en la ciudad, fuera de la Joya. Le cuento de la Rosa Blanca, de los Augurios y su verdadero propósito, y todo sobre la Sociedad de la Llave Negra.

—Ochre solía hablar de ellos —dice Hazel, mascando un pastelillo—. No creía que fuera algo real. Me contó que él y Sable Tersing dibujaban llaves en los muros de la Granja.

—Así lo encontró la Sociedad —digo.

—¿Él está bien?

—Sí. Está en la Granja. Es feliz allí.

Hazel sonríe.

—Qué bueno —suspira—. Mamá tampoco le creía. Es probable

que no le hubiera permitido salir de casa de haber sabido que podía unirse a una sociedad secreta. Siempre le decía que mantuviera un perfil bajo –Hazel resopla–. Necesitaba tanto el dinero que él ganaba; en especial después de que te vendieron y que dejamos de recibir la compensación por sustituta.

La preocupación se mueve por mi estómago como un calambre. ¿Cómo está sobreviviendo mi madre sin ninguno de sus hijos?

–Mamá es fuerte –digo, más para mí misma que para mi hermana–. Y muy inteligente. Estoy segura de que encontrará una manera.

–Sí –concuerda Hazel, aunque sin entusiasmo real–. Oye, ¿crees que, cuando todo esto termine, podamos vivir contigo y con Ochre en la Granja? Creo que me gustaría ese lugar. Y a mamá también.

Le doy un golpe suave con mi hombro.

–A ambas les encantaría. En especial, la Rosa Blanca.

También le cuento de Ash. Aún no he tenido noticas de él. Me debato entre el miedo por el riesgo que corre su vida y la furia por sus acciones. Cada vez que veo el periódico, busco su rostro. Todavía recuerdo los carteles colgados en cada círculo de esta ciudad después de que escapó.

Raven se contacta conmigo la noche que parten hacia la Puerta Oeste, para hacerme saber que todo está marchando bien, excepto por Sil.

–Tal vez debamos hacer que Sil espere afuera para el resto de los centros de retención –dice–. Tú eres mucho mejor en eso de "trabajar en equipo" que ella.

Sonrío.

–Sí, me imagino. ¿Cuándo llegarán a la Puerta Norte?

–En unos días. Estamos tanteando el terreno aquí, viendo si podemos sutilmente incitar algunas revueltas –hay una pausa–. Y estamos intentando ayudar. Con cosas pequeñas. Nos escabullimos en la noche y hacemos que los jardines de las personas crezcan más. Llenamos los barriles de lluvia y limpiamos un poco las calles. Si es una noche fría, tratamos de asegurarnos de que las personas tengan fogatas.

Mi corazón se hincha de orgullo. Esta revolución no tiene que ser pura muerte y destrucción. También puede haber bondad en ella.

Hablo con Lucien a través del arcana la mayoría de las noches, antes de visitar a Hazel. A veces, él está demasiado ocupado para siquiera conversar. Me pregunto si alguna vez duerme.

–Tengo buenas noticias para ti –comenta una noche. La fecha de la Subasta se acerca con rapidez. Estoy sentada en la cama, cepillándome el cabello, con el arcana flotando cerca de mí.

–Eso siempre es algo agradable de oír –digo.

–Ash llegó al Humo.

Me enderezo en mi lugar, y suelto el cepillo.

–¿Qué? ¿Cuándo? ¿Cómo lo sabes?

–Asumo que recuerdas a mi socio, el Ladrón.

Mi corazón se enternece al recordar al joven ladrón de carteras con el rostro ennegrecido por el hollín y una actitud caballerosa. Él nos ayudó a escapar del Humo. Él ayudó a Ash a despedirse de Cinder.

–Me dijo que hizo contacto con Ash anoche –continúa Lucien–. Bastante cerca de su antiguo hogar.

–¿Qué? –digo entre dientes, dividida entre el alivio de saber que está bien y el enojo de que haya regresado a ese horrible lugar–. ¿Cuál es su problema? ¿Por qué regresaría?

–Sí, puede ser bastante frustrante cuando las personas que te importan, las personas por las que has sacrificado tanto por proteger actúan sin precaución o consideración hacia ese cuidado, ¿cierto? –puedo ver una sonrisa irónica en su rostro–. Pero eso no es todo. Al parecer, tu hermano está con él.

–¿Ochre? –doy un grito ahogado–. ¿Qué… qué está haciendo él con Ash?

–Por lo que pude entender, él descubrió a Ash marchándose de la Granja e insistió en acompañarlo. Parece que actuar sin precaución es algo que tu familia lleva en la sangre.

–¡Agh! –paso mis manos a través de mi cabello y arranco unos mechones por la frustración–. ¿A qué está jugando?

–A lo mismo que tú y yo, y cada miembro de la Sociedad. A la libertad. A la elección.

–Pero tú los ayudarás, ¿cierto? No puedes simplemente dejarlos allá afuera, solos.

–¿Esperas que aparezca por arte de magia en el Humo y que les ofrezca asilo a Ash y a Ochre? Tengo una o dos cosas de las que ocuparme en este momento –abro la boca, pero él habla de nuevo antes de que pueda decir algo–. Por supuesto que recibirán ayuda, Violet, son miembros de la Sociedad. Por ahora, haz tu mayor esfuerzo por no preocuparte demasiado por ellos. Tu trabajo está aquí. Cuida a tu hermana. Y cuando llegue el momento, destruye el muro.

–Lo haces sonar tan fácil –digo. Pero la noticia de que Ash está a salvo se filtra en mi pecho y un nudo de miedo se disuelve. Parte de mí está furiosa porque ahora Ochre también corre riesgo, pero otra parte está agradecida de que Ash no esté solo, de que tenga a alguien con él. Esa noche, me duermo sintiéndome más liviana de lo que lo he hecho desde que regresé a este círculo.

Sin embargo, al día siguiente, el palacio está agitado.

La cocina siempre está animada, pero esta mañana es una locura. Las criadas corretean por todas partes, el vapor mana de las ollas, las sartenes chisporrotean, la masa se estira. Zara está gritando órdenes como un sargento instructor.

–¿Esto se debe a la fiesta de Garnet? –le pregunté a Mary, porque ella es la única que no parece demasiado exhausta para hablar conmigo. Sé que hoy es el día de la ceremonia de ascenso de Garnet.

–Sí. La Duquesa le dijo a Maude que la fiesta para Garnet será probablemente más grande de lo que esperaba. "Probablemente", dijo. Zara y Maude no saben qué significa eso –Mary luce preocupada–. La Duquesa siempre da números exactos para los eventos. Es bastante particular al respecto.

Reflexiono sobre esa información mientras me dirijo al piso superior. Paso junto a Tres y a Uno, un soldado robusto con la cabeza rapada, que entablan ensimismados una conversación. Escucho que Tres dice: "… asignados en todas las entradas, así que al menos doce hombres extra", antes de desaparecer por otro pasillo.

–La cocina es una locura –le digo a Coral cuando llego,

porque a ella le gusta que la ponga al tanto cada mañana–. La Duquesa está planeando una gran fiesta para tu esposo.

–Lo sé, y ahora será incluso más grande –responde ella, y bebe un sorbo de jugo de naranja–. ¿Elizabeth todavía está enamorada de William?

–¿Por qué la fiesta será más grande ahora, señorita? –pregunto, percibiendo que hay algo más detrás de ese comentario.

Coral me dedica una sonrisa conspiratoria y yo me inclino hacia ella, entusiasmada del modo que sé que le gusta cuando cuenta un secreto.

–Hablé con la Duquesa anoche antes de la cena y le dije: "¿No sería encantador que la Joya pudiera ver de nuevo a la sustituta? Es decir, después de todo, lleva en su vientre a la futura Electriz de esta ciudad. Sería un gran impulso a la moral, con todo lo que está sucediendo en los círculos más bajos". Y la Duquesa me respondió que era muy considerado de mi parte y que por supuesto que le parece muy cruel privar a la ciudad de celebrar a la próxima generación de sus líderes. ¡Así que la sustituta vendrá a la fiesta después de la ceremonia! ¿No es emocionante? –me da su expresión más seria–. Se suponía que no debía contárselo a nadie, pero tú guardarás el secreto, ¿verdad, Imogen? Prométemelo.

No puedo respirar. No puedo pensar. ¿Por qué? ¿Por qué ahora, después de mantener a Hazel encerrada todo este tiempo? Ella ni siquiera está embarazada; ¿las personas no lo notarán? Los pedidos de Coral no tienen nada que ver con esto, estoy segura. De pronto, la Duquesa *quiere* a Hazel en público. Hay una amenaza allí, una muy real y potente y puedo *verla*, pero no comprenderla.

Lo único que puedo hacer es obligarme a mentirle a la chica que me está mirando con seriedad.

—Sí —digo—. Lo prometo.

Trece

La ceremonia tiene lugar en el jardín afuera del cuartel de los soldados en la Joya.

El día es demasiado caluroso para esta época del año, y las damas de compañía tienen que permanecer de pie muy lejos en el fondo, así que no puedo realmente escuchar ni ver nada. Mi mente está consumida por pensamientos de la fiesta y por el motivo por el cual, después de todo este tiempo, la Duquesa le permitiría a Hazel salir en público.

Una vez que la ceremonia termina hay una pequeña recepción, pero la Duquesa se acerca a Cora, con su familia siguiéndole el paso.

–Nos vamos –dice–. Ahora.

Regreso en el vehículo en silencio con Coral, Garnet, Carnelian y Rye. Cuando llegamos, las puertas delanteras del palacio se abren y los pasillos están atiborrados de sirvientes. Coral me arrastra hasta el salón de baile y da un grito ahogado de placer.

El jardín se ha transformado.

Han colgado pequeñas linternas de colores en los árboles. Hay una fuente de chocolate con pilas de fresas rojas y suculentas a su lado, bandejas de canapés esperando a que las sirvan y botellas de champán enfriándose en cubetas de hielo plateadas. Un cuarteto de cuerdas está preparándose en un lateral. Mi corazón se estruja al ver a la mujer que afina su violonchelo. Hay soldados extra posicionados por doquier. Toda la pared trasera del salón de baile está hecha de muchas puertitas de vidrio, por lo que el parqué del suelo conduce directo hacia el jardín. Varias mesas con bebidas se han armado en el camino que lleva al sector donde la fiesta principal tendrá lugar, con la intención de ser claramente una primera parada.

Luego de ir de un lado a otro para ver cada elemento de la decoración, Coral me lleva con ella para cambiarse de ropa. Elijo un vestido reluciente color verde marino con mangas que apenas cubren sus hombros, aunque ella casi no puede permanecer quieta mientras se lo ajusto.

–El jardín está hermoso –dice con entusiasmo–. ¿Cómo se las arregla la Duquesa para hacer todo y tan rápido? Su gusto es impecable. Y mi cabello se ve fabuloso hoy; simplemente eres la mejor. ¿Te he dicho que eres la mejor, Imogen? ¡Porque lo eres!

No puedo evitar sonreír a través de mis nervios.

–Gracias, señorita.

Ella continúa parloteando hasta que le anuncio que terminé; después, regresamos por la escalera principal al salón de baile.

De inmediato, mis ojos buscan a Hazel, pero solo Garnet y su padre están allí. Los invitados aún no han llegado.

El Duque está concentrado en su vaso de whisky. Garnet parece aliviado al vernos.

—Coral, te ves maravillosa —comenta él. Ella sonríe.

—¿Dónde está la Duquesa?

—Ya conoces a mi madre. Le encanta hacer una gran entrada.

—Mira quién habla —dice Carnelian mientras se une a nosotros, con Rye a su lado. Él se ve despampanante en su traje. Me recuerda mucho a Ash, a las fiestas a las que solía asistir del brazo de Carnelian.

—Ahora, prima, sabes que no he hecho una gran entrada en al menos cinco días —dice Garnet, guiñándole el ojo.

Rye ríe.

—Un gran logro.

—Lo que quiero saber es —dice Carnelian—, ¿dónde está la sustituta?

En ese momento, me doy cuenta de que Carnelian sabe que yo no soy la sustituta. ¿Acaso cree que la Duquesa simplemente secuestró al azar a una chica desprevenida para ocupar mi lugar? ¿O sabe lo que Hazel significa para mí? No puedo ver cómo, a menos que Garnet se lo hubiera contado. Y ¿por qué haría eso?

Justo en ese instante, varias parejas de la realeza llegan, y uno de los lacayos los guía hacia el salón de baile. Garnet le ofrece su brazo a Coral para acercarse y saludar a los recién llegados.

—Vamos —le dice Carnelian a Rye—. Necesito un trago.

Se acercan a una de las muchas mesas repletas de champán,

vino y whisky. Yo permanezco de pie, incómoda, contra la pared.

Sin embargo, pronto, los invitados comienzan a llegar y otras damas de compañía se unen a mí. Muchas de ellas se conocen entre sí; se agrupan y susurran mientras sus señoras conversan y beben champán. El cuarteto de cuerdas toca despacio en una esquina. La pared abierta del fondo deja entrar una brisa cálida de primavera, con aroma a jazmín y madreselva.

–Hola –me saluda una joven dama de compañía masculina. Él tiene piel oscura y ojos azules, un contraste llamativo, y no puede tener muchos más años que yo. Su sonrisa es cálida y genuina–. Creo que no nos conocemos. Soy Emile.

¡Emile! Él es la dama de compañía de Raven, la amable que la cuidó. Él la ayudó a mantenerse lo más cuerda posible durante todo el tiempo que fue capaz de hacerlo. Lo que significa que… Ahora, veo a la Condesa de la Piedra, su enorme silueta abre un camino ancho a través de los invitados en el salón de baile mientras avanza hacia Garnet y Coral. El odio se anuda en mi estómago como un puño. Esa mujer torturó a mi amiga.

–¿Dónde está Frederic? –pregunto con brusquedad. Frederic es la dama de compañía de la Condesa, y es incluso más sádico que su señora. Raven me contó sobre los aparatos de tortura en el muro del calabozo donde la Condesa la encerraba, y cómo el mismo Frederic había creado cada instrumento.

Emile ríe.

–Veo que mi Casa me precede. Frederic está enfermo. Un resfrío primaveral. La Condesa aborrece los gérmenes. Él ha quedado en cuarentena en la sala médica hasta que se cure. Así que por eso estoy yo –hace una pequeña reverencia.

Desearía poder decirle cuán agradecida estoy de que ayudara a Raven. Desearía poder hacerle saber que ella aún está viva.

—Es un placer conocerte —digo—. Soy Imogen, la nueva dama de compañía de Coral.

Sus ojos azules se iluminan.

—Ah, grandioso. Ella parece una chica dulce. Fácil de cuidar.

—Lo es —afirmo, mirando hacia donde ella está de pie junto a las puertas de vidrio abiertas con Garnet, charlando mientras la Condesa de la Piedra se cierne sobre ella con una sonrisa falsa pegada en el rostro—. No creo que tu señora esté disfrutando mucho la fiesta.

—La Condesa tiene gustos excéntricos —responde—. Creo que la mayoría de las personas no comprenderían del todo qué disfruta realmente.

Sé con exactitud a lo que se refiere, pero solo asiento con amabilidad.

—En realidad, ella está aquí para ver a la sustituta —comenta Emile, inclinándose hacia mí—. Como la mayoría.

—Ah. Claro.

—¿La has visto recientemente? —pregunta.

—No —miento—. La Duquesa la mantiene encerrada.

Se oye un estallido de risas repentino, el Duque y otros hombres de la realeza ríen a carcajadas sobre algo y se palmean las espaldas. Veo al Señor del Vidrio, el cuñado del Duque, entre ellos. El Duque ríe tanto que vuelca su bebida y un lacayo se apresura a acercarse y entregarle una nueva, mientras que un camarero limpia el desastre. Uno de los soldados que está junto a la puerta del salón de baile observa al Duque con cuidado.

Emile suspira.

—Sí que sabe cómo causar una escena. Es probable que de ahí lo haya heredado Garnet.

—Al menos, Garnet es gracioso —comento. Él ríe.

Justo entonces, se oye el llanto agudo de un bebé y se anuncia la llegada del Exetor y la Electriz. Una nodriza los acompaña, con el pequeño Larimar en brazos, vestido con un traje tamaño infantil. Está más grande que cuando lo vi en el Baile del Exetor, sus mejillas son regordetas y tiene rizos oscuros. De hecho, es bastante adorable. Se retuerce en los brazos de la nodriza, mientras se frota el ojo con una mano regordeta. Lucien camina detrás de ellos, una sombra vestida de blanco.

Se dirigen hacia el frente de la recepción para felicitar a Garnet. La voz de la Electriz es tan aguda y fuerte que puedo escucharla con facilidad.

—Vaya, no he venido aquí desde tu fiesta de compromiso —exclama—. ¿Qué les parece la vida de casados?

—Es maravillosa, Su Alteza —dice entusiasmada Coral—. Me encanta estar casada.

La Electriz suelta una risa alegre.

—A mí también.

Larimar escupe un poco y la nodriza le limpia el mentón con un paño.

—¿No es la cosita más hermosa que hayas visto? —dice embobada Coral.

—Sí, cariño —afirma Garnet.

—Estoy ansiosa por ver a la chica que lleva en su vientre a su futura esposa —comenta la Electriz, mirando a su alrededor. La sutileza no es su fuerte.

–Estoy seguro de que la veremos pronto, querida –afirma el Exetor. A diferencia de su esposa, él no suena particularmente ansioso por ver a Hazel–. ¿Dónde está tu madre, Garnet? Me sorprende que no esté donde se encuentra la acción, como es lo habitual.

–Probablemente está en la cocina gritándole al cocinero –responde Garnet con pereza–. Es su segundo pasatiempo favorito. Además de gritarme a mí, por supuesto –sonríe, y la Electriz y Coral ríen.

–Irás a la Subasta este año –dice la Electriz–. ¿Estás entusiasmada?

–Apenas puedo esperar, Su Alteza –asiente Coral–. Me están haciendo un vestido especialmente para la ocasión.

–¿Dónde lo mandaste a hacer?

–A lo de la señorita Mayfield.

–¡Ah! Ella es una de las mejores.

–Eso es lo que todos dicen.

–Querido –dice la Electriz, apoyándose contra el Exetor–, tenemos que invitar a cenar a casa a Coral y Garnet. Ahora son una pareja; me parece que es lo apropiado que cenemos con los futuros Duque y Duquesa del Lago, ¿no lo crees?

La sonrisa de Coral se amplía aún más.

–Sí, por supuesto –dice el Exetor. Su mirada divaga por la sala y me pregunto si quizás está interesado en ver a Hazel después de todo.

–Es demasiado amable –dice Garnet–. Nos encantaría.

Las trompetas suenan desde el jardín. La Duquesa ingresa al salón de baile con un hermoso vestido con diamantes plateados cosidos al corsé y a la falda, por lo que resplandece cuando se mueve. Se detiene apenas cruza la puerta. Aquellos que han salido al jardín comienzan a amontonarse para regresar al palacio, volteando los cuellos: todos están deseosos de ver a la sustituta.

Es repugnante. Recuerdo la manera en la que me observaban en el Baile del Exetor cuando me obligaron a tocar el violonchelo. Odio que Hazel tenga que vivir esa experiencia.

—Amigos míos —dice ella, extendiendo los brazos. Veo un brazalete plateado en su muñeca que me estruja el corazón—. Estoy muy feliz de presentarles de nuevo, después de unos meses bastante complicados, a mi sustituta.

Jala de la muñeca que lleva el brazalete y Hazel aparece a la vista. Está unida a la Duquesa por una cadena delgada sujeta a un collar ornamentado alrededor de su cuello. La tensión me golpea a oleadas. Hazel lleva una *correa*.

Aunque aun peor, su estómago sobresale desde debajo de su vestido, una curva redondeada que claramente indica que está embarazada.

Pero no lo está. No puede estarlo. La vi hace dos días. Y han dejado de intentar inseminarla.

Mis pensamientos se entremezclan y entonces, desde el otro extremo de la habitación, los ojos de mi hermana se encuentran con los míos y me dedica el más ínfimo movimiento de cabeza de lado a lado. Para tranquilizarme. Sea lo que sea que esté debajo de su vestido, no es real.

Sin embargo, es desconcertante cuán fácilmente es capaz de hacerse pasar por mí. La Duquesa fue muy inteligente. Hazel debe estar llevando tacones para alcanzar mi altura. Han rellenado el corsé de su vestido para que su pecho se parezca al mío. Lleva puesto exactamente el mismo vestido que yo usé en mi primera cena en este palacio: color violeta pálido, corte princesa. Han rizado su cabello y lo han recogido de la misma forma en la que Annabelle solía peinar el mío.

El único agregado nuevo, además del estómago de embarazada, es un velo. Una capa resplandeciente de gasa blanca cubre el rostro de Hazel desde el puente de la nariz hasta justo debajo de su mentón. Es translúcido, así que todavía se pueden discernir sus facciones. Quizá la Duquesa quería utilizarlo como precaución para que nadie notara que ella no es yo. O tal vez solo es una nueva moda para sustitutas.

Los ojos violetas de Hazel están abiertos de par en par con una mezcla de miedo y asombro ante la escena que tiene lugar frente a ella; me doy cuenta de que nunca ha visto este palacio, o a cualquier otro noble, antes. Su mirada viaja de las telas brillantes a los instrumentos lustrosos del cuarteto de cuerdas, y por fin aterriza sobre las mesas repletas de comida que están en el jardín, antes de regresar a mí.

Los nobles también la miran con interés. Sus ojos se mueven entre la Duquesa y el estómago de Hazel.

–Ha pasado por una dura experiencia –dice la Duquesa–. Así que por favor, mantengan la distancia. No queremos abrumarla demasiado.

La Electriz ya ha cruzado el salón de baile para ponerse de pie delante de Hazel. El Duque se acerca, inestable, y se detiene junto a la Duquesa y ambos hacen una reverencia cuando el Exetor se une a ellos, con la nodriza siguiéndolo. La habitación observa, conteniendo el aliento, mientras la Electriz mira a Hazel de arriba abajo.

—Parece… más delgada –dice la Electriz.

—Está perfectamente saludable, se lo aseguro, Su Alteza. El doctor la ve todos los días.

La Electriz abre la boca, pero el Exetor coloca una mano sobre el hombro de su esposa y la hace voltear para que enfrente a la multitud expectante. Él le hace un gesto a la nodriza para que le entregue a Larimar a la Electriz, por lo que quedan agrupados juntos: el Duque y la Duquesa, Hazel, Larimar, la Electriz y el Exetor, en una burla extraña de una fotografía familiar.

—Damas y caballeros –dice él–, ¡les presento al futuro de la Ciudad Solitaria!

La multitud rompe en vítores. Me doy cuenta de que la Condesa de la Piedra aplaude sin entusiasmo. La sonrisa de la Electriz parece forzada. Larimar comienza a llorar y extiende los brazos hacia su nodriza. Veo el cabello canoso de la Condesa de la Rosa entre la multitud, la antigua señora de Sienna. Ella observa la escena con una expresión petulante.

—Ahora, ¡celebremos con una bebida! –dice Garnet. Los vítores se transforman en risas, y el cuarteto de cuerdas comienza a tocar de nuevo. De inmediato, a Hazel la rodean mujeres de la realeza que claramente están muriendo por acercarse a ella lo máximo posible sin incitar la ira de la Duquesa.

Me pone furiosa. Hazel se ve aterrada; todas esas mujeres desconocidas mirándola boquiabiertas, hablando de ella con la Duquesa como si no estuviera presente, con una correa sujeta alrededor de su cuello.

Lucien se acerca a donde estamos de pie.

—Emile —dice—, ¿Frederic todavía está enfermo?

—Así es.

—Dile que espero que tenga una recuperación rápida.

—Lo haré.

Lucien me ignora por completo.

—La Electriz debe estar muy feliz de ver a la sustituta —comenta Emile.

—Lo está —responde Lucien—. No creo que pierda de vista a la chica en toda la velada.

De hecho, parece que la Electriz se ha pegado al costado de Hazel. Su cercanía tampoco ha pasado desapercibida por la Duquesa. Cora revolotea detrás de ellas. Cuando nuestras miradas se encuentran, asiente de manera cortante.

Me siento mejor al saber que no soy la única que está cuidando a Hazel esta noche.

La fiesta se traslada al jardín cuando el sol comienza a ponerse, decorando el cielo con trazos rosados y naranjas. Las damas de compañía permanecen en la periferia, y me doy cuenta de que estoy disfrutando más esta fiesta que cualquiera de las otras a las que asistí como sustituta. Probablemente porque nadie está mirándome o hablando de mí como si no existiera. Observo que Rye le da a Carnelian una fresa cubierta de chocolate y mi corazón duele al pensar de nuevo en Ash. Y ahora también en Ochre. Espero que se encuentren bien, donde sea que estén. El único consuelo que tengo es que, si hubieran atrapado a Ash, es seguro que me habría enterado a esta altura. La Duquesa estaría eufórica.

Paso bastante tiempo con Emile y descubro que disfruto inmensamente su compañía. Es amable, inteligente e ingenioso.

Me da pena que tenga que vivir en ese horrible palacio. No puedo esperar a contarle a Raven que lo conocí.

El Duque está asombrosamente ebrio. No deja de hacer brindis elaborados que nadie quiere escuchar. La Duquesa intenta mantenerse lo más alejada posible de él, con Hazel a su lado. Mi hermana y yo hemos intercambiado algunas miradas, pero simplemente no hay manera de que pueda hablar con ella aquí. La Electriz no deja de darle palmadas en la cabeza, como si fuera un perro.

—¡Damas y caballeros! —dice el Duque, alzando su copa por tercera vez—. Quisiera hacer un brin…

De pronto, una voz fuerte explota por encima de la música.

—¡La Casa del Lago es veneno para la ciudad!

Un soldado está de pie en medio de la multitud. Es más pequeño que la mayoría de los otros que he visto, y tiene el rostro demacrado. Se hace un silencio impactante entre los invitados.

—¡Su sangre jamás debe sentarse en el trono! —grita. Después, toma su pistola y le apunta directamente a Hazel.

Y con un fuerte *pum*, el tiroteo comienza.

Catorce

Hazel.

Es lo único en lo que puedo pensar.

Tengo que llegar a Hazel.

Después del sonido del primer disparo, irrumpe el caos. Se lanzan más disparos y parece que vienen de todas partes. Alguien me jala hacia el suelo y me doy cuenta de que es Lucien.

—Quédate abajo —gruñe en mi oído, antes de marcharse con rapidez entre la lucha. Me pongo de pie en cuanto se aleja. Rye pasa corriendo a mi lado con Carnelian, quien tiene el rostro presionado contra el pecho del chico, y los brazos de él están a su alrededor de forma protectora.

Hazel. Tengo que encontrar a Hazel. Ese hombre estaba apuntando directo hacia ella.

Mientras me abro paso a empujones a través de la multitud

que lucha por salir, tropiezo con algo, caigo al suelo y me raspo las palmas.

Los ojos del Duque me miran sin parpadear, una mancha roja en el centro de su pecho crece más y más grande. Retrocedo a toda velocidad y veo a Uno y a otro soldado de pie sobre el cuerpo del hombre demacrado junto al de un soldado muerto; su cómplice, supongo, a juzgar por la manera en la que Uno lo fulmina con la mirada.

—Regístrenlos —escupe Uno—. Después, sáquenlos de aquí.

Ahora, el jardín está vaciándose. El Exetor y la Electriz no aparecen por ninguna parte; deben haber sido los primeros a los que los soldados protegieron cuando el tiroteo comenzó. Luego, veo una delgada cadena plateada en el césped, el extremo que una vez estuvo sujeto a la muñeca está roto. Me arrastro por el suelo hacia ella, y encuentro un par de piecitos asomándose por debajo de un cuerpo cubierto de blanco.

Cora está postrada boca abajo encima de Hazel. Sujeto su brazo y se la quito de encima a mi hermana. Ella gime.

La sangre ha traspasado su vestido, y ha manchado su brazo de un color rojo brillante. Hazel tose y endereza los hombros.

—Ella… ella me lanzó al suelo —dice, mirando con los ojos abiertos de par en par a Cora, quien se ha sumido en la inconsciencia.

—¡Protejan a mi sustituta, idiotas! —grita la Duquesa, saliendo a gatas detrás de una mesa. Tres aparece de la nada, levanta a Hazel en brazos y desaparece con ella.

Me lleva cada gramo de autocontrol no gritar ante su partida.

–¡Cora! –exclama la Duquesa, al verla acunada en mis brazos. Corre hacia mí y cae de rodillas; su vestido se infla hacia afuera a su alrededor en olas resplandecientes–. Dámela –ordena bruscamente, y me quita la silueta débil de Cora de las manos y la abraza contra su propio pecho–. Oh, Cora, Cora, qué te hicieron…

Nunca antes he visto a la Duquesa así. Las lágrimas caen sobre sus mejillas mientras acuna a su dama de compañía de adelante hacia atrás y la sangre gotea de entre sus dedos.

–¡Ayúdenme! –grita, y más soldados se arremolinan a su alrededor. Me pongo de pie y tropiezo hacia atrás cuando alzan a Cora y la llevan en brazos a la sala médica, supongo. Choco con Garnet, quien está mirando a su padre.

–¿Qué está sucediendo? –pregunto, anestesiada.

–Yo… Él… –Garnet parece confundido, como si la escena ante sus ojos no tuviera sentido–. ¿Me ayudarías a llevarlo adentro?

El salón de baile está vacío. Vidrios rotos, charcos de vino y bandejas de comida volcadas cubren el suelo de parqué. Apoyamos al Duque junto a las puertas. Tomo un mantel de lino limpio y lo cubro con él.

–Gracias –dice Garnet, pero no hay emoción detrás de la palabra–. Creo que también le dispararon a un lacayo.

Encontramos al lacayo desplomado sobre un arbusto. Es joven, de piel cobriza y con una nariz grande. Estoy casi segura de que su nombre era George. Garnet y yo lo llevamos dentro para dejarlo junto al Duque. Las sirvientas y los lacayos han comenzado a regresar con indecisión al salón de baile.

–Comiencen a limpiar esto –ordena Garnet. Nunca lo había oído sonar tan dominante. Parece que ha envejecido diez años esta noche.

–Garnet… –pero antes de que pueda continuar, hay una conmoción en el pasillo y luego escuchamos que una voz grita:

–¡Por el Exetor, Cinco, soy yo, déjame pasar!

Pocos segundos después, el doctor Blythe atraviesa corriendo la puerta del salón de baile. No ha cambiado ni un poco, aunque quizás hay un par de canas más en su grueso cabello negro. Sus ojos verdes se entristecen cuando levanta el extremo del mantel que cubre al Duque.

–¿Dónde está tu madre? –pregunta, alzando la vista hacia Garnet, quien señala el jardín.

El doctor Blythe se aleja a toda prisa, y escucho un llanto intenso seguido de un "¡Cora, atiende a Cora, idiota!".

Un segundo después, el médico regresa y sale por la puerta. Me doy cuenta de que falta alguien.

–Garnet –digo en voz baja–. ¿Dónde está Coral?

Él parpadea y mira alrededor.

–No lo sé –clava la mirada vacía en la puerta durante un segundo y después dice–: Voy a… Ya vuelvo.

Abandona el salón de baile como un hombre en trance.

Yo salgo a los pasillos, en busca de Coral. Después de unos minutos, la encuentro llorando en una de las escaleras más pequeñas. Me siento a su lado y la envuelvo con mis brazos mientras ella cae sobre mi pecho.

–Oh, Imogen –solloza.

–Shhh –respondo de modo automático, abrazándola fuerte, tanto por mi propio bien como el de ella. Hazel por poco muere esta noche. Yo estaba en el mismo lugar y fui incapaz de evitarlo. Vine aquí para mantenerla a salvo y fallé. Si Cora no hubiera… Cierro los ojos con fuerza, porque no puedo pensar en eso.

Finalmente, llevo a Coral a la cama y la tranquilizo. Después, bajo las escaleras, aturdida, y atravieso los pasillos, sin importarme el hecho de que no estoy usando los túneles de los sirvientes. Paso junto al salón de baile, donde Mary y las otras sirvientas están limpiando el suelo, mientras los lacayos levantan botellas rotas y mesas quebradas. Debería unirme a ellos. Debería ayudar. Pero mis pies continúan moviéndose.

Cuando paso junto al salón de fumadores del Duque, oigo un ruido bajo, como un sollozo. La puerta está apenas entreabierta; espío y veo a Garnet, sentado en un sillón con la cabeza entre las manos.

No sé qué hacer. Estoy a punto de voltear y marcharme cuando él alza la vista.

—Oh —dice, y se limpia rápido las lágrimas de sus mejillas.

—¿Estás bien? —pregunto, mientras me escabullo dentro y cierro la puerta a mis espaldas. Es una pregunta estúpida. Por supuesto que no lo está—. ¿Sabes… sabes qué fue lo que sucedió? Es decir, ¿estuvo planeado? ¿Fue una acción de la Sociedad?

—No —responde Garnet, serio—. Definitivamente, no.

—Entonces…

—No lo sé, Violet —su tono es cortante y parece notarlo. Suspira y se reclina en la silla—. Odio este lugar —dice—. Siempre lo odié. Apesta. Nunca comprendí por qué a mi padre le gustaban tanto los cigarros —su voz se quiebra de un modo ínfimo al pronunciar la palabra *padre*.

Me apoyo en el borde de la otomana revestida en cuero.

–Lo siento –susurro.

El rostro de Garnet se torna rojo y aparta la mirada.

–Ni siquiera me agradaba tanto –dice él–. Era tan vergonzoso. Aburrido. Siempre estaba ebrio. Pero no… no quería que él… –se frota los ojos de nuevo.

–Cuando mi padre murió, me sentí muy culpable –comento en voz baja, manteniendo mis ojos clavados en el cenicero de vidrio–. Creía que debería haber podido hacer algo, creía que… –me aclaro la garganta. Hablar con Hazel sobre esto es una cosa; me resulta difícil compartir estos recuerdos con otra persona que no sea ella. Pero Garnet necesita esto ahora–. Después, me enojé. Lo que solo me hizo sentir más culpable.

–Yo no me siento culpable –replica Garnet.

Hago una pausa.

–¿No?

Una vena en su cuello late. Después, se desploma y los sollozos se atiborran en su pecho. Me arrodillo junto a él y tomo su mano con la mía.

–No es tu culpa –susurro.

La cabeza de Garnet cae sobre mi hombro, y dejo que sus lágrimas mojen mi vestido por un momento, hasta que escuchamos voces fuera. Las botas de los soldados marchan de un lado a otro de los pasillos. Garnet se endereza y se limpia la nariz con su manga.

–Deberías irte –dice–. No deberíamos estar aquí juntos.

Me pongo de pie. Después, le doy un beso en la frente. Él me dedica una sonrisa húmeda, antes de que yo regrese a los pasillos. Estoy tan cansada. Quiero acostarme en mi cama.

Estoy a punto de llegar al paseo de vidrio cuando me encuentro con el doctor Blythe. Todo mi agotamiento desaparece en una invasión de adrenalina. Él parece drenado, y se limpia la ceja con un pañuelo.

—Buenas noches —dice y después, frunce el ceño—. Lo siento, no creo que nos hayamos conocido.

El corazón se me anuda en la garganta. Él reconocerá mi voz.

—Soy Imogen —digo, agradecida de que ya estoy tan llena de emociones que las palabras salen rápidas y confusas—. La nueva dama de compañía de Coral.

—Ah —suspira y guarda el pañuelo en el bolsillo—. No saliste herida, ¿verdad? No sería un problema examinarte.

Eso sería una idea terrible, dado que nada en mi cuerpo ha cambiado. Muevo la cabeza de un lado a otro con energía.

—¿La sustituta? —pregunto—. ¿Está bien?

Una de sus cejas se alza, curiosa.

—Está bien. Creí que estarías más preocupada por Cora.

—Sí. Yo... ¿cómo está Cora? —puedo sentir mis mejillas tiñéndose de rosa y trato de hacer desaparecer el color.

El doctor Blythe me observa por un momento.

—Está bien. La bala le rozó el hombro. Salvó la vida de la sustituta —se frota la sien—. Lo siento, ¿nos hemos conocido antes? De algún modo, me resultas familiar.

—No lo creo —respondo, bajando la mirada—. Por favor, discúlpeme, estoy muy cansada. Me alegra oír que Cora está bien. Buenas noches, doctor.

Deja de hablar, Violet, me grito a mí misma para mis adentros. Sin esperar una respuesta del doctor Blythe, me apresuro a atravesar el pasillo de vidrio sin detenerme y sin alzar la vista hasta que he llegado a mi habitación y cerrado la puerta con llave. Me desplomo sobre la cama y el peso de toda la velada me aplasta.

Una lágrima escapa por el rabillo de mi ojo y deja un rastro cálido en mi mejilla. Hay tantas lágrimas que se están derramando esta noche.

Me siento como una idiota. No puedo proteger a Hazel aquí. Ash tenía razón. Y ¿quién soy yo para decirle a alguien qué hacer, cuánto arriesgar y por quién?

Deseo con desesperación estar en nuestro granero. Quiero hundirme en la manta de lana y sentir los brazos de Ash a mi alrededor, su aliento moviendo mi cabello mientras yo dejo que todos mis miedos y frustraciones desaparezcan. Quiero sentirme como si fuera amada, sin importar qué decisiones he tomado o qué errores he cometido.

Porque lo amo por todo lo que él es.

Mi arcana comienza a zumbar. Lo arranco de mi cabello y mi rodete se suelta; las ondas rubias caen sobre mis hombros.

—¿Qué sucedió? —pregunto, antes de que Lucien tenga oportunidad de hablar—. ¿Qué fue eso?

—No lo sé —nunca antes lo he escuchado sonar así. Confundido. Casi asustado—. No puedo creer que la Electriz organizara algo como esto por su cuenta, pero… si lo hizo, es una muy mala señal.

—¿Por qué?

—Porque significaría que ya no confía en mí, y eso es un lujo que no podemos darnos.

—Entonces, ¿crees que ella lo planeó, o no? —pregunto.

–Estuvo junto a Hazel toda la noche, justo hasta antes de que comenzara el tiroteo, cuando insistió en que entráramos porque hacía frío, aunque esta noche fue bastante agradable. A ella y al Exetor los sacaron de inmediato del palacio y ella insistió en que fuera con ellos, aunque sabía que yo podía ayudar con los heridos. Después de todo, te he salvado la vida antes. Quizá, no quería que repitiera mi actuación.

–Tenemos que mantenerla lejos de Hazel –respondo.

–No tengo poder para hacer eso –dice con dulzura.

–Entonces, ¿cuál es el punto de todo esto? ¿Por qué siquiera estoy aquí? ¿Por qué vine? No puedo…

Hay una pausa. Puedo sentir a Lucien reorganizando sus pensamientos.

–¿Recuerdas aquella vez en que me preguntaste por Raven, cuando todavía eras la sustituta de la Duquesa? ¿Que querías saber dónde vivía tu amiga?

Siento que eso sucedió hace un millón de años.

–Sí.

–Creí que era muy estúpido de tu parte. Una completa pérdida de tiempo. De hecho, estaba bastante enojado cuando supe que vivía en el palacio que estaba junto al tuyo. La veía como una distracción. Una debilidad –suspira–. Pero ella no era una debilidad. Ella es una de tus mayores fortalezas. Al igual que Ash. Al igual que Hazel. Las personas que amas te hacen fuerte, Violet. Te hacen valiente y audaz. Desearía que hubiera una manera para que pudiera hacerte ver eso.

–Pero no soy valiente –digo–. No soy como tú.

Lucien ríe.

–No –responde–. Eres infinitamente más valiente que yo.

Quisiera poder creerle. Tengo que intentarlo. Porque esta noche me ha demostrado que Lucien no puede resolver todos mis problemas por mí.

Permito que sus palabras formen un corteza alrededor de mi corazón, fuerte y fibrosa. Tengo que ser fuerte. Por mis amigos, por mi hermana, por esta ciudad. La única manera de salvar de verdad a Hazel es destruir a la realeza y la sustitución de una vez por todas.

Ya no soy una mera sustituta, comprada, atada y exhibida por doquier. Al final, la realeza lo sabrá.

Y me temerá.

Quince

Al Duque lo entierran dos días después del tiroteo.

Me siento en un taburete en la cocina la tarde del funeral, y mordisqueo un bollito de frambuesa. El funeral es solo para familiares, así que tengo una tarde entera para mí.

Tomo el periódico que alguien dejó sobre la mesa. **¡La tragedia ataca de nuevo!**, dice el titular. **Casa plagada por la desgracia.** Y debajo, la pregunta reveladora: **¿La sustituta de la Duquesa fue el objetivo?** El artículo no le adjudica la culpa a la Electriz por los eventos de la fiesta, pero los rumores corren y el periodista claramente está al tanto de ellos. Sugiere enérgicamente que alguien "influyente y con una razón para querer muerta a la sustituta" debe haber estado detrás del tiroteo. Eso es acorde a lo que todos en la Joya parecen estar pensando.

Quiero ir a ver a Hazel, pero el doctor se ha mudado de nuevo al palacio, como cuando perdí mi embarazo, lo que hace la sala médica aún más peligrosa de visitar. No sé cuándo podré ver a mi hermana de nuevo.

Paso la página y el próximo titular me llama la atención, junto a una fotografía muy familiar, lo que me hace sentir como si el suelo hubiera desaparecido debajo de mis pies.

¿Han visto a Ash Lockwood?

El rostro de Ash, el mismo que estaba en los carteles de "se busca" de enero, me devuelve la mirada; hay un dejo de una sonrisa en él, y tiene el cabello peinado hacia atrás en vez de enmarañado. Leo el artículo con rapidez:

> Ash Lockwood, quien una vez fue uno de los acompañantes más deseados de la Joya y que ahora es un fugitivo famoso, podría haber sido visto cerca de su antigua casa de acompañantes anoche. Un hombre que concuerda con la descripción de Lockwood fue visto merodeando por el parque cercano a la Casa de Acompañantes de Madame Curio un poco después de la medianoche. El testigo, un tal señor J. R. Rush, asegura haber visto a Lockwood mientras paseaba a su perro. Sin dudas, los soldados se ocuparán del asunto en detalle. Se cree que Lockwood es uno de los líderes de la infame Sociedad de la Llave Negra, una banda de rebeldes cuyo propósito es el vandalismo y la destrucción, y que ha estado asociada a varios bombardeos en el Banco y el Humo y, más recientemente, al asesinato del magistrado Awl. Lockwood escapó de la Joya después de violar a la sustituta perteneciente a la Duquesa del Lago. Cualquiera que posea información de su paradero

debe contactarse con las fuerzas policiales locales de inmediato. Sin embargo, al público se le advierte que este individuo es considerado en extremo peligroso.

¡Ash ha logrado llegar al Banco! Quiero ponerme de pie y gritar de emoción. Quizá ya ha tenido contacto con algunos acompañantes. Pero no dice nada de Ochre. ¿Se han separado? Tal vez Ash lo dejó en un lugar seguro cuando fue a visitar su antigua casa de acompañantes. Él nunca arriesgaría la seguridad de Ochre, estoy segura. Aunque él tenga una definición distinta de *seguridad* que Ash. La preocupación y el orgullo luchan una guerra en mi interior.

—Imogen, ¿podrías alcanzarme ese romero? —dice Zara, interrumpiendo mis pensamientos.

El ánimo en el palacio está apagado. Incluso la cocina habitualmente animada está silenciosa y casi vacía. Una sirvienta cocinera llamada Clara friega cacerolas en el lavabo y William enrolla un cigarrillo junto a una de las cocinas.

—Es terrible —susurra Zara mientras le entrego la hierba. Aplasta el romero en su puño carnoso y lo frota sobre la carne asada—. Era un buen hombre.

—No sabía que conocías al Duque tan bien —respondo.

—No hablo del Duque —replica—. Hablo de George, el lacayo. Pero a nadie le importa que esté muerto, ¿verdad? No, todos lloran y se apenan por un alcohólico que era una pérdida de espacio.

—No era tan malo, Zara —dice Williams—. Era mejor que *ella*, eso seguro.

—Ah, cállate, William, él siempre te hizo favores especiales, por eso te caía bien –replica la mujer, y se limpia la nariz en su manga.

–¿Descubrieron quiénes eran esos hombres? –pregunto–. ¿Para quién trabajaban?

William adopta una expresión aburrida.

–Para la Electriz, ¿no es obvio? Ella ha odiado a la Duquesa desde que ha estado casada con el Exetor, y si su hijo contrae matrimonio con la hija de la Duquesa, estarán atadas de por vida. No sería la primera vez que algo así sucede. Escuché que la muerte de la hermana del Exetor no fue realmente un accidente.

–Cayó de un caballo –digo–. ¿Cómo finges eso?

–¿Lo hizo? –Williams se encoge de hombros.

–Son solo rumores y teorías conspirativas –replica Zara. Fulmina a William con la mirada–. Y ni siquiera pienses en encender eso en mi cocina.

Se dirige hacia la puerta para salir al jardín cuando una figura pequeña ingresa a toda velocidad en la cocina, gritando.

–¡Ayuda! ¡Ayúdenme, por favor!

El rostro de Hazel está cubierto de lágrimas y hay rasguños en sus muñecas y brazos. Todavía tiene puesto el estómago falso debajo del camisón blanco y desgarrado. Sin los tacones ni el vestido con relleno, parece mucho más joven que en la fiesta.

Zara da un grito ahogado. Siento que tengo la boca abierta. Quiero correr hacia ella, quiero gritar su nombre, pero estoy paralizada por el shock. ¿Cómo llegó aquí? ¿Cómo se *escapó*?

–¡Deténganla! –grita otra voz y, de pronto, Cora entra corriendo a la cocina, con el brazo en un cabestrillo; dos soldados la siguen. Hazel se lanza en mi dirección, y por instinto mis brazos se extienden hacia ella, pero William la sujeta por el pecho.

–¡Déjame ir! –grita Hazel. Sus ojos se clavan en los míos–. Ella está tratando de matarme. ¡Está tratando de matarme!

–Cinco, Tres, llévenla de nuevo a la sala médica *ahora mismo* –ordena Cora. Hazel está luchando por liberarse de los brazos de William.

Permanezco de pie allí, con los ojos abiertos de par en par, sintiéndome paralizada e impotente. ¿Qué hago? ¿Quién está tratando de matarla? ¿Se refiere a la Electriz?

Los dos soldados arrancan a Hazel de los brazos de William. Ella muerde la mano de Cinco y él suelta un insulto.

–Tranquilízate –dice Cora–. Nadie te lastimará.

Hazel le escupe la cara mientras se la llevan a la rastra, y tuerce la cabeza para mirarme a los ojos una vez más.

–Está tratando de matarme –dice, y sus ojos se posan con rapidez en Cora. La escucho gritar lo mismo una vez más, y su voz resuena sobre el suelo de piedra antes de desaparecer. Después, se marcha.

Los cuatro que quedamos en la cocina estamos tan pasmados que no podemos movernos.

Zara se aclara la garganta.

–Sugeriría que todos olvidemos lo que acabamos de ver aquí –dice.

Clara vuelve a fregar cacerolas con fervor renovado y William sale por la puerta con rapidez para fumar. Yo permanezco petrificada y muda del asombro. Hazel estaba aquí mismo y yo no hice nada. Nunca me he sentido tan inútil.

Está tratando de matarme. Y miró a Cora cuando lo dijo.

¿Cora está intentando lastimar a mi hermana? Entonces, ¿por qué le salvó la vida en la fiesta?

—¿Imogen?

Me sobresalto. Uno de los lacayos deambula en la puerta; parece nervioso.

—¿Sí?

Me entrega una carta.

—Acaba de llegar esto para Coral. Del Palacio Real.

Tomo, atontada, el sobre color crema. El nombre de Coral está escrito con tinta dorada en una letra elegante.

Se lo llevo a su habitación, aturdida, sin ver hacia dónde estoy yendo, sin enfocarme en nada más que en la imagen del rostro cubierto de lágrimas de mi hermana, y en sus últimas palabras, que todavía resuenan en mis oídos.

Cuando Coral llega a casa del funeral horas después, le entrego el sobre y ella lo abre con entusiasmo.

—"Mi queridísima Coral" —lee en voz alta—: "Nos encantaría que tú y tu esposo vinieran a almorzar en tres días a las dos en punto. Mi más sentido pésame otra vez por la pérdida de tu suegro. Todos debemos continuar siendo fuertes en estos tiempos turbulentos. Por favor, envía tu respuesta lo más pronto posible. Mis mejores deseos, la Electriz" —aprieta la carta contra su corazón—. ¡Qué maravilloso! Debemos responder de inmediato como ella dice. ¡Nunca antes he recibido una invitación personal al Palacio Real!

Escribe con rapidez una respuesta y me entrega la carta para que la envíe. Encuentro algo bueno en esta situación: una visita al Palacio Real significa que podré ver a Lucien. Necesito su consejo y su guía más que nunca.

Dieciséis

Cora parece evitarme los días siguientes. Siempre está con la Duquesa, quien ha estado luciendo cansada, casi demacrada, desde la huida de Hazel. Parece no estar nunca en su habitación cuando intento hablar con ella antes de dormir. Por fin logro acorralarla cuando la espero fuera de su cuarto la mañana del almuerzo de Coral y Garnet en el Palacio Real.

–¿Qué está sucediendo? –exijo, y ella se sobresalta al verme.

–Todo está bien –responde, mirando de un lado al otro del pasillo vacío–. Se escapó cuando el médico estaba distraído. Ahora está a salvo en la sala médica.

–¿A salvo? –digo entre dientes–. ¡Dijo que estabas tratando de matarla!

–¿Por qué haría eso? –Cora da un paso hacia delante, y mi espalda queda apoyada contra la pared–. El médico le dio algo para calmarla después del tiroteo. Todavía estaba en su sistema. Estaba confundida. Desorientada. Nadie en este palacio querría lastimarla.

–Pero…

–Mira, hice una promesa y la mantendré –dice Cora con los dientes apretados. Quiero creerle. Quiero creer que Hazel está a salvo.

Pero no lo está. Ninguno de nosotros lo está.

Subo a la habitación de Coral para prepararla para el almuerzo.

Tal vez Lucien pueda ayudarme a descifrar esto.

El Palacio Real es tan magnífico como lo recuerdo.

Nuestro vehículo avanza a través del bosque espeso y pasa el jardín inmenso repleto de arte de topiaria, que exhibe aves y bestias moldeadas de modo impecable a partir de setos de tres metros de alto. Salimos a una plaza grande con una fuente en el centro con cuatro niños tocando trompetas y el agua brotando de sus instrumentos en arcos delgados.

El palacio en sí mismo está hecho de un metal pulido que resplandece como oro líquido. Se alza en el cielo en torreones, agujas y torres; su superficie brillante me hace entrecerrar los ojos bajo el sol radiante.

–No puedo creer que la Duquesa intentó aconsejarnos que no viniéramos –dice Coral cuando el conductor abre la puerta para ella–. ¿Cómo podríamos rechazar una invitación del Palacio Real?

La Duquesa no se entusiasmó cuando se enteró del almuerzo.

—Ya sabes lo que están diciendo, cariño —responde Garnet, lanzando una mirada casual en mi dirección—. Mi madre simplemente está tratando de mantenernos a salvo.

—Bueno, por supuesto que estaremos a salvo —dice Coral, con el pecho hinchado de orgullo—. ¿Acaso no sabe que mi esposo es un sargento mayor en el ejército?

La expresión de Garnet se suaviza y siento que mi corazón también lo hace. Puede que Coral pertenezca a la realeza, pero en verdad es una chica dulce.

Subimos la escalera larga que lleva a las puertas principales y unos lacayos vestidos de azul y rojo con brillantes botones metálicos en sus abrigos las abren.

Lucien está esperándonos en el inmenso vestíbulo circular.

—Garnet, Coral, bienvenidos —dice con calidez—. Sus Altezas Reales están entusiasmados por verlos. El almuerzo se servirá en el Jardín de Loto. Por favor, síganme.

Él guía el camino, y Coral y Garnet lo siguen tomados del brazo, mientras yo camino detrás de ellos. He venido al Palacio Real dos veces antes: una para el Baile del Exetor y después de nuevo para el festejo de la Noche Eterna. Pero claramente, no he visto ni una fracción del edificio. Lucien nos lleva por pasillos amplios delineados con enormes pinturas al óleo, y otros con murales extremadamente detallados. El suelo de uno de los pasillos parece estar hecho de diamante puro. Otro tiene luces que cambian de color a nuestro paso, tornándose de malva a lavanda y a verde pálido.

Nos detenemos frente a un par de puertas dobles de vidrio. Lucien las abre, se inclina en una reverencia y hace una seña para que Coral y Garnet salgan al exterior. Yo permanezco en la entrada y no puedo evitar contener el aliento.

El Jardín de Loto no tiene paredes discernibles, solo posee una vegetación abundante en un círculo amplio. Y en lugar de filas de flores o césped podado con cuidado, todo lo que nos rodea es agua. Agua cristalina llena de flores de loto y nenúfares. Las suaves flores blancas flotan con pereza, mientras las ranas y los peces se escurren entre ellas. Hay un camino de baldosas que lleva a una gran isla de piedra que yace en el centro del jardín, donde una mesa blanca y unas sillas esperan debajo de una amplia sombrilla, con platos y vajilla acomodados, mientras una botella de vino blanco se enfría en una cubeta de plata en el centro.

El Exetor y la Electriz ya están sentados. La Electriz saluda con la mano.

—¡Garnet, Coral, han llegado! —exclama—. Maravilloso. El chef está preparando langosta termidor. Espero que les parezca bien. Lucien, déjanos. Lleva a la dama de compañía de Coral al salón verde, puede esperar allí hasta que hayamos terminado.

—Sí, mi señora —dice Lucien con una reverencia, y dejamos a Garnet y Coral con su almuerzo.

En cuanto estamos fuera de vista y solos, Lucien voltea y me envuelve en un abrazo.

—Hay tanto que… —estoy a punto de contarle sobre la huida de Hazel cuando él me interrumpe.

—Quisiera mostrarte algo. Y no tenemos mucho tiempo. Por aquí.

Se desliza por el pasillo, dobla a la izquierda y se detiene ante un gran espejo con marco dorado y jala del lateral derecho del objeto. Se abre con un *clic*, y aparece un pequeño descanso con una escalera de piedra que se abre en ambas direcciones. Atravesamos el hueco y caminamos hasta que llegamos a otro pasillo. Izquierda, derecha, arriba, otra escalera, izquierda, más escaleras... Pierdo rápido la noción de dónde estamos; solo sé que subimos alto dentro del palacio. Los pasillos están llenos de sirvientes y todos saludan con reverencias o movimientos de cabeza a Lucien cuando pasa.

Llegamos a una puerta de madera sencilla; está cerrada con llave, pero Lucien extrae su llavero. Una escalera en espiral se retuerce hacia arriba y, cuando llegamos al final, solo hay otra puerta de madera. Esta no tiene cerrojo.

Lucien la abre y veo que estamos en una habitación. Es sencilla, casi austera, y me recuerda a mi cuarto en la Puerta Sur. Tiene una cama armada con mucho cuidado, una cómoda, un pequeño sillón junto a la ventana. Hay un cuadro en acuarela colgado de la pared: un prado con flores azules. La puerta del armario está apenas entreabierta.

–¿Esta es...?

–Mi habitación –dice Lucien, y no me mira. Me siento avergonzada. Esto es tan personal. ¿Por qué me trajo aquí?

Después, cruza la habitación hacia el armario, aparta una fila de vestidos de dama de compañía que están colgados, y deja al descubierto una puerta oculta.

Está hecha de metal y no tiene una manija a la vista. Lucien toma su arcana del llavero y lo inserta en el hueco que está en el centro de la puerta. El diapasón comienza a zumbar y después, la puerta se abre con un *clic*. Lucien extiende la mano y el arcana cae sobre su palma. Una vez que lo vuelve a asegurar en el llavero, empuja la puerta y la abre de par en par.

—El tuyo también la abrirá —dice—. Al igual que el de Garnet y el de Sil.

Dejo la habitación atrás e ingreso a la sala secreta. La puerta se cierra, y nos sumerge en la oscuridad por un segundo antes de que las luces comiencen a encenderse una por una.

—¿Qué es este lugar? —pregunto.

—Mi taller —dice Lucien.

Las estanterías llenas de libros delinean la pared a mis espaldas y la que está frente a mí, y hay libros apiñados en donde sea que haya lugar. Donde no lo hay, montones de libros se apilan sobre las mesas o debajo de las sillas. La pared a mi izquierda está empapelada con mapas, ilustraciones y recortes de papel con notas garabateadas. Hay una gran mesa de dibujo con tres esferas lumínicas flotando sobre ella como soles en miniatura. Hay un caballete en una esquina y un grupo de tubos de pintura sobre una mesa cercana; sus entrañas se desparraman en matices magenta, lavanda y amarillo limón. Una pantalla grande, como la que utilizaba el doctor Blythe cuando me hacía las pruebas de los Augurios pero de mayor tamaño, está colgada en la pared entre los papeles, brillando tenuemente.

Una gran mesa de madera domina el centro de la habitación, y está cubierta por un equipamiento extraño. Hay vasos de precipitados de todas formas y tamaños, algunos llenos con líquidos burbujeantes, otros emanan volutas de humo gris y oro, otros con llamas que arden debajo de ellos, y otros que emiten zumbidos débiles, como un arcana que suena en la distancia. Hay un mortero lleno de hojas aplastadas que liberan un aroma mentolado y otro con algo negro dentro que luce como granos de pimienta. Delgadas bobinas de cobre salen de varios vasos de precipitados y entran a otros.

La pared a mi derecha está completamente cubierta de relojes. Grandes y pequeños, algunos elegantes, otros sencillos, otros hechos de metales forjados de manera intrincada, otros solo simples rostros blancos con marcos de madera.

Veo un objeto que me resulta familiar semienterrado debajo de una pila de papeles en la mesa de dibujo. Tomo la pizarra con manos temblorosas.

—Sí —dice Lucien en voz baja, y me sobresalto—. Yo hice la pizarra de Annabelle. Ese era un prototipo.

Aprieto los dedos alrededor del objeto por un momento breve antes de apoyarlo de nuevo sobre la mesa.

—¿Por qué estás mostrándome esto? —pregunto.

—Sentí que ya era hora. La Subasta se acerca más con cada día que pasa. Nadie jamás ha visto este lugar. Además, ahora estás oportunamente disponible —Lucien quita una pila de libros del sillón e indica que debería sentarme. Él toma un taburete que está frente al caballete. Noto el inicio de un dibujo en él: el boceto del rostro de una chica de cabello largo. Apostaría que es Azalea.

—Es increíble —digo.

Dos manchas rosadas aparecen en las mejillas de Lucien.

—Gracias.

—Dudo que jamás pueda entender lo que estás haciendo aquí —miro un vaso de precipitados lleno de un líquido color esmeralda brillante.

—Estoy seguro de que podrías descifrar algunas cosas —dice, con los ojos iluminados. Le echa un vistazo a la habitación—. Este lugar ha sido muy valioso para mí durante mucho tiempo.

—¿La Electriz no sabe que existe?

Lucien ríe.

—Ah, no. Ni la Electriz ni el Exetor están al tanto de la existencia de esta habitación. Hay muchos secretos en este palacio que ellos desconocen. Eso es lo que sucede cuando uno no mira más allá de la superficie de las cosas, cuando uno solo se concentra en lo que está directamente frente a sí.

Levanta un resorte de cobre del suelo y lo hace girar en sus manos.

—¿Por qué hay tantos relojes? —pregunto.

—Te conté un poco sobre mi infancia —dice. Me estremezco para mis adentros al recordar la terrorífica historia de cómo Lucien fue castrado en contra de su voluntad por su propio padre mientras su madre y su hermana observaban la escena—. Me encantaba desarmar el único reloj de nuestra casa y armarlo de nuevo. Supongo que es difícil deshacerse de los viejos hábitos, como dicen —mira la pared llena de piezas de relojería a sus espaldas—. Algunos se sienten como amigos muy antiguos.

En ese momento, me doy cuenta de lo poco que realmente sé de Lucien.

—¿Hace cuánto tiempo los coleccionas?

Él comienza a desenrollar con lentitud la bobina en sus manos.

—Desde los doce años. Este es el séptimo recambio de mi pared de relojes. He conservado algunos. La mayoría son nuevos. Los relojeros del Banco me adoran. Por suerte, ni la Electriz ni el Exetor parecen darse cuenta de que compramos muchos relojes nuevos cada año, o no les importa –suspira–. No lo comprenderían si alguna vez tuviera que explicárselos. Estos relojes me reconfortan. Me recuerdan a alguien que yo solía ser. Eso les resultaría tonto a ellos.

–A mí no –digo.

–Lo sé, cielo –la bobina se ha desenrollado por completo en un delgado alambre de cobre. Lucien lo dobla a la mitad y lo lanza sobre la mesa–. Recuerdo la primera vez que te escuché tocar el violonchelo. En el Baile del Exetor. La intensidad de tu actuación, la simplicidad de la música, la expresión en tu rostro… recuerdo que pensé: yo conozco ese sentimiento.

–Eso parece que sucedió hace años –digo.

–Sí, imagino que para ti se siente de ese modo.

–¿Para ti no?

Lucien se encoge de hombros.

–He vivido en este círculo desde hace mucho tiempo. Supongo que me he acostumbrado a la manera en la que el tiempo pasa aquí. Te envejece. Te cambia.

Se hace silencio, que solo se interrumpe por el burbujeo de los vasos y el *tic-tac* de los relojes en la pared.

–Hazel escapó –le cuento–. De algún modo salió de la sala médica y corrió hasta la cocina. Dijo… que alguien está tratando de matarla. Creo que se refiere a Cora. Pero eso no puede ser posible, ¿cierto? Y Cora lo negó, dijo que Hazel estaba drogada, o algo así.

–¿Escapó de la sala médica? –pregunta Lucien, alzando una ceja–. Impresionante.

—Dijo que alguien estaba tratando de *matarla* —repito. No siento que él esté comprendiendo la gravedad de la situación.

—Sabemos que alguien está intentando matarla, Violet —responde con paciencia—. Por eso es que regresaste a la Joya en primer lugar.

—Entonces, ¿qué hago? —pregunto, golpeando con mi puño el apoyabrazos del sillón—. Ella estaba ahí, Lucien, justo frente a mí suplicando que la ayudáramos, y no... no pude hacer nada.

Él frunce los labios.

—Me temo que no hay nada que podamos hacer salvo dejar que todo siga su curso. Imagino que la Duquesa ha aumentado la seguridad alrededor de Hazel, después del tiroteo. Eso es lo mejor que podemos esperar; lo *único* que podemos esperar, en realidad. Los planes de esta Sociedad resultarán el día de la Subasta, o fracasarán. El tiempo lo dirá.

—¿Crees que la Electriz estaba detrás del tiroteo? —pregunto.

—Desde luego que es la teoría más popular —lo miro—. Sí —admite—. Eso creo.

Me estremezco.

—Es tan extraño —digo—. El palacio... ha regresado por completo a la normalidad. Como si el Duque nunca hubiera existido.

—Me temo que no lo querían demasiado —golpea una mano sobre su pecho—. ¡Olvidé contarte! Ash se ha contactado con un grupo de sus antiguos colegas. Están entusiasmados y dispuestos a unirse a nosotros. ¡Qué bendición! Un grupo de jóvenes extremadamente entrenados con acceso para entrar y salir de la Joya. Yo mismo no podría haberlo planeado mejor.

–¿Él está bien? –pregunto, poniéndome de pie de un salto–. ¿Qué más dijo? ¿Ochre está bien? ¿Cuándo hablaste con él?

–Está bien, al igual que tu hermano. No he hablado con ninguno de los dos. Ellos se contactaron con otra de mis fuentes hace dos días; creo que conociste al hombre cuando estuviste en el Banco. Lo llaman el Zapatero.

–Sí, lo recuerdo –tomo asiento de nuevo, con el corazón acelerado. Ochre y Ash siguen juntos. Están bien.

–Está tratando de coordinar la mayor cantidad de acompañantes posible, tanto dentro como fuera de la Joya. Creo que ha creado alguna clase de código. Él guiará a aquellos del Banco y se reunirá con los miembros de la Sociedad junto al muro que está cerca de la Casa de Subastas el día de la Subasta.

Recuerdo lo que decía la nota que Ash me dejó. *Estaré allí el día de la Subasta.* Está manteniendo su promesa.

Lucien continúa hablando.

–Cualquiera que esté de nuestro lado llevará un trozo de tela blanca amarrada a su brazo izquierdo, para poder identificarlos –me da una palmada en la rodilla–. Eso fue idea de Ash, y una bastante inteligente. Se la comunicaré al resto de la Sociedad. Hará que sea más sencillo identificar a nuestros amigos.

–¿Eso no hará que sea más fácil para los soldados identificarnos?

–No creo que a los soldados que estén en nuestra contra les importe demasiado si les disparan a un miembro de la Sociedad o al dueño de una tienda al azar. Y para aquellos soldados que están con nosotros, será una ayuda invaluable para ver en quiénes pueden confiar.

—Me sorprende que no eligiera una tela negra. Por la Llave Negra y todo eso.

—Creo que la idea es que simbolice la Rosa Blanca —dice Lucien—. Que ha sido igual de importante, aunque no igualmente famosa, que la Llave Negra.

—Sí —susurro—. Es un lindo gesto.

Se hace silencio de nuevo, uno pacífico. Pienso en la última conversación que Ash y yo tuvimos en el granero sobre nuestro futuro juntos. Por un momento, me permito creer que puede ser real.

—¿Qué quieres para esta ciudad, Lucien? —pregunto.

Sonríe, relajado.

—Que no haya muros. Ni separaciones. Que sea una ciudad unida. Que tenga un consejo de gobierno elegido en base a la calidad intelectual y la profundidad de la compasión y no al linaje de las Casas. Que las personas de todos los círculos estén representadas. Quiero que los habitantes de esta ciudad tengan un poder de decisión legítimo en cómo vivir sus vidas.

—Sí —concuerdo—. No más muros. Quiero que todos se consideren personas, no acompañantes ni sustitutas ni sirvientes —respiro hondo, inhalando el aroma a barniz para madera, libros y pintura—. Me gusta mucho este lugar.

Lucien parece abrumado por un momento; sus ojos desbordan de emoción.

—Gracias —dice al fin—. No sabes cuánto significa eso para mí. Y lo mucho que me duele pedirte este favor.

—Lo que quieras —digo.

—Si llega el momento… de la Subasta… y perdemos…

—No pensemos en…

Alza una mano.

—Si las cosas comienzan a verse mal para nosotros... quiero que destruyas este lugar.

Doy un grito ahogado.

—¿Qué? ¿Por qué?

Lucien observa los vasos de precipitados, los relojes, el retrato sin terminar de Azalea.

—No permitiré que esto caiga en sus manos. Y tú eres la única que puede destruirlo.

Incluso mientras lo dice, percibo que el aire a mi alrededor arde, se carga. El Aire y yo podríamos destruir este lugar con facilidad. Incluso aunque hacerlo rompa mi corazón.

Me mira con ojos tan desesperados, tan suplicantes.

—Por favor, Violet. No permitas que se lleven esta última parte de mí.

No tengo más opción que aceptar.

—Está bien —digo—. Pero solo como último recurso —extiendo la mano y la apoyo sobre la de él—. Azalea estaría muy orgullosa de ti.

Lucien deja salir un sollozo bajo, y luego recobra la compostura.

—De verdad espero que sí —toma mi mano con las suyas y besa mis nudillos con dulzura—. No sabía cuánto me cambiarías. No me daba cuenta de mis propios prejuicios, de mi falta de visión. Creía que sabía todo; creía que tenía un plan y que llevarlo a cabo sería simple. Estaba equivocado.

—¿No hemos estado todos equivocados al respecto en cierto punto? Es decir, ¿no es así como aprendemos a hacer lo correcto?

–Eres una buena persona, Violet Lasting. Espero que eso nunca cambie.

–*Tú* eres una buena persona, Cobalt Rosling –se sobresalta al oír que utilizo su verdadero nombre–. Espero que ambos sobrevivamos esto. Esta ciudad te necesita –el ánimo se ha tornado demasiado lúgubre. Intento cambiarlo–. Y estoy harta de que me llamen Imogen. ¿Cómo haces para tolerarlo?

Lucien se cruza de piernas y se reclina en su asiento.

–Sabes, ya no me importa. Me he adueñado del nombre, supongo. No ha habido otro Lucien en cien años. ¿Sabías que el Exetor en persona me nombró? Debido a que no había Electriz cuando me compró el Palacio Real –sus ojos se empañan un poco con el recuerdo–. Tenía tanto miedo, que estaba temblando. Me entrenó una anciana llamada Gemma. Y el Exetor entró al comedor mientras yo estaba aprendiendo el protocolo para servir. Él es un cazador ávido y sabía eso. Me preguntó sobre los distintos tipos de presas que se preparan para el Bosque Real y sobre los mejores métodos para rastrearlas. Me preguntó sobre los linajes reales. Me dio una pistola desarmada y observó cómo la armaba, mientras un lacayo me tomaba el tiempo. Me entregó una lista de impuestos recolectados de algunas propiedades reales en la Granja y me preguntó cómo predecir el incremento porcentual durante los próximos diez años. Yo acababa de cumplir once años. Al final, estaba sudando. Recuerdo que el Exetor enrolló varios pergaminos, se los entregó a Gemma y dijo: "Muy impresionante. Se llamará Lucien". Y así fue. Ya no era más Cobalt.

–Todavía lo eres –insisto.

–Supongo –se rasca el codo–. A pesar de todo el pavoneo y los aires de superioridad, la realeza todavía son solo personas. Retorcidas, sí, pero personas de todos modos. El Exetor estaba muy solo. Creo que por esa razón se casó con la Electriz. Porque siempre he sospechado que aún está enamorado de la Duquesa.

–Entonces, ¿por qué rompieron el compromiso? –me pregunto en voz alta.

–Con respecto a eso –dice Lucien, poniéndose de pie–, tu suposición es tan buena como la mía. Vamos. Ya hemos pasado suficiente tiempo aquí.

Mientras abandonamos la habitación secreta, bajamos la escalera en espiral y salimos de nuevo a los atareados pasillos de los sirvientes del palacio, siento que acabo de salir de un sueño y que regresé al mundo. El taller de Lucien se siente como parte de otro lugar, como una parte tangible de su ser.

Espero de todo corazón no tener que destruirlo.

Diecisiete

Una semana.

Ese es todo el tiempo que nos queda. Siete días hasta que el mundo cambie, para bien o para mal. Raven y Sil deberían estar marchándose hacia la Puerta Sur mañana. Y el próximo tren que tomen será el que se dirige a la Casa de Subastas.

Estoy llevando abajo la canasta de ropa sucia de Coral, perdida en mis pensamientos sobre las sustitutas, la Subasta y la fecha límite inminente que se acerca día a día, cada vez más.

El taller de Lucien también continúa apareciendo en mi mente: los vasos de precipitados burbujeantes, la pintura sin terminar, el muro de relojes que simboliza su infancia. Odio la promesa que le hice, pero sé que la mantendré. Lucien tiene razón. Ese lugar nunca debe caer en manos de la realeza.

Apenas estoy prestando atención por donde camino, así que cuando giro en una esquina y choco con el doctor Blythe, dejo caer la cesta y algunas de las prendas íntimas de Coral caen sobre el suelo de piedra.

—¡Ah! —grito, inclinándome hacia abajo para recogerlas con rapidez.

—Lo siento muchísimo —el doctor Blythe me imita para ayudarme pero rechazo la oferta.

—No, no, está bien; no estaba prestando atención hacia dónde iba —me tomo mi tiempo al guardar una camisola de seda dentro de la canasta, esperando que él continúe su camino.

—Eres justo la persona que estaba buscando —el doctor Blythe parece feliz de verme. El sentimiento no es mutuo—. Por favor, recuérdale a Coral que necesita concertar una reunión conmigo antes de la Subasta, para que podamos discutir el protocolo para crear un embrión, la compatibilidad con una sustituta, toda esa clase de cosas.

—S-sí —tartamudeo, poniéndome de pie—. Por supuesto.

—¿Podrá ser esta tarde, a las seis en punto?

Mantengo los ojos fijos en la canasta que sostengo entre las manos.

—No debería haber problema. Ella irá al Banco para su última prueba de vestido a las dos, pero puedo hacer que regrese a las seis.

—Excelente —el doctor junta las manos y asiente con la cabeza en un gesto amable—. Buenas tardes.

Hago una reverencia veloz, sigo caminando por el pasillo y le entrego la ropa sucia a una lavandera que tiene el rostro enrojecido. Subo las escaleras que llevan al segundo piso junto al ala este. Justo cuando salgo detrás del busto del viejo Duque, me cruzo con otro rostro familiar.

Rye está impecablemente vestido, como es lo habitual. En realidad, no lo he visto en este palacio sin Carnelian, pero ahora está solo. Y me está mirando de manera extraña. Hago otra reverencia, a falta de una idea mejor. Él echa un vistazo detrás de mí al pasillo vacío y luego me mira de nuevo.

—¿Violet? —pregunta en voz baja.

Mis ojos se abren de par en par.

—¿Cómo...?

Pero antes de que pueda decir otra palabra, él me empuja dentro de una habitación pequeña del otro lado del pasillo. Unas mariposas en cajas de vidrio decoran las paredes.

Rye sujeta mi muñeca, y mi pulso zumba contra sus dedos.

—Ash envía saludos. Para los dos.

—¿Está bien? —pregunto—. ¿Dónde está? ¿Has hablado con él?

—No, pero alguien más lo ha hecho. Un amigo mutuo.

Asumo que se refiere a otro acompañante.

—¿Quién? ¿Cuándo?

Ríe de forma relajada y me pregunto si está drogado.

—Nadie que conozcas. Y fue ayer.

—¿Dijo algo sobre mi hermano?

—¿Tu qué? No —Rye me mira de arriba abajo y silba—. Dijo que te veías diferente, pero... guau. Ustedes las sustitutas están llenas de sorpresas.

—Ya no soy una sustituta —replico.

—Cierto —responde—. De todos modos, quería decírtelo antes, pero es difícil escapar de Carnelian.

—Apuesto que lo es —susurro. Él sonríe.

—Sí, está bastante obsesionada con Ash. No puede dejar de hacerme preguntas sobre él. La Duquesa tampoco. Al principio, al menos. Dejó de hacerlo luego de un tiempo. Aunque Carnelian, no.

—Maravilloso —digo con ironía, cambiando de tema a asuntos más importantes—. ¿Ha hablado con otros acompañantes? ¿Están dispuestos a ayudarnos?

—¿Te refieres a ayudar a la Llave Negra? Por supuesto —se encoge de hombros—. No es que nuestras vidas puedan empeorar.

Me muerdo el labio.

—Me encuentro en la antigua habitación de Ash —dice—. Estoy seguro de que recuerdas el camino —me guiña un ojo—. Reúnete conmigo allí esta noche y hablaremos.

Espero unos segundos después de su partida, y luego avanzo rápido por el pasillo hacia la habitación de Coral. Estoy tan distraída por este nuevo avance mientras la visto para su viaje al Banco que termino poniéndole los tacones en el pie incorrecto.

—¿Sucede algo malo? —pregunta.

—Nada, señorita. Lo siento —susurro, y corrijo mi error.

La señorita Mayfield es una de las modistas más distinguidas de la Ciudad Solitaria, y tiene una lista de espera kilométrica. Coral no puede dejar de parlotear acerca de lo fabuloso que será su vestido.

—Elegí el rosa, por supuesto —dice, alzando la vista mientras la maquillo con el delineador—. Mi madre siempre se vestía de azul o plateado para la Subasta —resopla—. El rosa me sienta mejor.

–Sí, señorita –de pronto, recuerdo que no le he dicho de la reunión con el médico–. El doctor Blythe quisiera verla esta tarde, después de la prueba de vestido. Dijo…

–¡Mi primera consulta por la sustituta! –Coral inspecciona su reflejo en el espejo mientras termino con el delineador–. Por supuesto. Volveremos mucho tiempo antes, ¿verdad?

He aprendido durante las últimas semanas que "nuestro" itinerario entero está completamente en manos de Coral. ¿Ella no quiere hacer algo? No se realiza. Sin embargo, siempre insiste en consultarme de todos modos.

–Sí, señorita –digo–. ¿Garnet nos acompañará esta tarde?

No lo he visto mucho desde la muerte de su padre. Se ha abocado a su rol como soldado, haciendo más viajes a los círculos menores de los que hacía antes.

Coral suelta una risita.

–Los chicos no asisten a pruebas de vestido –frunce la nariz–. Aunque Carnelian vendrá. Siempre es tan aburrida y seria.

–¿Carnelian asistirá a la Subasta?

–Por supuesto que no, Imogen, ella no está casada. Pero habrá muchos festejos el día siguiente, las cenas, desde luego, y algunas otras fiestas, así que debe verse bien para esas ocasiones, incluso si no puede asistir al evento en sí.

Coral juguetea con un rizo que está junto a su oreja izquierda.

–Mi madre me ha contado historias sobre la Subasta desde que yo era pequeña y no puedo creer que por fin podré asistir. Suena tan maravillosa. Hay habitaciones dedicadas al entretenimiento, y juegos en los jardines. ¡Comienza en la tarde y dura todo el día! Y hay distracciones para las mujeres que esperan comprar sustitutas y cosas que hacer después de haber comprado una. Nunca antes he estado dentro del anfiteatro, pero he oído que es encantador –yo *he* estado en ese anfiteatro y *encantador* no es en absoluto una palabra que usaría para describirlo–. ¡Habrá comida, bebidas y juegos que ver, y músicos, acróbatas y toda clase de cosas divertidas!

Se ve tan entusiasmada. Como si la Subasta no se tratara de un grupo de chicas enviadas a un lugar extraño, drogadas, arregladas y luego exhibidas en un escenario. Como si todo ese miedo, toda esa ansiedad y preocupación y todo ese abuso fueran un mero entretenimiento.

Pero esta Subasta no será como las otras.

Me aseguraré de eso.

Dieciocho

Estoy sentada en el coche frente a Coral y Carnelian mientras nos dirigimos hacia la estación de tren del norte. La tienda de la señorita Mayfield está en el Distrito Norte del Banco.

–Esto es tan estúpido –farfulla Carnelian–. Después de todos esos bombardeos y rebeliones y esas cosas. No puedo creer que ella nos esté enviando aquí afuera.

–Tonterías –replica Coral–. No ha habido un bombardeo en una semana.

–Quizá no en el Banco. Pero el Humo y la Granja se están volviendo lugares bastante peligrosos. ¿No lees los periódicos?

Me sorprende que Carnelian esté siguiendo los movimientos de la Sociedad. Aunque recuerdo que, en una cena muchos meses atrás, la Duquesa se burló de ella por trabajar en la imprenta de su padre. Quizás ella siempre ha leído los periódicos y simplemente nunca lo noté.

Y para mis adentros, estoy de acuerdo con ella. No es seguro para los miembros de la realeza estar en los círculos más bajos, con la Subasta tan cerca. Pero por supuesto, ellos no lo saben.

—El Humo siempre ha dejado mucho que desear, ¿no es así? —dice Coral—. El Banco es encantador. Será agradable cambiar de ambiente.

—Todavía no veo por qué no pude haber traído a Rye —comenta Carnelian.

—Sí, él es muy gracioso, ¿verdad? Recuerdo cuando fue mi acompañante. Solía hacer imitaciones de los sirvientes que me hacían reír durante días.

Había olvidado que Rye trabajó para la Casa de las Plumas. Me parece mal, antinatural, que ella y Coral compartieran un acompañante, pero supongo que sucede todo el tiempo.

—No me lo recuerdes —masculla Carnelian.

—Y es mucho más agradable que ese horrible Ash Lockwood —prosigue Coral, ajena a la expresión asesina de Carnelian—. ¡Recuerdo cuán celosa estaba cuando la Duquesa lo consiguió para ti! Mi madre moría por ponerle las manos encima. Pero supongo que al final resultó ser para mejor.

—No hables de él como si lo conocieras —replica Carnelian—. Porque no lo conoces.

—Bueno, tu tampoco lo conocías en realidad —señala Coral.

Carnelian mira por la ventana y echa humo durante el resto del viaje.

Nuestro automóvil se detiene en una estación que es incluso más pequeña que a la que llegué cuando estaba fingiendo ser Lily. No hay ninguna sala junto a la estación. Está protegida por una arboleda cuyos pimpollos apenas comienzan a florecer.

El tren tiene solo un vagón de un negro resplandeciente con detalles en cobre. El conductor cobra acción cuando llegamos; se quita el sombrero y abre la puerta para nosotras.

El interior del vagón se ve muy similar a un salón de la realeza. Hay dos sillones, uno tapizado en color plata con un bonito patrón de copos de nieve y otro en dorado con hojas labradas, al igual que dos sillones individuales. Las lámparas decoran las diversas mesas, sus sombras en tonos tenues de durazno y beige. Un candelabro en miniatura cuelga del techo. Hay una estatua de mármol de una mujer con un vestido largo y un ave apoyada sobre su mano extendida. Hay un armario de vidrio lleno de botellas de licor junto a un retrato muy grande y muy realista del Exetor.

Carnelian y Coral toman asiento en sillones opuestos. Ya he aprendido que mi trabajo es permanecer callada en una esquina y fingir que no existo. El periódico de hoy está sobre una pequeña mesa auxiliar; Carnelian lo toma y lo hojea mientras el tren avanza con un ruido sordo.

–Por cierto, sí leo los periódicos –dice Coral–. Hubo un artículo de opinión escrito por la Dama del Valle sobre la injusticia de los compromisos previos al nacimiento.

Carnelian resopla.

–Por favor. Ese fue un intento solapado de la Electriz para desacreditar a la Duquesa. Todos saben que ella no quiere que la hija de la Duquesa se case con su hijo. Probablemente por eso envió a aquellos hombres a matar a la sustituta en la fiesta de Garnet.

–La Electriz no haría eso –dice Coral–. Es traición. Las personas solo están celosas.

—De veras no crees eso, ¿cierto?

Coral, muy aplicada, ignora la pregunta. Carnelian gruñe.

—Te comportas como si no hubieras vivido en este círculo toda tu vida. Sabes lo despiadado que es.

—Esa es una palabra muy cruel —Coral se acomoda el sombrero—. Las personas solo tienen opiniones muy fuertes acerca de las cosas de este lugar, eso es todo.

Carnelian ríe ante sus palabras, y me alegra que pueda hacerlo, dado que yo no.

—Eres un desastre, Coral.

—Al menos soy bonita y feliz —replica, encogiéndose de hombros—. Quizá si trataras de sonreír más, alguien en este círculo querría casarse contigo.

—No creo que sea mi falta de sonrisas lo que evita que cualquier Casa haga un compromiso conmigo —dice Carnelian—. Además, hay cosas más importantes que encontrar un esposo y comprar una sustituta.

Ahora es el turno de Coral de reír.

—¿Cómo qué?

Carnelian agita el periódico hacia Coral.

—La ciudad se está desmoronando allá afuera.

En ese momento, la puerta de hierro entre el Banco y la Joya se abre con un quejido. El tren avanza con lentitud, resoplando a través de la oscuridad hasta que por fin sale del otro lado, y me recuerda desagradablemente de nuevo lo inmensa que es esa pared.

Pero no estaré sola. No seré solo yo tratando de derrumbarla, como Lucien planeó una vez. Pienso en Indi y en Sienna, e incluso en Olive, esperando en el Pantano, listas para viajar a la Joya con las chicas que serán vendidas. Pienso en Raven y en Sil escondiéndose cerca de la Puerta Sur. Me pregunto cómo están Ginger, Tawny y Henna. Espero que estén listas, que Amber, Scarlet y las otras chicas las hayan ayudado a practicar con los elementos. Espero que aprendan unas de las otras, que se fortalezcan mutuamente.

Cuando la luz se filtra de nuevo dentro del tren, Coral sonríe con suficiencia.

Carnelian, ¿cómo es posible que alguien atraviese ese muro? Estamos perfectamente a salvo en la Joya. Y estoy segura de que todo este asunto terminará pronto. Atraparán a esos rufianes y los castigarán –resopla y acomoda su falda–. ¿No pueden estar agradecidos de que les demos trabajo, y que pongamos ropa sobre sus cuerpos y comida en sus estómagos? Parece muy desagradecido de su parte hacer estas rabietas.

Una vez más, Carnelian dice lo que yo estoy pensando.

–Coral, no tienes la menor idea de lo que estás hablando. Lo que sabes sobre los círculos más bajos cabría dentro de una de tus estúpidas tazas miniatura.

El tren baja la velocidad y nos detenemos en la estación del Banco antes de que la pelea pueda continuar.

Es igual de privada que la estación de la Joya, si no lo es más. Hay árboles que la esconden dentro de los confines de un muro de ladrillo. Un vehículo nos espera justo dentro de las puertas doradas que llevan al resto del círculo.

Solo he estado en el Distrito Sur del Banco por ese período breve que pasé con Lily y después en el depósito. Todo estaba hecho de piedra rosa y jardines inmaculados. El Distrito Norte es más salvaje. Todos los árboles aquí son perennes.

Los edificios están hechos de materiales color gris plateado y azul pálido, por lo que resplandecen entre el verde oscuro. Muchos de ellos tienen tejas blancas, lo que les da la impresión de estar cubiertos de nieve reciente.

Llegamos a una calle el doble de ancha que cualquiera de las otras en las que hemos estado hasta ahora. Está llena de tiendas de todo tipo, y el conductor se detiene para dejarnos bajar. Pasamos junto a una tienda con ventanas tapiadas y marcas de quemaduras en sus paredes. Un cartel en la puerta dice: "Cerrado por remodelaciones". Una llave negra está garabateada sobre esas palabras.

–Desagradecidos –susurra Coral. Carnelian pone los ojos en blanco, pero mira de nuevo el edificio varias veces hasta que desaparece de vista.

Me descubre observándola y mira hacia el frente con rapidez. Yo también aparto la mirada. No necesito que Carnelian me observe con demasiado detenimiento.

Unas pocas de las otras tiendas tienen ventanas rotas y carteles que dicen "Cerrado", y diviso más llaves negras pintadas con aerosol.

Las tiendas que permanecen intactas tienen grandes carteles ornamentados, como los que están en el Distrito Sur. Uno anuncia con orgullo: "¡El mejor sombrerero del Distrito Norte!" sobre una exhibición de sombreros de colores brillantes. Otro proclama "Mantelería fina: ¡haga que su casa luzca como un palacio real!".

Por fin nos detenemos fuera de un edificio rojo intenso, que contrasta intensamente con todo el hierro y el bronce que constituye la mayor parte de este distrito. Hay una sede imponente del Banco Real a la izquierda y una tienda de muebles a la derecha. El cartel sobre la entrada del edificio rojo dice: "El emporio de la señorita Mayfield: proveedora de prendas de noche". Una chica no más grande que yo, vestida con una falda negra de corte elegante y una chaqueta, nos saluda en la puerta.

–Coral, de la Casa del Lago –dice con calidez–. Hemos estado esperándola. Y a la señorita Carnelian, también. Pasen, pasen.

Coral absorbe la atención como una esponja. Ingresamos a la tienda y convocan de inmediato a otras dos chicas con uniformes similares. Sirven café, nos ofrecen fruta fresca y un asiento en un sofá de terciopelo lujoso.

Una vez más, merodeo por el fondo; no me necesitan, salvo cuando Coral se quita el sombrero y me lo entrega. Los vestidos nos rodean, modelados en maniquíes de madera o colgados en exhibidores organizados por color. El techo es tan alto que hay hileras de vestidos que solo son accesibles con una escalera deslizante sobre la pared, como la que hay en la biblioteca de la Duquesa. El suelo está alfombrado en un tono escarlata oscuro y la lámpara que cuelga del techo está hecha de cobre en forma de muchas astas; cada punta posee una esfera lumínica, que baña la habitación con una luz cálida.

–La señorita Mayfield estará enseguida con ustedes –le asegura la chica a cargo a Coral–. Le encantará cuando lo vea, es absolutamente deslumbrante. Estuvo toda la noche despierta para terminarlo.

Coral parece satisfecha.

–¿Y qué hay de mi vestido? –pregunta Carnelian. Toma asiento en un pequeño puf con su taza de café, luciendo contrariada.

–¡Ah, el suyo también es encantador! –trina la asistente.

–Debe estar entusiasmada –dice otra asistente que es casi tan alta como Indi–, de que su tía haya encargado un vestido como este solo para usted.

–Sí, estoy extasiada –responde Carnelian con frialdad.

–Ambas lo estamos –dice Coral, sonriendo lo suficiente por las dos.

–¿Ya ha visto las listas para la Subasta? –pregunta la encargada.

–No, nunca llegan hasta unos días antes, ¿verdad? No puedo esperar a ver qué clase de sustitutas hay este año.

–No tantas como la última vez, me temo, ¿cierto? –pregunta la tercera asistente, una chica con cabello abultado y muchas pecas.

–No –dice Coral–. Pero realmente se trata de la calidad, no de la cantidad, ¿no es así?

–Además, ya nadie está peleando por la mano de Larimar para contraer matrimonio –señala Carnelian.

–Lamentamos lo ocurrido en ese horrible tiroteo –dice la encargada. Me doy cuenta de que solo le habla a Coral–. ¿Es verdad que estaban tras la sustituta?

–Sí –responde ella en voz baja.

–Todos dicen que fue la Electriz –comenta la chica con pecas, como si estuviera esperando recibir la confirmación de Coral, pero la encargada la silencia con una mirada severa.

–Nadie sabe quién estuvo detrás de lo sucedido –dice,

cortante–. La Duquesa debe estar muy preocupada por la seguridad de su sustituta.

Mi estómago se revuelve, los ruegos frenéticos de Hazel resuenan en mis oídos.

–La mantiene a salvo en el palacio –afirma Coral.

–Y no más fiestas hasta que el pequeño manojo de alegría nazca –añade Carnelian.

La chica alta ríe nerviosa, como si no estuviera segura de si Carnelian está bromeando o no, y de si debería demostrar que le parece graciosa en caso afirmativo.

–¿Ya se le nota? –pregunta la encargada.

–Sí, ha crecido bastante –Coral apoya su taza de porcelana.

–Es tan extraordinario que la Duquesa haya podido organizar el compromiso antes de que la dulce niña nazca siquiera –comenta la chica alta, acercándose para formar parte del chismerío–. ¿Cómo lo logró?

–Ya conoces a la Duquesa –dice Coral, alegremente–. Si quiere algo, hará lo que sea necesario para conseguirlo. ¡Me quería para su hijo y mira cómo resultó todo!

Todas las asistentes ríen.

–Ahora, chicas, denles a las damas algo de aire –la mujer que entra desde el fondo de la tienda es el estilo en persona. Lleva puesto un vestido largo hasta el suelo color ciruela que abraza sus curvas a la perfección, enfatizando su cadera y sus pechos. El detalle es asombroso: las cuentas están cosidas al corsé y a la falda en un patrón ondulado que ocupa todo un lateral del vestido, como un océano azul, plateado y lila. Un chal sencillo está envuelto sobre sus hombros, dando el efecto de que recién se puso ese atuendo sin pensar realmente al respecto.

Su cabello es de un rojo vibrante, que contrasta con intensidad con su piel color medianoche. Al igual que la Duquesa, esa es una mujer con el poder de silenciar una habitación.

Las tres asistentes callan y se retiran.

—Coral, qué placer verte de nuevo —dice la señorita Mayfield, acercándose para darle un beso en cada mejilla a la muchacha—. Y Carnelian, te ves encantadora —su mirada aterriza en mí—. Ah, ¿por fin conseguiste una dama de compañía?

—Es mía —interrumpe Coral antes de que Carnelian pueda responder—. Garnet la compró para mí.

La señorita Mayfield le dedica una sonrisa felina.

—Tu esposo es un buen hombre. Aunque desearía que pudiera ayudar con nuestro problemita con la Llave aquí en el Banco. Ya he tenido que pintar las paredes de mi tienda dos veces.

—Vándalos —concuerda la encargada.

—Está haciendo su mayor esfuerzo —afirma Coral, y no puedo evitar ocultar una sonrisa burlona ante esas palabras. Por suerte, nadie excepto Carnelian me ve, y su rostro se torna curioso. Suavizo rápido mi expresión.

La señorita Mayfield asiente.

—Bueno, no nos desanimemos con asuntos deprimentes. ¡Tenemos vestidos que ver!

Aplaude y sus asistentes se dispersan como ratones bien entrenados. La chica alta abre un par de puertas de madera y la del cabello abultado acerca un maniquí que tiene un vestido azul; la encargada la sigue con uno rosa.

—¡Es hermoso! —exclama Coral, extendiendo la mano para tocar la tela suave.

–Creí que el mío sería rojo y negro –comenta Carnelian, mirando con desdén el vestido de gasa azul mientras se lo acercan frente a ella.

–Sí, cariño, pero por desgracia, la Duquesa paga la cuenta y ella creyó que el esquema de colores que habías elegido era un poco… intenso –la señorita Mayfield le da una palmada en el hombro–. No te preocupes –dice en voz baja–, te quedará a la perfección.

Esa fue la frase exacta que Lucien utilizó cuando me permitió elegir mi propio vestido para la Subasta. Por un momento, estoy de nuevo en la sala de preparación, mirando mi rostro por primera vez en cuatro años.

Una campanilla suena cuando la puerta delantera se abre. Una mujer del Banco y su hija ingresan. La niña no puede tener más de cinco o seis años; tiene gruesas trenzas negras en su cabello y un sombrerito adorable con un moño azul.

–Lo siento muchísimo, señora Linten –comenta la señorita Mayfield–. Pero estamos cerrados por el resto de la tarde.

La señora Linten parece ofendida antes de ver a Coral y a Carnelian.

–Sus Señorías –dice, haciendo un pequeña reverencia y empuja a su hija para que haga lo mismo–. No las… Lo siento mucho. Por supuesto, señorita Mayfield, regresaremos mañana.

Sale de la tienda, arrastrando a su hija con ella. Supongo que Carnelian cuenta como señoría en el Banco, incluso si en la Joya no lo hace. La señorita Mayfield mira con severidad a la encargada, quien luego fulmina con la mirada a la chica de pecas, quien corre hacia la puerta, la cierra con llave, cuelga un cartel que dice "Cerrado" en la ventana y baja una persiana sobre él.

—Ahora —dice la señorita Mayfield—, ¿dónde estábamos?

Con rapidez, las tres asistentes les quitan los vestidos a las chicas de la realeza y las dejan solo en ropa interior. La señorita Mayfield ayuda a Coral a ponerse la deslumbrante prenda rosa, un vestido con cuello corazón y una falda sutil levantada con una capa de tul. La única decoración está alrededor de la cintura: unas flores diminutas hechas de diamantes y rubíes.

—¿Qué opinas, Imogen? —pregunta, volteando hacia mí.

—Es perfecto, señorita —respondo. Y lo es. Realmente se ve encantadora. Las tres asistentes se dispersan de nuevo y regresan, cada una con un espejo de cuerpo entero. Se mueven en perfecta sincronía, casi como una danza, para que Coral pueda ver cada centímetro de su reflejo.

—Me encanta —afirma, y la señorita Mayfield luce satisfecha.

Carnelian es la siguiente. Después de ponerse el vestido azul, la señorita Mayfield en persona se lo ajusta.

—¡Ah! —dice Coral con un grito ahogado—. Carnelian, te ves… hermosa.

Suena celosa, y no la culpo. El vestido que la señorita Mayfield hizo para Carnelian es distinto a cualquier otro que haya visto antes. La falda está hecha de gasa, hermosas capas que flotan hacia el suelo como nubes. Pero el corsé está confeccionado cuidadosamente en cintas de satén que forman un patrón entrecruzado de seda azul marino sobre encaje celeste, por lo que su piel color marfil se asoma entre ellos. Termina en un círculo apretado en la base de su cuello y justo sobre sus hombros, y deja los brazos al descubierto.

Hace que Carnelian parezca una mujer por mérito propio, alguien que podría hacer girar cabezas en el baile.

—¿Qué opinas? —pregunta la señorita Mayfield.

—Es perfecto —susurra ella. Después, gira y abraza a la modista. Las asistentes apartan la mirada, avergonzadas.

—Bueno, asegurémonos de que todo está como debería —la señorita Mayfield chasquea los dedos y los espejos desaparecen. Se pone un par de lentes extraños, toma una cinta métrica y comienza a inspeccionar cada costura y dobladillo.

»Hay un hilo suelto aquí —susurra, mirando el hombro izquierdo de Carnelian. La chica alta toma nota—. Y quitaremos…

Pero sea lo que sea que dirá a continuación se pierde, cuando la pared frente a mí explota de pronto en un estallido ensordecedor de calor, yeso y polvo.

Diecinueve

Salgo volando por los aires hacia atrás contra una hilera de vestidos.

Un profundo instinto protector hace que me una al Aire, y los escombros y los restos que salen disparados hacia mí se desvían con una ráfaga de viento. Los vestidos suavizan el golpe cuando mi espalda golpea contra la pared y mi conexión con el Aire se rompe. Los destellos explotan frente a mis ojos y me zumban los oídos. Durante varios segundos, o tal vez minutos, permanezco allí, medio oculta por las capas de satén, lana y brocado. Mi pecho sube y baja mientras lucho por respirar. Siento que me han llenado la cabeza con algodón. Todo está apagado, silenciado. Lentamente, mi oído regresa.

Lo primero que noto son los gritos. Un alarido largo y sostenido. Me incorporo, froto mi oreja izquierda y veo a la encargada de pie en medio de la tienda arruinada, observando su propio brazo. Algo afilado y blanco está sobresaliendo de su piel, gruesas líneas de líquido rojo gotean por su antebrazo hasta la mano. Trago la bilis que sube por mi garganta cuando me doy cuenta de que es su hueso. Tiene el brazo destrozado.

Un lateral completo del vestido de la señorita Mayfield está rasgado y hay un gran magullón floreciendo debajo de uno de sus ojos. Está agazapada en el suelo, ocupándose de la chica alta, presionando un vestido verde de encaje contra un tajo en la frente de la muchacha. No logro distinguir dónde está la chica con pecas.

Hay billetes desparramados por doquier a nuestro alrededor, resplandeciendo entre los escombros como estrellas. Mi cerebro responde lento, mi cabeza está mareada. ¿De dónde salió todo ese dinero?

¿Dónde están Coral y Carnelian?

La imagen se forma frente a mis ojos como un rompecabezas al que le faltan algunas piezas. Hay un agujero gigante en la pared opuesta a mí. A través de ella puedo ver tejas rotas y trozos derretidos de cobre, madera astillada y enormes fragmentos de hormigón. El zapato de un hombre. Una lámpara rota. Y fuego. Fuego por todas partes.

El banco. El Banco Real que está junto a esta tienda.

Me pongo de pie con torpeza cuando la chica del brazo roto grita más fuerte. El fuego que consume el banco se ha propagado al tapete de la tienda. Puedo sentir su delicioso calor desde el otro extremo de la habitación. Pero se dirige directamente hacia la señorita Mayfield y a su encargada, devorando cada retazo de seda y encaje a su paso.

En la distancia, escucho el gemido débil de las sirenas. Nunca llegarán aquí a tiempo.

Me uno al Fuego; una explosión de calor atroz acompaña al elemento. Mi piel hierve, un dolor que es insoportable y bienvenido al mismo tiempo. El Fuego siempre me hace sentir viva y atemorizada en partes iguales.

Por un segundo, las llamas arden más altas, pero ahora yo tengo el control y lo calmo, despacio y con firmeza, enfocándome en el latido del corazón en mi pecho, obligando al fuego a retroceder. Se encoge a la mitad de su tamaño, después a un cuarto, y luego no es más que un par de volutas de humo elevándose desde los restos de un tapete carbonizado. Un chisporroteo de su calor hace eco sobre mi piel cuando suelto el elemento.

Regreso a mí misma y de inmediato busco a las dos chicas de la realeza. Cuando veo el tacón colgando de un pie inmóvil, mi corazón se convierte en plomo. Coral está clavada debajo de un gran trozo de pared. La sangre brota en un charco oscuro debajo de ella.

–¡Coral! –grito. Intento levantar lo que la aplasta, pero es demasiado pesado. Las sirenas en la distancia se oyen más fuerte–. Coral, no, no…

Sacudo sus hombros. Su cabeza rebota, inerte. Tiene los ojos cerrados, casi como si recién la hubiera acostado en la cama, salvo que lo que la cubre es hormigón en vez de una sábana, y ella nunca abrirá los ojos de nuevo. Me siento sobre mis talones y presiono las manos contra mis ojos, como si pudiera borrar esa visión horrible de mi cerebro.

Oigo un quejido débil que proviene de detrás de un sillón volcado. Me obligo a moverme, me pongo de pie y dejo atrás el cuerpo sin vida de la esposa de Garnet para encontrar a Carnelian atrapada debajo del sillón, viva.

–No puedo… respirar… –grazna.

–Solo resiste –digo–. Te quitaré esto de encima.

Me conecto de nuevo con el Aire; la sensación inicial de descenso en mi estómago que acompaña al elemento no me genera el entusiasmo habitual. Instantáneamente, el aire a mi alrededor está listo, esperando. Mientras coloco los dedos debajo del borde del sillón puedo sentir todo su peso, no solo el suave marco de caoba que estoy tocando. Soy consciente de toda su contextura. Soy el Aire debajo del objeto, alrededor de él y acurrucado en los cojines. Estoy en todas partes.

Levántalo, pienso. Mientras me incorporo, el Aire jala conmigo y lanza el sofá contra un maniquí con tanta fuerza que la cabeza se separa del cuerpo. Carnelian rueda y cae sobre su espalda, jadeando mientras intenta respirar.

–¿Estás bien? ¿Puedes moverte? ¿Estás herida? –mi mano revolotea a su alrededor de forma inútil, con miedo a tocarla.

–Mis… costillas… –se aferra a su lateral.

–Quédate quieta. La ayuda viene en camino –las sirenas suenan de nuevo. Tomo los restos de un vestido color índigo, lo aplasto, y alzo con delicadeza la cabeza de Carnelian para apoyarla sobre la almohada improvisada–. Estarás bien –repito, más para mí misma que para ella. Su respiración es superficial y hay un corte profundo en su hombro. Presiono otro vestido contra la herida para detener el sangrado.

–Está… está… –Carnelian mira detrás de mí hacia donde sé que yace el cadáver de Coral.

–Sí –susurro, y la culpa es agonía, un cuchillo caliente

retorciéndose en mis entrañas, un puñetazo en el pecho que me deja sin aliento.

Todos aquellos bombardeos. Sabía que era violento. Por supuesto. Pero esto...

Carnelian comienza a llorar, las lágrimas ruedan sobre sus mejillas.

—Shhhhh —digo, tomando su mano con la mía—. Está bien, estamos bien...

—No quiero morir —gimotea.

Se ve tan asustada, tan joven. Puede que no me agrade Carnelian, pero en este momento, somos lo mismo. Solo dos chicas asustadas.

—No morirás —afirmo—. La ayuda viene en camino. Estarás bien —aprieto su mano—. Estoy aquí. No te dejaré.

Me mira con los ojos desenfocados.

—Co-conozco tu voz —dice. Frunce el ceño por un momento antes de que sus ojos se abran de par en par—. *Tú* —dice con un grito ahogado.

Asiento. Ni siquiera considero mentirle.

Los labios de Carnelian se separan, deja salir un pequeño jadeo y después pone los ojos en blanco y se sumerge en un estado de inconsciencia.

Minutos después, los soldados entran corriendo a la tienda arruinada. De inmediato, uno se dirige a la chica que grita mientras otros dos se mueven para ayudar a la señorita Mayfield y a su empleada.

—¡Ayuden a las nobles! ¡Ayuden a las nobles! —grita ella, señalando el lugar donde yo estoy con Carnelian. Un joven soldado se acerca con rapidez.

–¿Está herida, señorita? –me pregunta.

–No –respondo–. Pero ella sí. Sus costillas, creo, y su hombro.

–¡Médico! –grita, y un hombre vestido con un abrigo gris y un bolso negro se acerca para inspeccionar a Carnelian. Se llevan a la encargada, que acuna su brazo roto. Cuatro soldados logran quitarle el hormigón de encima a Coral. Toda la parte inferior de su cuerpo ha sido aplastada.

Cierro los ojos y me odio a mí misma por mi cobardía. Debería observar esto. Merezco ver lo que está haciendo la Sociedad de la Llave Negra. Junto coraje y los abro de nuevo. Están metiendo a Coral en una bolsa negra, idéntica a la que usaron para Raven cuando la enviaron a la morgue. Dos soldados la llevan fuera de la tienda.

A Carnelian la han puesto sobre una camilla.

–Es de la Casa del Lago, ¿verdad? –pregunta el joven soldado. Asiento.

–Estará bien –dice el médico–. Supongo que son un par de costillas rotas y que esa herida en su hombro necesitará puntos. Lo mejor será llevarla de nuevo a la Joya. Es donde estará más a salvo –mira con rapidez el sillón destrozado contra el muro–. ¿Estaba debajo de eso? –asiento de nuevo–. ¿Y tú se lo quitaste de encima?

Lo miro, inexpresiva. Por supuesto que lo hice. Él parce impresionado, pero yo no me siento muy impresionante ahora mismo. Me siento vacía.

–Vamos, señorita –dice el soldado, colocando una mano gentil sobre mi hombro–. Saquémosla de aquí.

Me guía hasta una ambulancia que espera fuera. Luego de ayudarme a mí, suben a Carnelian, junto al médico y otro soldado.

De inmediato, él comienza a hacerme preguntas. ¿Vi a alguien sospechoso cerca del banco cuando llegamos? ¿Algo parecía extraño? ¿Creo que la señorita Mayfield pudo haber tenido algo que ver? ¿O una de sus asistentes?

Respondo que no a todo mientras la ambulancia atraviesa a toda velocidad las calles.

–¿Dónde está Coral? –pregunto.

–La están cuidando bien, no se preocupe –el soldado me da una palmadita en la rodilla.

El conductor está perplejo cuando nos detenemos en la estación.

–¡Prepara este tren para salir ahora! –le grita el médico–. Y haz que la Joya lo sepa. Carnelian de la Casa del Lago ha sido herida en un bombardeo de la Llave Negra.

–¿Dónde está la señorita Coral? –pregunta él, pero los soldados pasan con rapidez a su lado con Carnelian y él empalidece al ver su silueta inconsciente. Sube velozmente al asiento del conductor y yo me apresuro a subir al vagón detrás de todos. El tren avanza mientras tropiezo con la estatua de la mujer con el pájaro. Los soldados han movido de lugar uno de los sillones para apoyar la camilla de Carnelian en el suelo.

No puedo creer que ella y Coral estaban en este vagón, discutiendo, hace tan solo una hora. No parece real.

Cuando llegamos a la Joya, hay un automóvil glamoroso esperando, con un asiento trasero extra grande. Un conductor abre la parte de atrás y los soldados deslizan a Carnelian dentro.

–¿Solo… solo está…? –pregunta el conductor.

El médico asiente, y repite lo que me dijo sobre el estado de Carnelian.

Viajo en el asiento delantero con el conductor mientras él acelera por las calles de la Joya. La grava vuela debajo de los neumáticos cuando se detiene en el palacio del Lago. El médico está esperando junto al garaje con Uno y Seis.

—Por aquí, por aquí —dice mientras se apresuran a bajar a Carnelian del vehículo. Jala de la rama de un arbusto que yo creía que era real, pero en cambio, este se desliza hacia un costado y aparece un túnel oscuro y una escalera de piedra. El pasadizo secreto a la sala médica que no podía encontrar. Desaparecen en la oscuridad y el arbusto se desliza de nuevo a su lugar original.

El conductor se marcha para aparcar el vehículo en el garaje y me quedo sola.

No sé a dónde ir, qué hacer. Todo parece un sueño. Mis pies me llevan a donde quieren y termino en la cocina. Los sirvientes están apiñados en grupos, hablando con preocupación. Incluso Rye está allí.

El silencio que se hace cuando entro es abrupto, como si alguien levantara la aguja de un gramófono. Maude es la primera en entrar en acción.

—¡Imogen! —corre hacia mí—. ¿Estás bien? ¿Estás herida? ¿Qué sucedió?

—Está en shock —dice Rye, y luego Zara aparece a mi lado, con un cuenco de caldo en una mano y una hogaza de pan en la otra.

—Siéntate —me pide con dulzura, y me doy cuenta de que hay un taburete junto a mí. Me pregunto si ha estado ahí todo este tiempo o si yo acabo de notar su presencia.

»Clara, trae un paño húmedo —ordena Zara. Mary y

Elizabeth me miran con ojos temerosos, como si yo fuera algo irreal y peligroso. Me aferro al pan como a una cuerda salvavidas. Todavía está tibio, y el aroma me recuerda a mi madre. Lágrimas calientes llenan mis ojos.

»Estás bien, niña –dice Zara, limpiándome el rostro con el paño–. Ahora, quédate quieta. Estás a salvo.

No me di cuenta de lo mucho que estaba temblando.

–Retrocedan, retrocedan –dice Maude–. Denle a la pobre chica algo de espacio para respirar.

Todo el espacio del mundo no hará que respirar sea más sencillo. Bajo la vista hacia mi vestido y por primera vez tengo cierta idea de cómo luzco.

La tela blanca se ha convertido en un color café grisáceo, cubierta de polvo y trocitos de escombros. Hay un gran corte en una manga, y sangre en la otra. Mis manos están cubiertas de suciedad y más sangre.

La sangre de Coral está en mis manos.

Cuando por fin tengo la calma suficiente para respirar con normalidad, Zara comienza a servirme un poco de caldo con una cuchara. Me sorprende cuán rápido me ayuda a estabilizarme y a despejar mi cabeza confundida.

–Ahora –dice ella, tomando mis manos con las suyas–. Cuéntanos qué sucedió. Lo único que sabemos es que hubo una explosión en el Banco –asiento–. Y Coral y Carnelian salieron lastimadas –cierro los ojos.

–¿Están muertas? –pregunta Rye con la voz entrecortada.

–Solo Coral –grazno. Hay más gritos ahogados y murmullos.

–¿Fue la Llave Negra?

–Sí –respondo–. Había un Banco Real junto a la tienda. No creo que tuvieran la intención de lastimar... no creo...

No sé qué creo. El hecho es que la Sociedad *sí* tenía la intención de lastimar personas. Solo que nunca pensé que fuera a ser gente que conocía personalmente.

–Pobre Garnet –dice Maude–. Primero su padre, ahora su esposa...

Ni siquiera había pensado en Garnet. Me pregunto cómo se sentirá. Probablemente igual que yo. Puede que no haya estado enamorado de Coral, pero no la odiaba.

De pronto, comienza a sonar una campana en la cocina, una campanita diminuta que nunca he visto sonar antes. Todos los sirvientes la miran, boquiabiertos. Después, Cora aparece en la puerta.

–La Duquesa quiere verlos a todos en el salón de baile. De inmediato.

Su mirada se posa en mí por un momento. Después, voltea y todos deambulamos detrás de ella; Mary y Elizabeth susurran juntas, el rostro de Mary es precavido, y William parece más aturdido de lo que jamás lo he visto.

Entramos en fila al salón de baile, donde la Duquesa está de pie esperándonos, resplandeciente en satín negro con guantes largos que le llegan hasta los codos.

–Como deben haber oído –dice sin preámbulos–, ha habido otro ataque feroz a nuestra Casa. Esta vez, de parte de la Sociedad que se autodenomina la Llave Negra. Han asesinado a nuestra querida nuera, Coral, y herido de gravedad a nuestra sobrina. Esto no será tolerado. Los soldados están haciendo todo lo que está en su poder para detener a estos rebeldes.

Pero no permitiremos que ellos disminuyan nuestro espíritu. Permaneceremos fuertes y unidos ante nuestros agresores. He enviado una petición de emergencia para hablar con el Exetor. Tengo esperanzas de que él podrá hacerse el tiempo para verme mañana. Quiero que todo esté impecable. Quiero sonrisas en sus rostros y vigor en sus pasos. Quiero verlos orgullosos de servir a esta Casa que ayudó a fundar nuestra gran ciudad. ¿Está claro?

Todos asienten al mismo tiempo.

–Tú –la Duquesa me señala directamente con un dedo–. Ven conmigo. El resto puede retirarse.

Veinte

M e sorprende lo tranquila que me encuentro mientras sigo a la Duquesa fuera del salón de baile.

Quizá, simplemente ya no queda nada en mí que sentir. Después de los eventos del día, me pregunto si seré capaz de reunir cualquier emoción fuerte de nuevo. Ahora debería estar aterrorizada. Debería estar preocupada de que la Duquesa pueda descubrirme, pueda reconocer mi voz. Pueda matarme.

Pero cuando abre la puerta de un estudio pequeño, una determinación sombría se apodera de mí. Hazel todavía está en peligro. Al igual que Ash y Ochre. Raven, Sil, Sienna, Indi, Olive, todas las chicas en los centros de retención están contando conmigo, con este plan, con el hecho de que este año, en esta Subasta, no serán vendidas como esclavas. Se declararán ciudadanas libres de la Ciudad Solitaria. Odio que Coral haya muerto, pero ella no es la primera persona en perder la vida debido a esta causa. Y definitivamente no será la última.

La Duquesa se sienta en un sillón de cuero y me observa sobre los dedos de sus manos, que se tocan por las yemas.

–Has hecho un trabajo apropiado como dama de compañía de Coral –dice.

Hago una reverencia.

–Y me agrada que no parlotees como muchas de las otras criadas en esta casa. Permanecerás aquí, como la dama de compañía de Carnelian. A ella debería agradarle eso, dado que ha estado pidiendo una durante suficiente tiempo –sonríe con superioridad–. Y de ese modo no puedes salir corriendo a venderle tu historia a los periódicos o a otra Casa. Haré que te arranquen la lengua si lo intentas.

No había considerado que me quedaría sin trabajo. Coral ni siquiera ha estado muerta dos horas.

–Sí, mi señora –respondo con voz ronca–. Gracias, mi señora.

La Duquesa suspira y se frota la sien. Mira el reloj sobre la repisa de la chimenea y me doy cuenta de que ya he estado en esta habitación antes. La primera vez que caminé sola sin rumbo por el palacio. El día que conocí a Ash. Había un retrato de la Duquesa sobre un escritorio con tapa corrediza, una pequeña pintura realista. En un momento de rebeldía, utilicé el primer Augurio, Color, para cambiar su piel color caramelo por un verde estridente.

Por poco me quiebra el brazo debido a eso.

–Puedes retirarte –dice con brusquedad la Duquesa.

Hago de nuevo una reverencia y me apresuro a salir por

la puerta. Me muevo en dirección a las habitaciones de los sirvientes.

Cora está esperándome fuera del comedor. Los pasillos están vacíos.

–¿Te nombró dama de compañía de Carnelian? –pregunta.

–Sí.

–Bien. Iba a echarte. Me esforcé mucho por convencerla de lo contrario. Sin hacerle saber mis verdaderas intenciones, por supuesto –Cora roza con los dedos las llaves en su cinturón–. Espero que tengas un plan para el día de la Subasta –no me pierdo la nota de advertencia en su voz.

–Lo tengo –digo. No es completamente una mentira.

–El docto todavía está atendiendo a Carnelian ahora. Te ocuparás de ella en su habitación esta noche.

–Sí, señora.

Me mira de arriba abajo.

–Te vendrían bien un baño y un cambio de ropa.

Bajo la vista hacia mi vestido arruinado.

–Sí.

–Puedes utilizar mi cuarto de baño privado si deseas. Ah y, Violet... –se inclina cerca de mí y puedo ver las arrugas alrededor de sus ojos–. Si no cumples con tu parte de nuestro acuerdo, entonces te prometo que tu hermana *estará* en un peligro muy real. Y no por la Electriz.

Un escalofrío me recorre la columna.

Voltea para marcharse y grita por encima de su hombro.

–El Exetor estará aquí mañana a las once de la mañana. Tienes que estar lista en el vestíbulo a las once menos cuarto. Sé puntual.

Visito a Garnet esa noche después de tomar un baño, antes de atender a Carnelian.

Lo encuentro quitando los juegos de té miniatura de Coral de su exhibidor de vidrio, envolviéndolos en papel madera y guardándolos en una caja.

—Hola —digo—. ¿Estás bien?

Baja la vista hacia el platito en su mano, que tiene un diseño serpenteante plateado y dorado grabado alrededor del borde.

—No estaba totalmente seguro de qué hacer con todos estos. Pero a ella le encantaban. No quería que mamá pusiera sus manos encima de ellos. Probablemente, pasaría un buen y largo rato destrozándolos contra una pared, o algo así.

—Eso es muy amable —digo—. Coral lo apreciaría, estoy segura.

Garnet envuelve el platito y lo coloca en la caja.

—¿Estás bien? No saliste herida, ¿verdad?

—No —respondo, recordando el modo en que mi instinto se apoderó de mí, uniéndose con el Aire para protegerme de lo peor de los escombros—. Estoy bien.

—Ella no… es decir… —se aclara la garganta—. ¿Sufrió?

—No —digo en voz baja—. Fue… instantáneo.

Él asiente.

—Lo siento tanto, Garnet. Primero tu padre y ahora…

—Es… Estaré bien —suena aturdido—. Todo está sucediendo de verdad, ¿cierto? Ya no es solo un plan vago en la Rosa Blanca.

—No lo es —concuerdo.

—Ash debe estar volviéndose loco.

Frunzo el ceño.

—¿Por qué dices eso?

Las cejas de Garnet se alzan.

—Violet, él sabe que eres, lo siento, que eras… la dama de compañía de Coral. Puedes apostar que todo el Banco sabe del bombardeo y de su muerte. Él comprende cómo funciona la Joya; él sabría que estarías con ella en esa prueba de vestido.

—Oh, no —doy un grito ahogado y mi mano vuela hacia mi boca.

—Lucien encontrará un modo de decirle —afirma Garnet.

—O Rye —añado.

—¿Rye?

—Lo sabe —pongo a Garnet al tanto de lo que sucedió más temprano.

—Eso es realmente grandioso —dice—. Podría ser útil en la Casa de Subastas.

Sé que lo dice en serio, pero el sentimiento sale con poco entusiasmo. Comprendo la sensación. Estoy tan exhausta, que lo único que quiero es meterme debajo de las mantas de mi cama y no salir durante un día entero.

Pero debo enfrentar a Carnelian y luego reunirme con Rye esta noche en la antigua habitación de Ash. Le doy un apretón al brazo de Garnet y él sonríe lánguidamente. Lo dejo con los juegos de té y me dirijo al cuarto de Carnelian.

Nunca antes he estado dentro de esa habitación. Maude solo me la enseñó al pasar en mi primer día como dama de compañía.

Llamo a la puerta.

–Adelante –dice Carnelian desde el interior.

Ella no tiene unos aposentos como los míos cuando era una sustituta. Su única habitación es grande y espaciosa, con vista al jardín. Contiene una cama con dosel, una mesa redonda de caoba con dos sillas, un tocador y un diván junto a la ventana. Una pared está delineada con estanterías y libros. Otra, tiene una pintura bonita de una casa de campo que me recuerda a la Rosa Blanca.

Está recostada en la cama, el vendaje de su hombro se asoma debajo de su camisón. Sus brazos descansan a los costados, pero su rostro está alerta. Por el modo en el que me está mirando, está claro que no ha olvidado el momento en el que me reconoció, antes de perder la consciencia.

–Así que –dice cuando cierro la puerta detrás de mí–, regresaste.

Trago saliva.

–Regresé.

Mi corazón repiquetea contra mi pecho. Ahora que estoy cara a cara con ella, con la amenaza de muerte desaparecida, no sé qué es lo que hará. Podría llamar a los soldados en cualquier momento.

–¿Por qué? –pregunta–. Ash está a salvo –sus ojos se abren de par en par–. *Está* a salvo, ¿verdad? Leí en el periódico que lo vieron en el Banco, pero no creí que pudiera ser cierto.

–Está a salvo –asiento. Luego, añado–: Y es cierto.

–¿Cómo pudiste permitirle hacer eso? –replica Carnelian–. Podrían atraparlo. ¡Ella todavía quiere encontrarlo y matarlo!

–No tuve otra opción. Se marchó sin decírmelo.

–¿Porque no confía en ti? –pregunta, esperanzada.

–Porque yo no estaba allí –dije–. Porque… porque lo dejé para venir aquí.

Carnelian se muerde el labio.

–¿Por qué? ¿Es por venganza? ¿Contra la Duquesa?

Aprieto la mandíbula y ella sonríe con suficiencia.

–Bien. Espero que termines con ella antes de que las Llaves Negras quemen esta ciudad hasta los cimientos –inclina la cabeza–. Pero es algo más, ¿no es así? No es solo venganza… –hace una pausa y me observa con detenimiento. Después, da un grito ahogado–. Por supuesto. La sustituta. Quien sea que la Duquesa secuestró para reemplazarte. Estás aquí por ella, ¿verdad? ¿Es amiga tuya?

–Algo así –respondo. Luego suelto la pregunta que está quemándome la garganta–. Si sabías que la sustituta no era yo, ¿por qué no se lo dijiste a nadie?

–Ah, no creas que no lo intenté –dice Carnelian–. Era el as bajo la manga perfecto contra ella. Pero la Duquesa juega sucio. Me amenazó con encerrarme en un manicomio si siquiera susurraba una palabra –su boca se endurece en una línea–. Espero que sea lo que sea que estés planeando, la hagas sufrir del modo que merece.

–¿No tienes miedo? –pregunto–. Por poco te matan hoy.

La risa de Carnelian es vacía.

–Incluso si hubiera muerto, a nadie le habría importado. La Duquesa probablemente haría una fiesta –mira por la ventana. La máscara amarga que suele vestir se cae y la reemplaza una expresión de pura desesperanza–. No le importa a nadie si vivo o muero.

Recuerdo lo que Ash me dijo, cuando estábamos esperando en la morgue a que Lucien llegara. Me contó que Carnelian estaba triste, y que esa tristeza se había retorcido y convertido en amargura y enojo. Todo el tiempo que viví aquí, la vi solo como una molestia. Vi el malhumor e ignoré la pena y el dolor debajo de él.

Porque ella tiene razón. A nadie en este palacio le habría importado si ella moría hoy.

Todo el odio y el resentimiento que había guardado hacia Carnelian se desvanecen. Veo a una chica que ha sido menospreciada y maltratada durante mucho tiempo. Veo a la chica que Ash veía, a la que yo ignoraba porque estaba ocupada siendo celosa y mezquina. A una chica que extraña a su madre. Una chica que quiere que la amen.

En ese momento, tomo la decisión de ser valiente, en vez de tímida como lo fui una vez. Ser una persona diferente, una persona mejor.

Me acerco hacia ella y tomo asiento en la cama. Carnelian pone los ojos en blanco.

—¿Qué, seremos mejores amigas ahora?

—No —digo—. Pero *estamos* del mismo lado.

—¿Qué lado es ese?

—Ambas odiamos a la realeza, ¿cierto?

Me mira con los ojos entrecerrados y espera.

—Y ambas amamos al mismo chico —digo. Extiendo mis manos, con las palmas hacia arriba como una ofrenda de paz—. Si quieres entregarme, hazlo. Toca la campana, llama a los soldados. Mi vida está en tus manos. Puedes ponerle fin ahora mismo.

Carnelian vacila. Puedo ver el deseo de gritar, de hacer que me esposen y me ejecuten por traición. Sé en qué peligro me puse. Pero miro sus ojos cafés y percibo la guerra que tiene lugar en su interior. ¿A quién odia más; a mí o a la Duquesa? Los segundos se extienden a minutos. No romperé el silencio.

—Te llamas Violet, ¿verdad? —dice, por fin.

—Sí.

—Bueno. Supongo que debería agradecerte. Por salvarme la vida.

—Ash nunca me habría perdonado si no lo intentaba.

El anhelo en el rostro de Carnelian es algo palpable.

—¿Alguna vez… habla sobre mí?

Respiro hondo y le doy la respuesta honesta.

—Justo antes de marcharme, él me dijo que tuviera cuidado cerca de ti. Que eres más inteligente de lo que reconozco.

Una sonrisa diminuta se ilumina en su rostro.

—¿Él dijo eso?

Asiento. Apoya la cabeza en la almohada y observa el techo.

—¿Puedo traerte algo? —pregunto.

—No. Quiero estar sola.

Me detengo en la puerta y volteo.

—A él le importas, ¿sabes? Lo odio, pero le importas. Ha estado defendiéndote desde que escapamos; desde antes de eso, en realidad. Sé que no es lo que quieres, pero… —suspiro—. Le importas.

Carnelian no me mira. Muy deliberadamente cierra los ojos.

—Vete —susurra, y justo cuando estoy cerrando la puerta, veo una lágrima caer sobre su mejilla.

Cada hueso en mi cuerpo duele. Mis párpados están secos y mi mente, anestesiada. Ha sido un día largo, pero todavía tengo que ver a Rye.

Bajo una de las escaleras de los sirvientes hacia el primer piso y hago una pausa cuando llego al pasillo donde está la biblioteca. Me uno al Aire, lo empujo en una ráfaga y después lo atraigo de nuevo.

Huelo pomada para botas y escucho los pasos constantes de un soldado. Entro al pasadizo secreto, detrás de un panel deslizante de pared, y espero. Los pasos se acercan más. Luego siguen su camino. Cuento hasta treinta, y me escabullo por el pasillo y corro lo más rápido y silenciosamente que puedo hacia la biblioteca.

En cuanto ingreso al túnel, mi arcana comienza a zumbar. Lo quito de mi cabello y hablo mientras camino.

–¿Estás bien? –Lucien está consternado–. ¿Estás herida de algún modo?

–No –respondo débilmente–. Coral está muerta.

–Lo sé. Lamento mucho que tuvieras que experimentar eso.

–¿Por qué? –la palabra sale brusca y afilada de mi boca–. Así es cómo se ve una revolución, ¿verdad? Es hora de que la vea y la acepte. Tú me metiste en esto. No te disculpes ahora.

Puedo sentirlo en el silencio que emana del diapasón. Sé que lo lastimé. Dejo de caminar y presiono mi frente contra la fría pared de piedra.

–Lo siento –mascullo–. No era mi intención…

−¿Hacer qué? ¿Ser honesta? Nunca te disculpes por eso, Violet. Tienes razón. Así es cómo se ve una revolución.

−¿Qué harás con ellos, Lucien? −pregunto−. Con la realeza. ¿Simplemente vamos a… matarlos a todos?

−Hay muchos en la Sociedad que desean eso. Sangre por sangre.

−¿Tú qué piensas?

−Creo que ya ha habido suficientes muertes. Creo que debemos ponerlos a trabajar. Que vean cómo han vivido los otros en esta ciudad durante tanto tiempo. Hacerlos derribar la Gran Muralla con sus propias manos −suspira−. Cómo me encantaría ver eso. Y ver el océano que está del otro lado. Esta ciudad ha estado aislada durante siglos. Sería agradable saber qué hay allá fuera.

El océano. A mí también me gustaría verlo.

−Ahora iré a ver a Rye −digo−. Ash le envió un mensaje. Sabe sobre mí.

−¡Esa es una noticia excelente! Y él estará en la Subasta. Díselo a Garnet. Estoy seguro de que él puede encontrarle un uso a Rye y a los otros acompañantes que estarán en la Casa de Subastas.

−Ya se lo conté −respondo−. Ah, y me han reasignado como la dama de compañía de Carnelian. Ella también sabe de mí. Reconoció mi voz −oigo una inhalación abrupta de aliento de su parte−. No dirá nada. Le di la oportunidad. Incluso le dije que lo llevara a cabo. Pero ella odia a la realeza más de lo que me odia a mí.

−Bueno. Este día sí que ha estado plagado de sorpresas.

−Todo está sucediendo de verdad, ¿cierto?

—Sí, cielo. Así es.

—Tengo que irme —digo. Quiero que esta noche termine. Quiero dormir, perderme en un dichoso olvido.

—Por supuesto.

Extiendo la mano para que el arcana caiga, pero permanece flotando en el aire.

—¿Violet? —dice Lucien, y su voz es tímida.

—¿Sí?

—Estoy muy orgulloso de ti.

El diapasón cae en mi mano y cierro mi puño sobre él, apretándolo fuerte antes de continuar caminando por el frío pasillo silencioso.

Veintiuno

E s tan extraño estar de nuevo en este salón.
Abro la puerta secreta, detrás de la pintura al óleo de un hombre con chaqueta de caza verde con el perro a su lado, y encuentro a Rye de pie junto a la ventana, esperándome. La habitación está oscura, la única luz proviene de la luna, afuera.

–No sabía si vendrías –dice él cuando cierro la pintura a mis espaldas–. Después de lo que ocurrió hoy.

–Te dije que lo haría. Y de todos modos, no queda mucho tiempo.

–No –concuerda–. Es cierto.

Permanecemos de pie en un silencio incómodo por un momento.

Estoy casi asustada de preguntar sobre Ash, a pesar de que él es la razón por la que estoy aquí. Rye toma asiento en el sofá. Yo me siento en el sillón individual junto a la ventana.

—Ash logró contactarse con uno de nuestros amigos que no estaba trabajando en ese momento, un chico llamado Trac. Lo encontró en la Hilera. Has visto la Hilera, ¿verdad?

Asiento, recordando la zona sórdida en el Banco llena de tabernas baratas y burdeles.

—Trac ha estado en malas condiciones desde hace un tiempo. Bebe demasiado y se corta. Probablemente iban a Marcarlo pronto.

Ash me explicó sobre las Marcas: si un acompañante falla en ser perfecto en todo sentido, les tatúan una X negra en la mejilla derecha y los echan de la casa de acompañantes solo con lo que llevan puesto. Todas sus ganancias regresan a su Madame.

—Pues —continúa Rye—, Ash le contó todo sobre ti, y sobre la Sociedad y la rebelión. Cómo las cosas podrían cambiar… Cómo ya estaban cambiando. Le ofreció a Trac la oportunidad de tener una nueva vida y le pintó una imagen de lo que era posible. Le dio…

—Esperanza —digo en voz baja mientras se me hincha la garganta—. Le dio a Trac esperanza.

¿Por qué fue tan difícil para mí verlo en ese entonces, en la Rosa Blanca, cuando descarté sus deseos de ayudar a los acompañantes porque era demasiado peligroso?

—Sí, y se propagó a toda velocidad. Hay cientos de acompañantes que odian su vida, como estoy seguro de que te contó. Y me incluyo a mí mismo en esa categoría —Rye jala de sus rizos—. Estaba matándome con azul. Ahora, al menos, si muero puede de hecho significar algo. No seré solo otro acompañante anónimo muerto por sobredosis.

Me alegra oír que ya no está drogándose.

–Después, le asignaron a Trac la Casa de la Luz y lo vi en una de las miles de fiestas a las que he asistido con Carnelian –Rye sonríe, sus dientes son un destello blanco en la oscuridad–. Ash le dijo que me buscara. Le dijo que yo debía contactarme con la dama de compañía de Coral. Al principio, no lo comprendí, hasta que te oí hablando con Zara. Ni siquiera fue el sonido de tu voz, sino la manera en la que hablaste –apoya un brazo sobre el respaldo del sofá–. Supongo que dejaste una impresión en mí en la casa de Madame Curio.

–Me siento halagada.

–También hemos estado contactándonos con otros acompañantes en la Joya. Ahora Ash es famoso.

–Lo sé –digo, sonriendo esta vez.

–Así que todo se reduce a la Subasta, ¿cierto?

–Sí. Deberías hablar con Garnet. Él podrá darte algunos consejos sobre qué hacer.

–¿Garnet? –replica Rye, incrédulo–. ¿El mismo Garnet de la Casa del Lago?

Asiento. Él silba.

–Esto es más profundo de lo que había creído.

–Me sorprende que Ash no te lo contara.

–A mí no. No habló conmigo de forma directa, ¿recuerdas?

–Cierto –miro por la ventana. La luz de la luna resplandece sobre la superficie del lago frente al palacio–. Esta fue la habitación donde me contó lo que hacía, lo que implicaba en realidad ser un acompañante. Aquí fue dónde nos enamoramos.

Es un sentimiento tan personal que de inmediato me arrepiento de haberlo dicho en voz alta.

–Lo siento –me sonrojo–. No necesitas escuchar eso.

Hay una pausa. Miro a Rye y veo que su postura ha cambiado. Él se inclina hacia delante, mirándose las manos.

–Sí –responde en voz baja–. Lo necesito.

No estoy segura de qué decir.

–No somos amados –continúa después de un momento–, y no merecemos amor. Nos entrenan para pensar eso. Somos objetos con valor sexual y monetario. Nos hacen ver bonitos, pero estamos podridos por dentro. No creo que comprendas lo importante que eres para él. No creo que entiendas el valor de tu amor. Porque déjame que te lo diga –me mira directo a los ojos–: Es invaluable.

Estoy a punto de decir "lo sé", cuando me doy cuenta de que no es cierto. Ser una sustituta nunca me hizo sentir no amada. Me hacía sentir ordinaria, usada y enfadada. Pero tenía a Raven y a Lily, a mi madre, a Hazel y a Ochre. Ash tenía a Cinder y nada más. E incluso Cinder no era suficiente para hacer que él dejara de odiarse a sí mismo.

Recuerdo las palabras la noche que discutimos antes de que yo viniera a la Joya.

¿Y qué tengo yo, Violet? A ti. Solo a ti.

Había creído que era una exageración en ese momento. Nunca pensé que a Ash le resultaría difícil no solo amar, sino también *ser* amado.

–Y ahora, él nos ha transmitido esa esperanza a nosotros –prosigue Rye–. Que quizá podremos de verdad ser capaces de vivir la vida que elijamos, junto a alguien que desee estar con nosotros, y no con una persona que paga por el placer de nuestros cuerpos. Los acompañantes son inteligentes.

Nos entrenan bien, y somos extremadamente disciplinados. Danos una finalidad, un objetivo determinado, una causa que nos una y… bueno –otro destello de dientes en la noche–. Somos una fuerza a tener en cuenta.

–Sí –asiento–. Lo son.

–¿Cuál es tu papel en todo esto?

–Derribaré el muro que separa el Banco de la Joya. Dejaré que las personas ingresen a este círculo de una vez por todas –las palabras salen con facilidad de mi boca, con una confianza que no he oído antes en mi voz.

Rye abre la boca, sorprendido.

–¿Sola?

–No –respondo–. Me ayudarán.

–¿Quién…?

Alzo una mano.

–Te lo explicaré en otro momento –no puedo reunir la energía para contarle sobre las sustitutas y las Paladinas esta noche.

–Por supuesto. Es tarde. Debes estar exhausta –Rye se pone de pie cuando yo lo hago, siempre un caballero. Me acerco a él y lo envuelvo en mis brazos. Primero, vacila, y después me devuelve el abrazo.

–Mereces ser amado –digo–. Todos ustedes lo merecen.

No dice nada, solo me aprieta una vez y lo suelto.

Cuando llego a mi habitación, apenas tengo la energía para quitarme el vestido por encima de la cabeza antes de colapsar sobre la cama y sumirme en un sueño profundo.

Cuando despierto al día siguiente, tengo un calambre en el hombro por haber dormido sobre él en una mala posición.

Me quejo y ruedo en mi lugar, mientras la luz del sol se filtra a través de las ventanas abiertas.

Doy un grito ahogado y me incorporo. El reloj en la pared indica que son las diez menos cuarto.

–¡Rayos! –aúllo; me pongo con rapidez mi vestido de dama de compañía de repuesto y sujeto mi cabello en un rodete. El Exetor vendrá hoy. Necesito que Carnelian esté vestida y lista en una hora.

No voy a la cocina; asumo que puedo llevarle algo de comer después de que se vista, y me zambullo a través del tapiz de la Duquesa que está junto al comedor. Corro hacia el piso de arriba y desacelero el paso cuando ingreso a los pasillos principales. Llamo a la puerta de Carnelian tres veces.

–Llegas tarde –responde, y tomo eso como permiso para ingresar. Está sentada en la cama, con una bandeja de gofres a medio comer a su lado–. Mary me trajo el desayuno. Mi campana no conecta con tu habitación –sonríe con suficiencia–. Mary te odia, por cierto.

Me pongo tensa.

–Ella también te odia a ti.

Carnelian se sonroja, y después se encoge de hombros.

–Todo el mundo lo hace.

No tengo tiempo de sentir lástima, o siquiera de discutir con ella ahora mismo.

–Vamos –digo–. Levántate. Puedes darme órdenes todo lo que quieras hoy. Eso tiene que servir de algo.

Una sonrisa amplia se extiende por su rostro. Tengo que

ayudarla a salir de la cama porque tiene el pecho vendado. El médico le recetó unas píldoras para el dolor, para que sus costillas y su hombro no le duelan, pero las vendas hacen que maniobrarla para ponerle el vestido lleve más tiempo de lo habitual.

De algún modo, logramos llegar al vestíbulo a las 10:42. Rye se reúne con nosotras en lo alto de la escalera principal, vestido todo de negro. Ni siquiera me mira; le sonríe a Carnelian y le ofrece su brazo.

—¿Cómo te sientes? —pregunta mientras bajan los escalones. Carnelian se sostiene mucho en él.

—Estoy bien —dice—. Lo que sea que el doctor me haya dado, está funcionando. Aunque no quiero ir a ninguna fiesta esta noche.

—Hasta donde sé, nuestro horario está completamente vacío. Podemos hacer lo que quieras.

Llegamos al pie de las escaleras y me escabullo hasta la fila junto a Cora. Rye y Carnelian se acomodan de pie junto a Garnet y la Duquesa, quienes ya están esperando en las puertas principales. La fuente resplandece alegremente, rodeada de sirvientes y criadas vestidos de negro. Incluso Zara está presente, viéndose extraña sin su delantal. Las chaquetas rojas de los soldados y los vestidos blancos que Cora y yo llevamos puestos son las únicas manchas de color.

Los minutos pasan con lentitud. A las once en punto un opulento automóvil se detiene. Unas banderitas flotan en el viento desde su ubicación sobre las luces delanteras: el escudo Real los adorna, al igual que a las puertas del vehículo.

El Exetor baja del automóvil y sube los escalones que llevan al palacio, seguido por dos miembros de su guardia privada. Todo el vestíbulo hace una reverencia cuando ingresa.

—Pearl —dice, con voz autoritaria—. Estoy profundamente apenado por tu pérdida. Como dijiste en tu carta, de verdad es un período trágico para la Casa del Lago.

—Gracias, Su Alteza —responde la Duquesa—. Es un honor que se haya tomado el tiempo de venir a verme aquí.

El Exetor sonríe. Tiene una sonrisa sorprendentemente agradable. Su barba está bien afeitada y manchada con dejos de gris, pero se puede ver la mandíbula fuerte debajo.

—Querías reunirte conmigo —dice.

—Sí —responde la Duquesa—. Si me acompañas a mi estudio privado, podemos hablar allí. Cora nos traerá bebidas.

—Eso no es necesario —dice el Exetor, haciendo que Cora se detenga de pronto.

—Como desee —la Duquesa hace de nuevo una reverencia. Nunca la he visto tan respetuosa—. Por favor, sígame.

Comienzan a subir la escalera. Los guardias del Exetor lo siguen, pero él los detiene con un movimiento de la mano.

—Me esperarán aquí.

Llegan al segundo piso y desaparecen.

Es como si todos los presentes en el vestíbulo hubieran estado conteniendo un aliento colectivo. Los soldados rompen filas, Uno y Dos se acomodan de pie junto a la escalera principal, Cuatro y Cinco se acercan a saludar a los guardias del Exetor. Zara aplaude una vez y todas las criadas de la cocina la siguen a sus puestos de trabajo. Garnet habla con Rye y Carnelian.

—Iré a la biblioteca. Tendremos que regresar aquí cuando se marche.

–Iré contigo –dice Carnelian–. Necesito conseguir un libro nuevo –me mira con una sonrisa petulante–. Ven conmigo, *Imogen*.

Inclino la cabeza y trato de verme dócil.

–¿Estás triste? –le pregunta Carnelian a Garnet mientras caminamos por los pasillos–. ¿Por Coral?

–Por supuesto.

–Pero no la amabas.

–Eso no significa que quería que muriera –pasamos junto al comedor y giramos a la derecha–. Me alegra que estés bien –añade Garnet.

–Gracias.

Este círculo es muy extraño. Yo sé sobre todos. Garnet sabe sobre Rye, pero no sobre Carnelian, y viceversa. Carnelian sabe sobre mí, pero no sobre Garnet y Rye.

¿Así se siente Lucien todo el tiempo?

–¿De qué crees que están hablando? –pregunta Carnelian.

Garnet se encoge de hombros.

–Ni idea. Mi madre probablemente esté tratando de utilizar la muerte de Coral –se traba al pronunciar la palabra– para conseguir alguna ventaja.

Cuando llegamos a la biblioteca, Garnet se extiende en uno de los sillones de cuero y coloca un brazo sobre sus ojos. Carnelian inspecciona una de las estanterías con Rye.

–Imogen, hace calor aquí y olvidé mi abanico –se queja–. Ve a buscarlo a mi habitación.

Me doy cuenta de que está disfrutando su posición de poder.

–Sí, señorita –digo con una reverencia forzada.

Volteo para marcharme, paso junto a la mesa que posee

todos los escudos dibujados y después frente a un retrato de Garnet con sus padres, cuando se me ocurre una idea.

La Duquesa dijo que iría a su estudio privado. Cuando estaba buscado a Hazel por primera vez, descubrí una escalera oculta que me llevó a un estudio en donde había una fotografía de la familia de la Duquesa. Era un lugar que se sentía intensamente personal. ¿Y si ella y el Exetor ahora están allí?

Finjo que estoy saliendo de la biblioteca y después giro repentinamente hacia la izquierda y salgo disparada detrás de las estanterías. Silenciosa como un fantasma, llego hasta *Ensayos sobre la polinización cruzada*, de Cadmium Blake y avanzo a través del túnel. Encuentro la escalera y la subo con rapidez. Unos susurros me dicen que mis sospechas eran ciertas.

Llego a la puerta del estudio, y una carcajada me sorprende y me paraliza.

–Oh, Onyx –dice la Duquesa. Se hace silencio y después se oye el inconfundible sonido de unos besos.

La Duquesa. Está besando. Al Exetor.

Sabía que habían estado comprometidos una vez, pero…

–Estoy cansada de esta farsa –dice ella.

–Lo sé –responde el Exetor–. Yo también.

–¿Lo trajiste?

Se oye un movimiento, y después el sonido de algo cayendo sobre una mesada.

–De su biblioteca personal –dice él.

–¿Y nadie lo vio?

–Ni un alma. Ni siquiera Lucien. Me parece que él cree

que ella es la responsable del tiroteo. Al menos, no sospecha de ti ni de mí.

—Esa es una excelente noticia.

Estoy tratando de comprender lo que ella está diciendo. La Duquesa y el Exetor fueron los que organizaron el ataque hacia Hazel. Pero ¿por qué?

—Realmente es una pieza hermosa —dice la Duquesa con un suspiro.

—Se lo regalé para la Noche Eterna hace dos años. De una forma muy pública —hay una pausa—. No creo que ella lo apreciara.

—Ella es demasiado vulgar para comprenderlo.

El Exetor ríe.

—Ella no tiene tu amor por la historia. O tu pasión por las armas elegantes.

¿Armas? Mi corazón se detiene. *¿Qué está sucediendo aquí?*

—Perteneció a tu bisabuelo, ¿verdad? —pregunta la Duquesa.

—Tienes una memoria excelente —escucho la sonrisa en la voz del Exetor.

—Recuerdo todo sobre nosotros —dice ella. Nunca la he oído sonar tan vulnerable—. Cada segundo. Vi esto por primera vez cuando tenía trece años y forzamos la cerradura de ese viejo baúl que tu padre guardaba en uno de sus estudios.

—Nos metimos en bastantes problemas por eso.

La risa de la Duquesa es dulce, y está llena de recuerdos.

—Así fue, ¿verdad? Mi padre me mantuvo encerrada durante una semana.

—Y yo llegué dos días después y le ordené que te liberara.

—Sí, estoy segura de que fuiste muy intimidante.

–Me sorprende que no me golpeara.

–A mí también.

Ahora es el turno del Exetor de reír.

–Estoy seguro de que él quería hacerlo. Pero no creo que mi padre hubiera sido muy comprensivo si uno de sus súbditos abordaba a su propio hijo.

–¿Qué crees que pensarían nuestros padres de nosotros ahora? –pregunta la Duquesa.

Hay una pausa larga.

–No creo que me importe, siendo honesto. Después de lo que hicieron… después… Eran nuestras vidas, Pearl, *nuestras* vidas, y ellos…

–Lo sé –dice ella en voz baja.

Oigo que un tapón sale disparado y que sirven un líquido en unos vasos.

–Estoy preocupada, Onyx. ¿Y si fracasamos? ¿Y si las personas no creen que fue ella? Necesitamos que la realeza adore este compromiso. Necesitamos que estén muy encariñados con la unión de nuestras Casas para que se genere un escándalo cuando asesinen a la sustituta.

Está tratando de matarme. Las palabras de Hazel regresan a mí con toda su fuerza. Alguien en este palacio *está* tratando de asesinarla. Solo me equivoqué de persona.

–Sí, he pensado bastante al respecto –dice el Exetor–. Tu Casa ha cosechado mucha compasión recientemente. ¿Y si utilizáramos toda esa buena voluntad?

–¿De qué manera?

–Hacemos que la Subasta también funcione como una fiesta de compromiso para Larimar. Algo grande, no como la pequeña celebración por el ascenso de Garnet. Haremos que sea el evento del siglo. Y extenderemos la invitación a cada miembro de la realeza.

—Por supuesto —dice la Duquesa—. A los nobles les encantará, en especial a los que no están casados y no pueden asistir de otro modo. Una fiesta encima de otra fiesta.

—Nos mostramos como un frente unido. Nadie dudará de la validez de este compromiso. Después, cuando asesinen a la sustituta con la daga de la Electriz, este círculo se pondrá en su contra como una manada de lobos salvajes.

—Oh, cariño —dice la Duquesa. Susurra algo en voz demasiado baja y no puedo escucharla.

—He estado mejor —responde el Exetor, su voz se empapa de emoción—. Debería estarlo. Contigo a mi lado.

—No podemos cambiar el pasado.

—Nunca debería haber permitido que…

—Shhh —se oyen unos movimientos amortiguados—. Pronto. Después de que cuelguen a la Electriz por traición. Todo esto se calmará dentro de un año.

—Parece tan lejano.

—Hemos estado esperando veintiocho años —señala la Duquesa—. Creo que podemos esperar uno o dos más.

No lo entiendo. Si se aman tanto, ¿por qué rompieron el compromiso en primer lugar?

Se hace un silencio y después él pregunta algo en un susurro, demasiado bajo para que yo pueda oírlo.

—No lo sé —responde ella, y suena como si estuviera sufriendo—. Nunca lo supe. Era demasiado temprano para saberlo.

¿Demasiado temprano para saber qué?, quiero gritar.

–Lo siento tanto –dice él.

–Lo sé, mi amor –susurra ella–. Sé que lo sientes.

Unos últimos besos más, y luego el Exetor dice:

–Debería regresar. Necesitamos hacer el anuncio.

–Sí, por supuesto –ella ríe–. Hará que este círculo enloquezca de entusiasmo.

Se oye el sonido de unos pasos y luego una puerta se cierra.

Me introduzco en la pared y me apoyo al borde de un escalón, mientras mi corazón late a toda velocidad en mi pecho.

Todo esto ha sido un esquema elaborado para que el Exetor y la Duquesa vuelvan a estar juntos. A costa de la vida de mi hermana.

Veintidós

El anuncio de que la Subasta también funcionará como una fiesta de compromiso convierte al círculo en un caos alegre, como la Duquesa y el Exetor predijeron.

Las invitaciones llegan por doquier, para cócteles, almuerzos y catas de vino. Todos quieren la atención de la Duquesa. La pérdida de Coral y del Duque mezclada con la promesa asegurada de una unión entre el Palacio Real y la Casa del Lago hacen que la Duquesa sea la mujer más codiciada de la Joya. Y a solo un día de la Subasta, el palacio vibra de entusiasmo.

No he hablado con Lucien desde la visita del Exetor. Pero esta noche es la cena anual previa a la Subasta para las Casas Fundadoras en el Palacio Real y por suerte, Carnelian está invitada. Lo que significa que podré ver a Lucien una última vez antes de que la ciudad cambie, para bien o para mal.

Esta circunstancia también implica que Carnelian asistirá a la Subasta, lo que es un gran alivio dado que la muerte de Coral significaba que yo no tendría un motivo para asistir.

Los círculos más bajos han estado haciendo ebullición, insatisfechos. Hay incendios, saqueos y más bombardeos… La Granja ahora también está agitada. Los empleados de las fábricas del Humo han estado haciendo protestas. No he hablado de nuevo en privado con Rye. Pero logro conseguir un momento a solas con Garnet antes de preparar a Carnelian para la gran cena. Me cuenta que Rye se contactó con él. Está muy entusiasmado de tener a los acompañantes a bordo.

–Son muy buenos con la estrategia –dice Garnet, acomodándose su corbata de moño–. Y ya saben cómo luchar. Cuando ustedes, las Paladinas, comiencen a crear todo ese caos, estaremos listos. ¡Es como si la realeza hubiera entrenado las armas perfectas para nosotros!

Pongo al tanto con rapidez a Garnet sobre la conversación que escuché entre su madre y el Exetor.

Él silba.

–Vaya, no puedo decir que me sorprende por completo. Ella ha estado enamorada de él durante años. No escuchaste qué rompió el compromiso, ¿verdad?

–No, pero ese no es el punto –digo–. Hazel es el *objetivo*.

–Sí, en la *Subasta*. Mi madre no tendrá la oportunidad de llevarlo a cabo. Todos estarán demasiado ocupados luchando contra la Sociedad.

Espero que tenga razón.

El Palacio Real está iluminado como una vela enorme, anticipándose a la Subasta de mañana.

Logro ver un atisbo de Hazel por primera vez desde su huida. Con correa y velo, la Duquesa la lleva hacia el automóvil, pero esa visión fue suficiente para levantar mi espíritu. Tengo tiempo. Está viva y me aseguraré de que nadie amenace su vida de nuevo.

Llegamos al mismo tiempo que la Condesa de la Rosa. Su cabello está recogido sobre su cabeza y decorado con rosas de verdad. El Conde se apoya mucho en un bastón mientras sube las escaleras delanteras junto a ella. Su dama de compañía es una mujer mayor con un rodete igual de gris que el propio cabello de la Condesa.

–Todo el círculo habla de ti, Pearl –dice la Condesa con admiración. Escucho con atención, pero mantengo los ojos clavados en mi hermana. Ella me devuelve la mirada con rapidez, y niego con la cabeza de la forma más sutil. Ella asiente ínfimamente y mantiene los ojos hacia el frente–. Lo que siempre has querido.

–Te equivocas, querida Ametrine –replica la Duquesa, con la mirada fija en las puertas de entrada del palacio–. Solo ha habido una cosa que siempre he querido de verdad. Y no era ganar el concurso de popularidad de la Joya.

En cuanto entramos, los lacayos toman las capas y los sombreros y guían a los nobles hacia el comedor. Mantengo los ojos puestos en la silueta de Hazel durante el mayor tiempo posible mientras se aleja. Justo cuando están a punto de doblar en una esquina, ella me mira una vez más. Y después desaparece.

—Vamos, Imogen —dice Cora. Volteo y veo de lejos a la Condesa de la Piedra subiendo las escaleras con un hombre bajo y frágil a su lado. El Conde, supongo. Me pregunto si Emile estará aquí esta noche.

Sigo a Cora y a la dama de compañía mayor (ambas saben claramente hacia dónde están yendo) hasta una habitación con sillones coloridos en gamas de durazno, turquesa, esmeralda y lila. Hay varias mesas preparadas con todo tipo de comida y jarras de vidrio con agua. Solo hay una dama de compañía allí; él debe servirle a la Duquesa de la Balanza. Es la única Casa Fundadora que aún no he visto.

—Olivier —dice Cora, acercándose a saludarlo—. Qué bueno verte. ¿Has conocido a Imogen?

Olivier es regordete y alegre, y su rodete es naranja como una zanahoria.

—Te contrataron para Coral, ¿verdad? —dice, estrechando mi mano. Las suyas son extremadamente suaves.

—Sí —respondo—. Pero ahora le sirvo a Carnelian.

—Qué pena —dice él con un suspiro, y luego dirige su atención de nuevo hacia Cora—. Su Casa ha recibido golpes duros estas últimas semanas. Convertir la Subasta en una fiesta de compromiso fue una idea brillante del Exetor. Justo lo que este círculo necesita para levantar el ánimo.

—Me sorprende que la Duquesa haya traído a su sustituta aquí —comenta la dama de compañía de cabello canoso, acercándose a nosotros con un plato de queso y fruta—. ¿No le preocupa la Electriz?

—Vamos, Eloise —dice Olivier—. La Electriz nunca intentaría lastimar a la sustituta en su propia casa.

—No me sorprendería —dice una voz aguda y seca desde la entrada.

Lo conozco, incluso sin siquiera haberlo visto antes. Raven me contó todo acerca de Frederic; su voz, sus encías rojas, sus ojos como cuentas, su nariz picuda. Él atraviesa la habitación y arranca una uva de un racimo que está en un cuenco de plata.

—Eloise. Olivier —los saluda con un movimiento de cabeza.

—Me alegra ver que estás recuperado —comenta Cora con frialdad—. Te extrañamos en la fiesta de Garnet.

—Lamento no haber estado allí —dice Frederic con una falta distintiva de honestidad—. Aunque me gusta que mis veladas contengan un poco menos de violencia.

—De veras —replica Cora—, tenía la impresión de que opinabas lo contrario.

Eloise y Olivier se miran, incómodos. Pero Frederic apenas le sonríe a Cora, y las veo, las encías rojas de las que Raven me habló. Es una sonrisa repugnante, una que claramente le desea el mal al destinatario. Frederic coloca una uva en su boca y la mastica con lentitud.

—¿La Condesa comprará otra sustituta este año? —pregunta Olivier en un intento obvio de disipar la tensión.

—Por supuesto —dice Frederic—. Fue una lástima lo de la última. Esa cosa era realmente… única.

Raven me contó que ellos solían llamarla "cosa". Saberlo ya era malo, pero oírlo decirlo en voz alta… Cierro las manos en puños, el deseo de unirme al Aire y lanzarlo hacia el extremo opuesto de la habitación se recarga en mi interior.

—Ah, bien, están todos.

Volteo y veo a Lucien.

—Bienvenidos, amigos. Otro año, otra Subasta. Aunque este año parece que será un poco diferente a las anteriores.

En más de una manera, pienso, y su mirada se posa en mí por medio segundo, pero en ese momento, sé que sus pensamientos están alineados con los míos.

—Así es —concuerda Olivier, rebotando sobre las pelotas que son sus pies—. ¿Una fiesta de compromiso *y* una Subasta? ¿Toda la Joya asistiendo?

—Sin dudas, la Duquesa estará encantada de recibir toda esa atención —dice Frederic.

—Ya que a la Condesa se la conoce por su humildad, ¿cierto? —replica Cora.

—Debemos estar en plena forma —dice Lucien, ignorando la discusión entre los dos—. Y mantengan los ojos puestos en sus señoras. Con toda la violencia y el peligro en los círculos más bajos, debemos estar en alerta máxima.

Si no supiera la verdad, creería que él está honestamente preocupado por el bienestar de las mujeres de la realeza. Chasquea los dedos hacia mí.

—Tú —indica—. Carnelian te llama. Ven conmigo.

Con el corazón en la garganta, lo sigo y salimos por la puerta. Espero que me lleve lejos de la habitación en donde están las otras damas de compañía, o que tal vez regresemos a su taller secreto, pero en cambio, me lleva a la habitación contigua.

—¿Sabes cómo llegar a esta habitación desde la puerta principal? —pregunta.

–Sí –respondo, sorprendida–. Es por el pasillo, a la izquierda, ¿verdad?

–Correcto –la habitación es una antesala pequeña, no hay nada en ella salvo un tapete redondo color azul y una pintura de un perro esponjoso y blanco sentado en un taburete elegante. Lucien jala del cuadro y aparece un agujero en la pared, que tiene el tamaño suficiente para que yo pueda pasar. Veo escalones de piedra del otro lado.

»Esto te llevará a mi cuarto –explica–. Dejé marcas para que las sigas. Quería asegurarme de que pudieras encontrarlo. Si… si llega el momento.

Mi pecho se pone tenso. Lucien reubica la pintura para que nada parezca fuera de lugar.

–Llegó la hora –digo.

–Llegó la hora –repite a modo de respuesta. Coloca sus manos sobre mis hombros–. Pase lo que pase mañana, sea lo que sea que el futuro traiga… al menos lo intentamos. Intentamos hacer algo audaz y valiente.

–Intentamos cambiar el mundo –asiento.

Él sonríe con dulzura.

–O nuestro propio rinconcito del mundo, al menos.

Le devuelvo la sonrisa. Él ha significado tanto para mí, y no sé cómo expresar mi agradecimiento por todo lo que ha hecho. Sin embargo, parece percibir mis sentimientos y me envuelve en un abrazo con aroma a fresias.

Cuando salimos al pasillo, un lacayo se acerca corriendo.

–Lucien, ven rápido. Arabelle ha quemado los pasteles de venado y Robert y Duncan están peleando de nuevo. La cocina es una pesadilla.

Lucien presiona el puente de su propia nariz.

—De todas las noches... —masculla, y los dos se alejan rápido por el pasillo y desaparecen detrás de un tapiz.

Me quedo sola. Volteo para reingresar a la habitación donde está la comida y las damas de compañía, cuando un resplandor danzante de luz me llama la atención.

Al final del pasillo, una puerta con manija dorada está levemente entreabierta. La curiosidad se apodera de mí; la empujo y entro.

La habitación es más grande de lo que esperaba. Y está llena de... mí.

Los espejos cuelgan de cada pared y me devuelven el reflejo de mi rostro sorprendido. Solo que no es mi rostro en realidad. Es la cara de una chica rubia con mucha frente y grandes ojos verdes. Es el rostro de una extraña.

Circulo por la habitación, mi rostro desconocido aparece en un espejo oval con incrustaciones de nácar, en uno cuadrado con rosas de oro en cada esquina y en uno rectangular largo con perlas que decoran su marco.

Me detengo frente a uno que me acelera el corazón. Es un espejo cuadrado sencillo con un marco de plata, pero grabado levemente en el centro hay un árbol que es exactamente igual al limonero que crece en el patio trasero de mi casa en el Pantano. El que nunca daba limones, hasta que utilicé en él el tercer Augurio, Crecimiento, cuando visité a mi familia el Día de la Verdad. Hice crecer un limón para Hazel, para que me recordara.

Y ahora ella está sentada en un comedor ostentoso, con una correa, junto a una mujer que planea asesinarla mañana.

Doy un paso atrás del árbol dorado. Luego retrocedo otro, y otro hasta que estoy de pie en el centro de la habitación. Mi reflejo me observa con cientos de pares de ojos.

Esta no es quien soy, esa chica rubia vestida como dama de compañía.

Yo soy Violet Lasting.

Soy una de las Paladinas y podría destruir este cuarto si así lo quisiera.

Y quiero hacerlo. Con desesperación.

Me uno al elemento sin esfuerzo, acercando todo el Aire contenido hacia mí, llamándolo para que siga mis órdenes. Siento cómo gira a mi alrededor, inquieto, esperando, entusiasmado.

Rómpelo, pienso y mi concentración es muy precisa, muy intensa; la imagen de lo que deseo es fuerte y específica, como si estuviera conjurando un Augurio. Pero los elementos son más fuertes que cualquier Augurio. Disparo el Aire lejos de mí, y este golpea el centro de cada espejo a la perfección. Siento como si estuviera volando en miles de direcciones distintas, como si estuviera estirando mis propias manos para imprimir el patrón en cada uno de los espejos en esta habitación.

Todos menos uno.

Suelto el elemento y escucho el sonido tintineante de los trozos de vidrio que colapsan en el suelo. El espejo con el limonero está como antes, perfectamente suave y liso.

En el centro de cada uno de los otros espejos, el vidrio se ha quebrado para formar una forma específica muy conocida.

Una llave maestra.

Miro la habitación, asombrada. Las llaves me rodean y

fragmentan mi rostro en facciones grotescas. Nunca he estado tan orgullosa de mí misma, tan segura del poder que poseo.

He marcado esta habitación por la Sociedad. Y mañana, la realeza sentirá el peso de nuestra furia.

Veintitrés

La mañana de la Subasta es fresca y despejada. El cielo está pintado de un azul turquesa perfecto y el jardín se ve más frondoso de lo habitual. Mis dedos tiemblan mientras entrelazo las cintas de la espalda del vestido de Carnelian, con cuidado de no lastimar su hombro o sus costillas. Tengo que recordarme que debo respirar.

−¿Estás bien? −pregunta, cuando suelto y comienzo a atar de nuevo las cintas por tercera vez.

−Estoy bien −digo−. Es solo que… no me gusta la Subasta.

−Claro −Carnelian hace un mohín. Termino de vestirla en silencio.

Rye está esperando fuera de su habitación. Toma el brazo de la muchacha con una sonrisa tensa.

−¿Qué sucede? −pregunta ella.

−Escuché unos susurros en la cocina −dice él, sus ojos

se posan en mí por medio segundo. El vello en mi nuca se eriza–. Sucedió algo, no sé qué. Todos dejaron de hablar cuando entré.

–¿Le sucedió algo a mi tía? –pregunta Carnelian.

¿Le sucedió algo a mi hermana?, quiero decir.

Rye se encoge de hombros.

–No estoy seguro –después, todo su ánimo cambia, como si se hubiera encendido una luz–. ¿Estás entusiasmada por asistir a tu primera Subasta?

Conversan mientras caminamos hacia el vestíbulo. Los sigo, con el corazón desbocado, y cuando veo el rostro feliz de la Duquesa, el pulso se me acelera aún más. Cualquier cosa que la haga estar así de contenta no puede ser buena.

Sea lo que sea, Hazel parece estar a salvo por ahora. La Duquesa la lleva con su correa, pero luce un vestido extravagante, de seda azul y plateada bordada con perlas y zafiros. Su rostro está cubierto por el velo y hay una corona delicada en su cabeza, de hilos de oro entrelazados con diamantes. Sus ojos violetas se encuentran con los míos, y la mirada en ellos es feroz. Sabe lo que significa este día, incluso aunque no esté al tanto del complot para asesinarla.

Viajamos a la Casa de Subastas en dos automóviles. El nuestro está cargado de tensión. Garnet lleva puesto su uniforme de soldado, y no deja de mover la pierna. La postura de Rye es apenas demasiado forzada para parecer casual. Yo miro por la ventana los palacios que pasan rápido a nuestro lado; tengo la boca tan seca que es incómodo tragar. Desearía saber por qué estaban preocupados los sirvientes, por qué la Duquesa parecía tan entusiasmada. Pero tengo que mantenerme concentrada. Tengo que llegar a la estación de tren subterránea. Esperé toda la noche el zumbido del arcana para escuchar la voz de Raven, de Sil o de Lucien. Pero el diapasón permaneció sumido en un silencio frustrante.

Cuando llegamos a la Casa de Subastas, hay una plataforma preparada en el jardín frente al edificio con un bloque de mármol pulido en el centro incrustado con oro y rubíes. No sé para qué es. Rye y Carnelian parecen confundidos al verlo, y Garnet también está perplejo. Perplejo y… ¿asustado?

La multitud está tensa, no hay risas y conversaciones alegres como esperaba. Los nobles se agrupan en el césped cuidado que rodea el edificio abovedado color rosa, conversando en susurros urgentes. Cuando bajamos del vehículo, oigo fragmentos de lo que están diciendo.

—Nunca lo hubiera imaginado…

—Haré que interroguen a mi dama de compañía en cuanto llegue a casa.

—¡Y él fue tan servicial el año pasado, cuando me aseguró una invitación al baile de la Noche Eterna!

Mi corazón acelerado se estanca en mi garganta y permanece allí, asfixiándome. Un sentimiento de pavor recorre mi columna. Algo está muy mal.

Avanzamos entre la multitud y los nobles callan cuando nos acercamos; le hacen reverencias a la Duquesa cuando pasa. Cuando estamos solo a pocos metros del bloque de mármol, la Condesa de la Rosa se acerca a nosotros.

—¿Se enteraron? —dice, meciendo un abanico de plumas rosadas—. Lo encontraron. Al líder de esa terrible sociedad de la Llave Negra.

El segundo previo al que diga el nombre se extiende una eternidad. Espero, incapaz de parpadear o respirar; mi cuerpo es un amasijo viviente de terror.

—Es *Lucien* —dice la Condesa de la Rosa.

El suelo se mueve bajo mis pies. Creo que tal vez estoy cayéndome. Una mano fuerte me sujeta y me estabiliza. Es Garnet.

Su rostro a duras penas disimula su temor, y me doy cuenta de que tenemos que esforzarnos más. Puede que mi mundo haya dejado de girar en ese momento, pero hay tantos mundos que considerar este día. Tenemos que ser fuertes. Tenemos que ser valientes.

Por poco me he convencido de que puedo lograrlo. Hasta que el verdugo sube los escalones de la plataforma. Lleva una máscara negra y un hacha plateada en su cinturón. No puedo quitarle los ojos de encima, su borde filoso refleja la luz. Mi mente no puede comprender su propósito.

—¿*Lucien*? —pregunta incrédula la Duquesa—. Escuché que atraparon al líder, pero… ¿Lucien? Él siempre pareció tan…

—¿Obediente? —la Condesa de la Piedra se cierne sobre la Duquesa, sus pechos inmensos sobresalen de su vestido color bronce—. Siempre son aquellos en quienes uno más confía, ¿no es así?

—¿Cómo lo supieron? —pregunta la Duquesa.

—Aparentemente, él quería dejar su marca en el mismísimo Palacio Real. Rompió todos los espejos de la Sala de los Reflejos con impresiones de esa llave.

Las llaves. *Mis* llaves. Lucien debe haber asumido la culpa cuando las descubrieron.

Creí que el mundo se había detenido cuando escuché que Lucien había sido atrapado.

No es nada comparado con saber que lo atraparon por *mi* culpa. La Casa de la Subasta flota ante mis ojos. Mis pulmones se han encogido a la mitad de su tamaño. No puedo respirar el aire suficiente.

Mi culpa, mi culpa, mi culpa…

Los nobles continúan hablando, pero todos los sonidos se han desvanecido en un zumbido sordo. ¿En qué estaba pensando? ¿Por qué hice eso? Fue imprudente y estúpido. Lucien no es ninguna de esas cosas. Él es cuidadoso y precavido. Él es amable y generoso. Él me salvó la vida, él me mostró quién era yo y de qué era capaz. Él me ha cuidado como un hermano, como un padre.

Y yo le fallé. Arruiné todo en un momento de estupidez arrogante.

Suenan las trompetas y perforan la niebla de mi mente. El Exetor y la Electriz suben a la plataforma, vestidos en rojo escarlata, negro y dorado, con escudos iguales ajustados en sus pechos. La Electriz parece conmocionada. El Exetor está sombrío. Sus ojos se posan en la Duquesa por un momento antes de alzar una mano; los últimos susurros restantes se apagan.

—Mis compañeros de la realeza —dice, con su voz de tenor—. Hemos descubierto un traidor entre nosotros —voltea hacia alguien que está de pie en un lateral donde no puedo verlo—. ¡Tráiganlo!

Las manos de Garnet se mueven hacia su pistola, pero no hay nada que nosotros podamos hacer. Utilizo cada fibra de autocontrol que poseo para no gritar, no llamarlo, mientras exhiben a Lucien en la plataforma.

Tiene un ojo morado e hinchado. Hay un corte en su frente y renquea al caminar. En lugar del atuendo de dama de compañía, viste un saco de arpillera atado a su cintura con un trozo de cuerda. Tiene los pies descalzos y sucios. Sus manos están atadas y lo flanquean dos soldados. Uno de ellos le golpea la espalda y él tropieza, y por poco pierde el equilibrio. La multitud ríe y lo abuchea.

Han rapado por completo su cabeza, su hermoso rodete castaño desapareció. Parece mucho más joven sin él. Los soldados lo llevan hacia el bloque de mármol y el Exetor habla de nuevo.

–Este hombre, anteriormente conocido como Lucien del Palacio Real, ha sido acusado de traición y sublevación. Ha sido descubierto como el líder de la sociedad rebelde que se autodenomina la Lave Negra. Él es el responsable de todos los actos de violencia cometidos en los círculos más bajos, de los ataques a los puestos fronterizos de la realeza, lo que es equivalente a un ataque a la Joya misma. Él ha sido declarado culpable de todos estos crímenes. La sentencia es la muerte.

Siento náuseas, mi estómago se retuerce mientras obligan a Lucien a arrodillarse. Mi corazón se golpea contra mis costillas, cada latido repite la misma palabra en mi cabeza.

No, no, no, no...

El Exetor mira a su antiguo sirviente, con una expresión de desprecio en el rostro.

–¿Tienes algunas últimas palabras que decir antes de llevar a cabo tu sentencia?

Los profundos ojos azules de Lucien recorren la multitud. Se iluminan sobre Garnet un instante antes de encontrarme. El alivio centellea en su rostro, como si estuviera feliz de que yo esté aquí.

—Esto no es culpa de nadie más que mía —dice él, eligiendo sus palabras con cuidado—. Me hago completamente responsable de mis acciones. No me disculparé por mis crímenes. Se hicieron por amor a mi ciudad, por el amor que les tengo a todas las personas que viven en ella. Los círculos más bajos han sido maltratados durante demasiado tiempo. La realeza se ha llevado a nuestros hijos e hijas, los han obligado a servirles, han destruido esperanzas, sueños y vidas puramente por su propia codicia. Era hora de que pagaran el precio. No estoy avergonzado de lo que he hecho —sus ojos se posan de nuevo en mí—. Esto no es culpa *de nadie* más que mía.

Estoy moviendo la cabeza de lado a lado, porque no es cierto, es *mi* culpa, y la culpa es abrasadora y ardiente. Se aferra a mis pulmones y destroza mi corazón. Yo debería estar allí arriba, no él. La ciudad lo necesita a él. Yo lo necesito.

Me da la sonrisa más leve de todas y veo el perdón en sus ojos, y me odio a mí misma más de lo que alguna vez creí posible. Me odio más de lo que odio a la Duquesa, la Subasta o a este malvado círculo resplandeciente.

Cuando Lucien habla de nuevo, lo hace como si estuviéramos solos, como si estuviera hablándome solo a mí, del modo en que lo hizo el día que lo conocí en la sala de preparación, el día que mi vida cambió.

—Así comienza —dice él, repitiendo las palabras pronunciadas por su hermana, tantos meses atrás, frente a los muros de la Puerta Sur. Una sonrisa diminuta ilumina sus labios–. No tengo miedo.

Después, apoya suavemente la cabeza sobre el bloque como si fuera una almohada. No puedo detener las lágrimas que inundan mis ojos. Son calientes y vergonzosas y no merezco llorarlas.

El hacha emite un sonido resplandeciente y sibilante cuando corta el aire. La sangre mancha de rojo el bloque blanco, goteando sobre rubíes y volutas doradas.

Todo mi cuerpo está paralizado. La multitud a mi alrededor comienza a hacer ruido de nuevo, pero no puedo comprender nada. Observo a los soldados llevarse el cuerpo de Lucien de la plataforma. Otro soldado los sigue con una canasta. Quitan el bloque de mármol y el Exetor aplaude y anuncia algo, pero todos los sonidos han sido succionados fuera de este lugar. La multitud avanza, dejando atrás la plataforma, hacia la Casa de Subastas, y me lleva con ella mientras camino, inexpresiva, en piernas que no recuerdan cómo funcionan, que no parecen comprender las reglas de un mundo sin Lucien.

Siento una presión suave en mi brazo, parpadeo y alzo la vista hacia Garnet. Sus ojos están llenos de lágrimas, y me doy cuenta de que yo también estoy llorando. La Duquesa lleva a Hazel frente a nosotros con la correa, y Rye y Carnelian las siguen detrás. Parecen atónitos, confundidos, pero sus mundos no han sido destrozados como el mío.

Garnet señala con la cabeza las puertas abiertas de la Casa de Subastas y me mira con una expresión apasionada.

–Por él –susurra. Creí que había perdido la capacidad de

habla, pero mi boca funciona independientemente de mi cerebro.

–Por él –respondo en voz baja. Garnet parpadea, se restriega los ojos y suelta mi codo. Limpio mi rostro con las manos. Habrá tiempo de llorar a Lucien, de castigarme a mí misma por el rol que tuve en su muerte. Pero no le fallaré ahora, en lo que puede ser el final de todo.

El vestíbulo de la Casa de Subastas es inmenso. La cúpula está hecha de vidrio, y la luz se filtra y se derrama sobre las baldosas de mosaicos que decoran el suelo. En el centro hay una fuente enorme; el agua brota de los brazos extendidos de una estatua de Diamante, la Grande, la Electriz que realizó la primera Subasta. Los camareros recorren la multitud con vasos de cócteles rosados y azules. Los miembros de la realeza se mezclan y conversan sobre la ejecución como si fuese un entretenimiento.

No puedo evitar pensar en mi propia experiencia en la Subasta. Esto es lo que estaba sucediendo mientras Lucien me preparaba, mientras yo estaba en la Sala de Espera con Dahlia.

La Duquesa se sienta en una tarima alta que está en un lateral, el Exetor toma asiento en el centro y la Electriz, a su derecha. Hazel permanece de pie detrás de la Duquesa, con los ojos clavados en mí, la gargantilla resplandece como una imitación cruel de un collar en su cuello. Agradezco que Larimar no parezca estar invitado a su propia fiesta de compromiso. Quizá los miembros de la realeza creerían que los niños estorbarían.

La mitad de la orquesta está tocando y hay malabaristas y acróbatas saltando y bailando entre la multitud, tal como lo había descripto Coral.

—Los soldados que recogen a las sustitutas bajarán en diez minutos —me susurra Garnet, de espaldas a mí, para que no parezca que estamos hablando—. Hice que alguien cambiara los relojes para que ellos piensen que todavía tienen tiempo. Los trenes deberían estar llegando en cualquier momento. Será mejor que te apresures.

—Hazel —digo, mirando con rapidez a mi hermana. Sé que necesito marcharme, pero no quiero dejarla aquí. ¿Y si la asesinan antes de que todo comience?

—Yo la vigilaré todo el tiempo que pueda —asegura Garnet—. Ve.

Mi angustia se desvanece ante el rostro del miedo. Esto está sucediendo de verdad.

Carnelian está concentrada, conversando con Rye y la Condesa de la Rosa, y yo aprovecho la oportunidad para escabullirme.

La estación de tren está en el nivel más bajo de la Casa de Subastas. Ubico la puerta que necesito, la que recuerdo a la perfección de los planos. Orientada hacia el sur, la tercera puerta a la izquierda. Me lleva a una antesala que atravieso y abandono por la puerta en el extremo opuesto, donde una escalera espera. Bajo por ella, dejo atrás los dos pisos de las salas de preparación, paso por el piso que sostiene los cuartos que parecen una colmena donde dejan inconscientes a las sustitutas para transportarlas a sus nuevos hogares; desciendo más y más, hasta que la escalera termina en un pasillo frío de hormigón. Invoco de nuevo con rapidez los planos en mi mente.

Derecha.

Volteo y corro. Hay una puerta, una gran puerta de madera que me llevará a la estación, a Raven y a las demás. Paso junto a un elevador de tamaño industrial, utilizado para transportar a las sustitutas inconscientes a sus salas de preparación.

Entonces, veo la puerta. La abro con brusquedad, girando la manija y empujándola, justo cuando el último tren aparece a la vista. No hay conductores en esos trenes; son automáticos. Espero que las chicas hayan logrado encargarse de los doctores y las cuidadoras. Los soldados aún no han llegado, tal como dijo Garnet.

El tren emite un chirrido y se detiene, el vapor brota de su chimenea y crea una bruma suave en el aire. Una por una, las puertas de hierro se cierran de golpe detrás de cada uno de los cuatro trenes: el fuerte ruido metálico resuena en el espacio cavernoso. El techo se arquea hasta formar una cúspide, las piedras están encastradas en un rompecabezas color losa, carbón y gris suave. Unos candelabros de hierro grueso cuelgan del techo con cadenas robustas, y las esferas lumínicas emiten una intensa luz amarilla.

No tengo tiempo de ser precavida.

–¡Paladina! –grito.

–¿Violet? –la voz de Raven me atraviesa, una felicidad más poderosa de la que creí ser capaz de sentir en este momento. Su cabeza se asoma del tren color ciruela de la Puerta Sur–. ¡Violet! –grita, y baja de un salto del vagón.

No puedo detener el grito que escapa de mis labios, un aullido tortuoso en realidad. Atravieso corriendo la estación cuando ella comienza a avanzar hacia mí y nos fundimos en un abrazo.

—Estás bien —dice en mi oído, sus manos se mueven por mi espalda para asegurarse de que estoy entera.

—Lucien está muerto —anuncio, y en ese momento me golpea el hecho, como un puñetazo en el pecho. Lucien está muerto.

—¿Qué? —dice Raven con la voz entrecortada, pero no tengo tiempo de explicarle porque varias cabezas se están asomando de los vagones del tren y las chicas llenan la habitación, con los ojos abiertos de par en par mientras asimilan el espacio inmenso.

—Violet —llama una, y después mi nombre se repite y resuena por la estación—. ¡Violet! ¡Violet está aquí! ¡Violet!

Quiero llorar. Quiero reunirlas a todas en un abrazo enorme. Quiero gritar órdenes, decirles que olviden el muro, que destruiremos esta Casa de Subastas ahora mismo, que estamos castigando a la realeza por asesinar al hombre que era diez veces más humano que lo que cualquiera de ellos es o será.

—¡Violet, estás bien! —Indi me envuelve en uno de sus abrazos—. Había olvidado el cambio en tu cabello y tu rostro. ¡No te pareces en nada a ti!

Sienna y Olive se acercan a nosotras, y Sil las sigue.

—Escuchamos lo que pasó con Coral —dice Sienna.

Al mismo tiempo, Olive pregunta:

—¿Has visto a mi señora?

—Lucien está muerto —repito, las palabras salen con más facilidad esta vez a medida que mi cuerpo comienza a aceptar la realidad de ese hecho.

El rostro de Sil se torna inexpresivo de pura perplejidad.

Indi da un grito ahogado y Sienna se cubre la boca con las manos. Incluso Olive parece triste.

–Es mi culpa –digo con la voz entrecortada–. Toda culpa mía –solo tengo ojos para Sil en ese momento–. Hice... hice algo estúpido y él se responsabilizó por ello. Nunca debería... No quería... –las lágrimas comienzan a caer, gruesas y rápidas.

Sil avanza a zancadas y toma mi mentón en sus manos.

–Deja de llorar –ordena con brusquedad–. Mírame –me sostiene con su mirada de acero–. Ese hombre te quería más que nada en este mundo. No puedes hacer ni una maldita cosa para traerlo de vuelta a la vida, pero puedes honrar quién era y lo que hizo, aquí y ahora. Estas chicas te necesitan, Violet.

Extiende una mano hacia las setenta y siete chicas que estaban destinadas a estar inconscientes, a ser vendidas como esclavas, pero que en cambio se han reunido a mi alrededor, con rostros iluminados y decididos.

–Están aquí y con vida, y *te* necesitan –susurra ella. Setenta y siete pares de ojos me miran, esperando instrucciones. Chicas que van desde los trece años a los diecinueve, mirándome en busca de una guía.

Sil tiene razón. Respiro hondo.

–Tenemos que dividirnos –digo al fin–. Raven, Sil, Indi, Olive: ustedes estarán a cargo de cada equipo. Asegúrense de tener todos los elementos. Sienna, vendrás conmigo.

Ella abre su encendedor, y hace que la llama arda más.

Luego, me dirijo a los rostros expectantes y, por primera vez, realmente las veo. Amber está aquí, mirándome con la mandíbula apretada y la mirada decidida. Tawny, Ginger y Henna están a su lado. Veo a Sloe, una chica hermosa con piel rojiza y cejas arqueadas oscuras, la líder de las chicas de la Puerta Norte. Lanza su cabello sobre el hombro con su arrogancia típica. La pequeña Rosie Kelting, una chica de catorce años de la Puerta Este, mordisquea su labio mientras espera instrucciones. Tantos rostros, tantos nombres.

Chicas fuertes y hermosas. Paladinas.

—¡La Puerta Sur con Raven! —exclamo—. ¡La Puerta Norte con Sil! ¡La Puerta Este con Olive! ¡La Puerta Oeste con...!

Me interrumpe un trozo llano de pared de piedra que se desliza, abriéndose. Un soldado ingresa y por un segundo entro en pánico, pero el destello del cabello rubio debajo de su sombrero hace que el alivio inunde mi pecho.

—¿Qué estás haciendo aquí? —pregunto, acercándome para saludar a Garnet—. Se suponía que estarías...

Pero todo mi pánico regresa cuando me acerco lo suficiente y veo su rostro.

No es Garnet.

Las puertas ocultas están a nuestro alrededor, abriéndose como insectos mientras se deslizan y los soldados brotan de ellas, como un muro rojo.

Estamos rodeadas.

Veinticuatro

L a sorpresa parece ser nuestra única ventaja.

El soldado rubio me está mirando, boquiabierto, como si nunca antes hubiera visto a una chica.

La habitación es un polvorín, esperando estallar. En el instante en que alguien se mueva, el hechizo se romperá. Mis rodillas se doblan levemente cuando me preparo para encender la chispa.

Hay rocas a todo nuestro alrededor. Agua debajo de nosotras. Aire en todas partes. Sienna tiene su encendedor.

–Por el nombre del Exetor, ¿quién eres? –pregunta el soldado.

–Soy Violet Lasting –respondo con calma. Después respiro hondo y grito–: ¡Paladinas!

Instintivamente, me uno al Aire, reuniendo todas las moléculas de oxígeno que hay en la habitación; las condenso y las compacto. Después las suelto, como una piedra desde una resortera hacia el soldado rubio que me mira perplejo. Su fuerza es tan poderosa que él se estrella contra el muro más alejado y cae al suelo, inconsciente.

—¡Sil, Tierra! —grito—. ¡Indi, Agua!

Se oye un estrépito bajo nuestros pies mientras el suelo comienza a temblar. Sil llama de un grito a las chicas que pueden unirse a la Tierra, pero los soldados corren hacia ellas, a pesar de la inestabilidad del suelo. Hago volar a dos, pero un tercero ha tomado su arma y la apunta directamente a mi cabeza.

Esto es todo, pienso. *Quizá podré ver a Lucien de nuevo. Y a mi padre.*

Después, el soldado es consumido por las llamas. Sus gritos paralizan a todos temporalmente cuando volteo y veo a Sienna, con el encendedor en la mano y una expresión asesina en el rostro. Nos hacemos un gesto con la cabeza y un cráter se abre a nuestros pies, mientras Sil, Amber y cinco chicas más se concentran en el suelo. Dos soldados caen dentro a medida que el cráter se profundiza, buscando el agua que corre debajo. Sienna envía una serpiente de fuego hacia un soldado que le está apuntando con el arma a Sloe.

—¡No disparen a matar! —les grita uno de ellos a los demás—. ¡La realeza las necesita con vida!

—¿Estás loco? —responde uno en el mismo tono mientras otro llora—. ¿Qué está sucediendo?

El cráter llega al Agua; puedo olerla, puedo sentir su fuerza ondulante y fluida.

—Por fin —suspira Indi. Ella está con otras siete chicas, y condensan el Agua del modo que yo he condensado el Aire; forman un grueso chorro blanco y lo disparan a través de la habitación. Golpea a un soldado con fuerza en el rostro y su cuello se quiebra. Otros alzan las manos para cubrirse los ojos cuando el chorro se divide en siete y los soldados comienzan a resbalar sobre el suelo húmedo.

Todavía estoy conectada al Aire cuando escucho la bala. No sé si tomo una decisión consciente o si de algún modo el elemento la toma por mí, pero la bala pasa zumbando junto a mi oreja, roza mi lóbulo, y después cambia de dirección con brusquedad y aterriza en el hombro de un soldado que se está acercando. Ignoro la puntada de dolor y siento cómo la sangre chorrea por mi cuello.

Mis ojos aterrizan en el candelabro que cuelga del techo.

—¡Tierra! —grito—. ¡Las paredes!

Sil y yo hacemos contacto visual y señalo con la cabeza la iluminación. Sloe se une a nosotras y después Amber, quien añade su propia fuerza a nuestra voluntad, lo que hace que las grietas comiencen a serpentear por las paredes y luego a través del techo.

—¡Retrocedan, retrocedan! —grito, y las Paladinas se esparcen hacia la puerta mientras el candelabro se balancea con inestabilidad sobre la fuerza principal de los soldados.

Se oye un *crac* fuerte y cae, con delicadeza al principio; un giro hermoso de luz y metal. Tomo la mano de Sil y corro; me estrello contra Sloe y logro que nos apartemos del camino justo cuando el candelabro se desploma contra el suelo.

El ruido es ensordecedor. Rebota por las paredes, que lo magnifican diez veces por lo que siento que mis tímpanos están por estallar. Trozos de piedra y hierro vuelan por doquier. Sil y yo utilizamos el Aire para desviar las piedras más grandes de las chicas. Sloe está temblando debajo de mí.

—Estás bien —digo. Me zumban los oídos levemente, y recuerdo cómo me sentí después de la explosión en el Banco.

Alzo la cabeza para ver el daño.

Parece que la mayoría de las chicas han logrado llegar a la puerta. Pero hay cuerpos por todas partes y debajo de los escombros. Una chica de cabello rizado yace a pocos metros de mí, su cuello está torcido en un ángulo antinatural, y tiene un disparo en el pecho. No la reconozco: debe haber sido una de las últimas que quedaban en los centros de retención para descubrir sus poderes, cuando yo ya estaba en la Joya. Hay cuerpos de soldados por todas partes.

—Raven —digo con voz ronca, incorporándome. El polvo cubre mi cabello y mis pestañas—. ¡Raven!

—¡Estoy bien! —ella se pone de pie y se sacude el polvo del cabello.

—¿Sienna? ¿Indi? ¿Olive? —llamo.

Escucho una tos y la cabeza con trenzas de Sienna emerge detrás de un gran grupo de escombros.

—Estamos bien —Indi se asoma detrás de ella, su piel pálida está manchada de gris. Veo a Olive frotándose los ojos como si tuviera sueño.

»Esa fue una muy buena idea —comenta Indi.

—Eso fue solo el comienzo —respondo—. Esta cantidad de soldados es una fracción de los que están custodiando la Casa de las Subastas.

Sin embargo, mientras miro la estación destruida pienso: *puede que seamos pocas. Pero somos una fuerza a tener en cuenta.* Después, añado: *Lucien, estés donde estés, espero que veas esto.*

—Sil, Raven, Indi, Olive —digo—. Lleven a todas al muro.

Recuerdan el camino, ¿cierto? —asienten al mismo tiempo—. El Fuego no ayudará mucho, pero quizá puedan utilizar el Agua allí. La Tierra y el Aire serán cruciales. Este muro es grueso. Muy grueso.

—Lo sabemos —comenta Sloe—. Lo vimos.

—¿A dónde irás, Violet? —pregunta Amber.

Miro a Sienna.

—Iremos a indicarle al resto de la ciudad que llegó la hora. Demostrémosle a la realeza que ya no pueden controlarnos.

Muchas chicas dan vítores ruidosos, pero Sil grita:

—¡Silencio!

—La Condesa —me dice Raven con ojos suplicantes.

—Está aquí —le prometo—. Con Frederic. No te preocupes. Tendrás tu oportunidad. Pero estas chicas te necesitan ahora. Te seguirán —me dirijo a Sienna—. Vamos.

Guio a todas por la puerta y las escaleras que bajé para llegar aquí. Mientras subimos, la adrenalina recorre mi cuerpo con cada paso, y me pregunto si la realeza sintió el temblor de la tierra cuando el candelabro se estrelló, o si aún ignoran felizmente el peligro que está a punto de caer sobre ellos.

Hay una puerta que conduce afuera en el piso inferior de las salas de preparación, justo al nivel del suelo.

—Ten cuidado —le susurro a Raven. Le hace señas a Indi para que la siga. Las otras chicas están muy calladas, incluso las que parecen asustadas. Salen en filas por el pasillo, decididas y atentas. Sil es la última en partir.

—Te veremos arriba —dice, señalando hacia el techo, donde la cúpula espera. Sujeto su hombro por un momento breve y luego desaparece.

Sienna y yo subimos un piso más hasta llegar al nivel más alto de las salas de preparación. Aquí seguramente habrá soldados; el nivel más bajo se utiliza solo cuando hay muchas sustitutas para subastar, pero este se utiliza cada año. Hago una pausa detrás de una puerta y escucho. Puedo oír al menos tres voces: soldados.

Sujeto la manija y le hago una seña con la cabeza al encendedor de Sienna. Necesitamos la distracción. Las llaman crecen, un naranja feroz. Abro la puerta y ella envía el Fuego por el pasillo. Escuchamos gritos y llantos cuando los soldados que custodiaban las salas de preparación corren lejos de las llamas. Esperamos unos segundos, después ingresamos al pasillo. Lenguas de fuego devoran el tapete y trepan por las paredes, pero el corredor está vacío. Sienna y yo extinguimos el fuego juntas con rapidez.

Veo la puerta que necesitamos y la abro con el Aire; la manija está demasiado caliente para poder tocarla. Esta escalera es angosta, con ventanas delgadas, y sube en espiral. Comenzamos a subir, más y más y más… y cuando llegamos a la cima, veo la curva rosada de una de las cúpulas más pequeñas de la Casa de Subastas a pocos metros debajo de nosotras por la ventana. Si estiro el cuello, puedo ver el muro. Hay un pasillo corto que nos lleva a una larga escalera.

Yo voy primera; ato la falda de mi vestido de dama de compañía para no tropezar con él. Sienna tiene puesto un pantalón; los peldaños no son un problema para ella.

A medio camino, me duelen los brazos y mi respiración sale en jadeos intensos. Oigo a Sienna respirando con dificultad detrás de mí, pero ninguna de las dos se queja o reduce la velocidad. Sé que estamos cerca cuando escucho el viento silbando de modo estridente sobre nosotras. Salimos a un rellano diminuto y circular hecho del mismo material dorado que la cúpula que nos rodea.

Cuando me incorporo y miro alrededor, estoy agradecida de no temerle a las alturas.

La cúpula es hueca: delgadas tiras de oro salen disparadas hacia arriba hasta un punto y forman una especie de jaula a nuestro alrededor. Estamos a pocos metros sobre la cima del muro, y podemos ver su inmensidad extendiéndose ante nuestros ojos.

–Guau –comenta Sienna. Estoy de acuerdo.

El muro es inmenso, y quizá está a cuarenta y seis metros de distancia. Miro hacia abajo y velo las siluetas de las Paladinas en la huella de césped verde que separa la Casa de Subastas del muro. El cabello rubio de Indi es fácil de identificar, y observo cómo Raven alinea a las chicas en el césped.

–Es tan grande –añade.

–Lo es –digo.

–¿De verdad vamos a derrumbarlo?

Aprieto los dientes. Ash me prometió que estaría detrás de ese muro, con Ochre y muchos de los miembros de la Sociedad. Lucien contaba conmigo. No puedo fallarles ahora. No lo haré.

–Lo haremos. Vamos –señalo su encendedor–. Primero lo primero.

Es hora de darles a los miembros de la Sociedad la señal para activar las bombas.

Ella lo enciende y la llama aparece.

–Más intensa –digo, y el fuego resplandece hasta que duele mirarlo. El viento azota las trenzas de Sienna alrededor de su rostro y jala los mechones de mi rodete, pinchándome los ojos.

Me conecto con el Aire y este arranca el encendedor de sus manos y lo lleva hacia las placas de oro. Lo alzo, alto en el cielo, donde cuelga como un sol en miniatura. Después, siento las grietas en el encendedor, y en un estallido de luz cegadora, explota.

Contengo la respiración. Pasan diez segundos. Veinte. Observo cómo las últimas brasas mueren y el viento se las lleva; los restos de metal del encendedor arruinado caen sobre el césped abajo.

Pasan veinte segundos más. Nada. No estaba segura de qué esperar, pero supuse que habría una respuesta inmediata a la llama. Mi estómago comienza a hundirse, y el miedo se filtra. Sienna verbaliza mi preocupación.

–¿Crees que ellos…?

De pronto, se oye una explosión ensordecedora, y una bola de fuego florece del centro del Banco en la distancia. Las bombas de la Sociedad se activaron. Treinta segundos después, me parece ver una columna negra alzándose desde el Humo. La Granja está demasiado lejos como para notar si las bombas se activaron o no.

Extiendo la mano y tomo la de Sienna.

–¿Lista? –le pregunto por segunda vez.

Aprieta mi mano con fuerza, sin ningún comentario sarcástico en los labios; solo determinación acérrima y fría mezclada con un dejo de miedo.

Me conecto de nuevo con el Aire y grito "¡AHORA!".

Empujo mi voz hacia abajo para que rodee la fila de chicas que están esperando en el jardín. Después, suelto el Aire y cambio a Tierra.

Siento el calor de la mano de Sienna en la mía, una calidez reconfortante que no concuerda con el jalón intenso en mi pecho debido al muro. Esas piedras son antiguas y han estado en pie durante mucho tiempo. Siento cómo cada chica se conecta con la Tierra y se une a nosotras. Creo escuchar los gritos de aliento de Raven, pero quizá solo es mi imaginación. El muro es pesado, muy, muy pesado. Trato de hacerles grietas a las piedras. Puedo sentir a Sienna luchando conmigo, y a Sil, Amber y todas las chicas conectadas a la Tierra, pero es muy difícil. Mientras pasan los segundos, comienzo a temer que el muro *sea* impenetrable. Me duelen los hombros por el esfuerzo.

Lucien estaba equivocado. Mi plan estaba condenado. No soy la líder que él creyó que podía ser. No importa a cuántas Paladinas convencí de unirse a nosotros. Las he llevado al fracaso.

No te rindas, cielo, susurra la voz de Lucien en mi cabeza, tan clara como si estuviera de pie a mi lado. *Sé que puedes hacerlo. Lo supe desde el día en que te conocí.*

Creo… creo que te amo. Las palabras de Ash resuenan junto a las de Lucien.

Me encontraste, susurra Raven, el olor salobre del océano inunda mi nariz.

Espero que ella sea todo lo que crees que es, gruñe Sil, *o viviremos como cucarachas debajo de una piedra por el resto de nuestras malditas vidas.*

Mi corazón comienza a latir más rápido, hinchándose con cada nueva voz que oigo. Esas personas son el aire que respiro y la sangre que goteo. Son mi coraje. No los defraudaré.

Sé que puedes hacerlo.

Lucien creía en mí, siempre lo hizo. Me aferro con fuerza a ese pensamiento y por primera vez, también intento creerlo. No, no lo intento.

Puedo hacer esto. Soy más fuerte de lo que creo que soy.

Mis piernas y mis brazos están llenos del peso de las rocas debajo de mí. Mi torso está hecho de piedra, mis ojos son guijarros diminutos que muelen mi cráneo. Mi corazón late a un ritmo poderoso en mi pecho, hinchándose con cada latido nuevo, y sujeto la mano de Sienna aún con más fuerza.

El poder que fluye por mis venas se siente tan antiguo como ese mismo muro mientras lo acepto en mi interior, mientras creo en él. Se lo extiendo a Sienna, y nos invade a ambas con un calor similar al Fuego, un empuje parecido al Agua que fluye y la fuerza de un vendaval. Soy todos los elementos, y puedo sentir a cada una de las chicas debajo de mí, las lucecitas de su magia resplandecen como velas encendidas. Dejo todo lo que tengo en ellas, del modo que lo hice la noche que salvé a Raven. Dejo fluir todo mi amor, mi esperanza por una vida mejor, por un mundo mejor. Les infundo mi creencia en que ellas tienen la fuerza necesaria. Yo soy la más fuerte, e irradio ese poder sobre ellas.

Somos las Paladinas. Somos más poderosas que la roca y la piedra. Ahora lo sé.

Somos las protectoras de esta isla.

Sacudo las últimas telarañas de miedo de mi mente.

Concentro todo lo que soy en esa inmensa pared larga, y Sienna también lo hace. Al igual que las chicas en el suelo.

La primera grieta aparece, la siento en el pecho. Sienna da un grito ahogado y acepta este poder puro y latente. Nunca me he sentido tan fuerte o tan viva. Y veo que el plan original de Lucien, de utilizarme solo a mí para derribar el muro, nunca habría funcionado. Requiere de todas nosotras, trabajando juntas. Ninguna Paladina podría hacerlo sola.

Con un gran gemido, una sección entera del muro comienza a derrumbarse. Mientras trozos de rocas y nubes de polvo caen, suelto el elemento y me aferro a una de las tiras doradas. La avalancha atronadora de piedras ahoga el sonido de mis jadeos. Sienna se cubre las orejas y se agazapa a mi lado.

Pero todavía no hemos terminado. Me uno al Aire y grito:

—¡AIRE! —y mi voz llega a las chicas que están abajo.

El Aire está listo y ansioso por ayudar. Sienna observa cómo levantamos trozos de piedras y escombros, y los golpeamos contra las partes restantes del muro, liberando el camino para los luchadores que esperan en el Banco. Veo a Indi alzar su mano, y luego una ola de Agua explota desde el suelo, y corre sobre la abertura que hicimos, un río vasto que se lleva a la defensa principal de la realeza.

El viento alza una leve ovación del otro lado del muro. Suelto el Aire cuando el sonido de los vítores se hace más fuerte. Las personas pasan por la abertura, enfrentándose al agua, que baja la velocidad a su paso. Veo atisbos de telas blancas atadas en los brazos.

Busco a Ash, pero hay demasiadas personas y yo estoy a demasiada altura.

Pero veo a Sil voltear y gritar algo. Sigo su mirada: al menos cien soldados están saliendo de la Casa de Subastas mientras una lluvia de balas resuena. Hombres y mujeres caen al suelo y no se levantan.

–Tenemos que bajar –grito. Sienna y yo descendemos por la escalera, y saltamos los últimos metros sobre el rellano. Después, bajamos por la escalera en espiral hasta que llegamos al primer piso donde están las salas de preparación. Los soldados están por todas partes, corriendo por los pasillos para luchar. Nos escondemos en la entrada cuando pasan a toda velocidad junto a nosotras. El encendedor de Sienna ya no está, así que no podemos usar Fuego como una distracción de nuevo.

Pero yo soy una de las Paladinas. Y no tengo miedo.

Respiro hondo y me uno al Aire, reuniéndolo en una ráfaga tan fuerte que hace volar los sombreros de los soldados. Después la empujo, con más fuerza que nunca, y los hago caer como fichas de dominó. Sienna se une a mí con la Tierra, y el suelo tiembla y trozos de techo caen. Salimos al pasillo, esquivamos a los soldados postrados, les lanzamos más trozos de techo con la Tierra y los hacemos volar con el Aire. Sienna es más fuerte de lo que era, también. Es como si derribar el muro nos hubiera imbuido de más poder del que jamás creímos poseer.

Las puertas del jardín han explotado fuera de sus bisagras y las atravesamos para adentrarnos en la pelea. La fachada rosa de la Casa de Subastas está marcada con orificios causados por los disparos. Una bala zumba junto a mí y la desvío, todavía conectada con el Aire, hacia la pierna de un soldado cercano.

Los cuerpos tapizan el suelo y manchan el césped verde de un oscuro rojo óxido. Soldados, miembros de la Sociedad con bandas blancas en los brazos, Paladinas… Veo el cuerpo de la pequeña Rosie Kelting, sus ojos inexpresivos por la muerte. Indi está lanzando Agua a diestra y siniestra, quitando al enemigo del camino, mientras Sil lanza grandes trozos de roca con el Aire. Garnet tiene una banda atada alrededor de su brazo y está guiando a un grupo de soldados rebeldes a luchar mano a mano con los soldados de la Joya; Raven está a su lado, haciendo lo mismo, su cuerpo fuerte y fluido mientras lucha. Busco a Ash con desesperación en medio de la refriega, pero hay demasiadas personas y demasiado caos.

Rye es una mancha borrosa blanca y negra. Se mueve tan rápido que es difícil seguirle el paso. Un par de otros acompañantes luchan con él, también vestidos con esmoquin, viéndose hermosos y atemorizantes. Uno ha conseguido una espada y abre de un tajo la garganta de un soldado enemigo; una lluvia de un rojo brillante salpica su camisa de vestir.

Más rebeldes con bandas blancas aparecen por la abertura en el muro, y obligan a los soldados a retroceder hacia la Casa de Subastas.

Uno de ellos le apunta con el arma a Sil, e Indi lo golpea con un chorro de Agua tan fuerte que él choca contra la pared de la Casa de Subastas.

De pronto, se oye un disparo. Es uno de tantos, que me sorprende poder identificarlo específicamente en medio del estruendo. Lo siento, más que verlo, mientras acelera a través del jardín hacia Indi. En un segundo, empujo una corriente de Aire hacia la bala, pero llego demasiado tarde.

No puedo comprender el modo en el que su cabeza se inclina hacia atrás o la salpicadura roja que explota de su hermoso cabello rubio.

Cae casi con elegancia al suelo, su alto cuerpo flexible se retuerce y se balancea. Aterriza con un golpe seco y no se levanta.

—¡Indi! —grito, corriendo por el césped. Las balas vuelan, pero mi ira me hace fuerte y con un movimiento de la mano, el Aire las hace salir disparadas en otra dirección y las desparrama dentro del muro y de los soldados detrás de mí.

Los ojos de Indi están abiertos. Mira el cielo azul despejado con una expresión levemente sorprendida, los labios separados y el cabello sobre el rostro. Un charco de sangre comienza a brotar de la parte de atrás de su cabeza, tiñendo su cabello rubio de color escarlata.

Alrededor de veinte soldados se están acercando a mí desde la Casa de Subastas. Los miro con una furia diferente a todas las que he conocido, una que crece con cada latido de mi corazón.

—¡ENTIÉRRALOS! —grito. Mi furia es un fuego iracundo. Me uno a la Tierra tan rápido y de un modo tan completo que siento como si me hubieran construido dentro de las bases de este lugar, dentro de las raíces del césped y en lo profundo, donde esta isla se encuentra con el océano. Destruiré a cada uno de ellos.

Siento que Sienna también se une con la Tierra, y luego otra chica hace lo mismo, y otra. Uniéndose como las piezas de un rompecabezas, nuestro poder se incrementa cuantas más de nosotras nos concentramos en lo mismo. La Casa de

Subastas emite un gemido extraño. Los soldados se encuentran perplejos. Uno le dispara a otra chica conectada con la Tierra en el pecho y cuando ella cae, siento la pérdida, su luz brillante se apaga muy rápido.

Entiérralos, pienso de nuevo, y toda la pared sur de la Casa de Subastas se derrumba.

Los soldados tienen medio segundo para huir. No es ni por asomo tiempo suficiente. La piedra rosada colapsa sobre uno de ellos, las ventanas de vidrio se rompen y un lateral entero de la Casa de Subastas no es más que un hueco inmenso. Puedo ver los restos del anfiteatro donde me vendieron. Se ha quebrado a la mitad, las sillas elegantes y los sillones están dados vuelta, arruinados. No queda nada, más que polvo y cadáveres.

Y aun así, los miembros de la Sociedad irrumpen por la pared abierta.

Sienna corre hacia donde yo estoy arrodillada con Indi.

—No —susurra. Acaricia la mejilla de Indi con una mano, un gesto notoriamente tierno. Otras chicas se reúnen alrededor de los cuerpos de sus amigas fallecidas; algunas lloran, otras mecen los cuerpos de adelante hacia atrás, como si eso los aliviara, como si pudieran tranquilizarlos. Observo anestesiada cómo el escuadrón de jóvenes apuestos atraviesan las ruinas del muro, a través del río que Indi creó apenas media hora atrás.

Después, escucho una voz, tan dolorosamente familiar, que es el único sonido que puede llegar a mí en este pozo de enojo y desesperación.

—¡Violet!

—¿Ash? —digo con la voz entrecortada. Me pongo de pie

276

y corro, empujando a las personas fuera de mi camino para encontrarlo.

Y allí está. Su cabello está aún más largo, y una áspera barba incipiente le cubre las mejillas. Lleva puesta una camisa negra, y la banda blanca sobresale con intensidad sobre su brazo; tiene una espada dentada oxidada en la mano. Está mirando hacia el lado opuesto, todavía gritando mi nombre, buscándome en la multitud.

Por medio segundo, me pregunto si siquiera me reconocerá, si recordará que luzco diferente. Después, voltea y su mirada aterriza en mí. La espada cae de sus manos sobre el césped.

—Violet —dice, y no puedo escucharlo, pero sé que sus labios pronuncian mi nombre. Camina hacia mí, lento al principio y después más rápido; y entonces yo también estoy corriendo, y chocamos en una mezcla de brazos y lágrimas.

Huele a sangre y sudor con un leve dejo a pólvora. La barba en su mandíbula es áspera, pero presiono mi rostro contra ella, abrazándolo más fuerte de lo que necesito, sintiendo su pecho que sube y baja contra el mío, respirándolo, casi delirando de la felicidad.

—Estás viva —susurra en mi oído, agitado con la misma euforia que yo siento.

—Lo siento —susurro—. Lo siento tanto, Ash. Debería haber creído en ti.

—Está bien —murmura—. Estás viva...

Y luego comienza a reír, su pecho tiembla y yo también río, aunque no sé por qué.

—Ochre —digo con un grito ahogado, alejándome de él—. Está…

—Está bien —afirma Ash—. Él y unos chicos más han estado confundiendo a los soldados del Banco llevándolos hacia el muro donde la Sociedad estaba esperándolos.

El alivio me invade. Mi hermano está a salvo.

Ahora necesito ayudar a mi hermana.

—¡Lockwood! —un acompañante en esmoquin se acerca corriendo con Garnet a su lado—. Los soldados han huido. Algunos todavía están dentro de la Casa de Subastas, pero tememos que otros están reforzando el resto de la Joya. Creemos que muchos miembros de la realeza están muertos o en sus habitaciones de seguridad, pero no sabemos cuántos más podrían estar escondiéndose en los palacios.

—Registren cada piso —dice Ash—. Encierren a la mayor cantidad posible, pero cualquiera que se resista, dispararemos a matar —mira a través de la abertura en el muro, hacia el Banco—. Necesitamos más ayuda.

—Necesitas Paladinas —afirmo. Volteo y llamo a Sienna, Sil y Olive—. Sil, llévate la mayor cantidad de chicas que conecten con Tierra y Aire que puedas. Necesitamos derribar el resto de este muro. Sienna, reúne tu propio grupo. Ve con nuestro ejército de soldados y busca más miembros de la realeza en la Joya. Olive, reúne algunas chicas y ve con los acompañantes a limpiar la Casa de las Subastas.

Sienna se aleja de inmediato para buscar a Sloe y a otras chicas que conoce. Olive aplaude y dice, antes de formar el suyo:

—¡Mi señora quizás esté allí!

—Nosotros también entraremos —digo, hablándole a Ash—. Creo que Hazel aún está dentro.

Ash me mira con una expresión maravillada en el rostro.

—¿Qué?

Me dedica mi sonrisa secreta favorita.

—Eres increíble.

—Tú también eres bastante impresionante —digo, señalando con la cabeza a los acompañantes reunidos a nuestro alrededor—. Tendrás que contarme todo una vez que esto termine.

—Una vez que esto termine —concuerda—. Vayamos a buscar a tu hermana.

Voltea hacia los acompañantes, los soldados y los miembros de la Sociedad expectantes y comienza a dar órdenes rápidas. Me acerco a la Casa de Subastas, impaciente.

—¿Dónde está Raven? —pregunta de pronto Garnet. Miro alrededor, pero en el mar de cuerpos no puedo encontrar a mi mejor amiga por ninguna parte. Después, alzo la vista.

Sé exactamente a dónde se dirige, porque estudiamos esos planos durante meses y el único lugar que ella se aseguró de saber su ubicación de adelante hacia atrás y en cualquier dirección fue la habitación de seguridad de la Condesa.

—Allí —digo, señalando la torrecilla que contiene las habitaciones de seguridad de las Casas Fundadoras—. Allí es hacia donde irá.

Garnet maldice en voz baja.

—¿Está loca?

Lo miro y después miro a Ash.

No dejaré a mi hermana abandonada en ese lugar espantoso ni permitiré que mi mejor amiga enfrente a la Condesa sola.

—Vamos.

Veinticinco

Las puertas principales cuelgan de las bisagras, como si una estampida de personas hubiera irrumpido contra ellas sin molestarse en abrirlas primero.

El grupo de Olive nos sigue adentro, junto al escuadrón de acompañantes. Ash tiene su espada en mano de nuevo y Garnet mantiene su pistola lista.

El vestíbulo principal es una masa de muerte y destrucción. La fuente se ha quebrado a la mitad, el agua se derrama sobre las baldosas con mosaicos, arrastrando la sangre de los nobles fallecidos, de soldados y sirvientes en delicadas serpentinas rojas. Atravesamos el vestíbulo y veo que la Electriz está entre ellos, todavía en la tarima. Se ve muy joven en la muerte. Hay una herida inmensa a través de su pecho.

Pero la Duquesa y mi hermana no aparecen por ninguna parte. Raven tampoco.

De pronto, se oye un grito desde el otro extremo de la habitación.

–¡Señora! –exclama Olive. La Dama del Arroyo está apiñada detrás de la plataforma de la orquesta con algunos otros miembros de la realeza asustados–. ¡Señora, soy yo! Oh, por fin la he encontrado.

–¡Aléjate de mí! –grita la Dama, y justo cuando Olive llega a ella con brazos extendidos, la Dama toma una corneta de la plataforma y la golpea con fuerza. Choca contra el lateral de la cabeza de Olive y ella cae como una piedra. Una de las amigas de Olive llora desconsolada. El segundo siguiente, el Agua se alza mientras el grupo de Paladinas seleccionadas por ella se venga, golpeando a los nobles mientras la hueste de acompañantes avanza para terminar el trabajo. El rostro de Olive todavía tiene el remanente de una sonrisa, la alegría de ver a su señora una última vez por siempre grabada en su rostro.

Tanta muerte. Tantas vidas han terminado hoy.

Volteo para mirar a Garnet y a Ash.

–Raven tratará de llegar a la habitación de seguridad de la Condesa. Y Hazel quizá está con la Duquesa en la suya.

–Entonces estarán una junto a la otra –dice Garnet.

Cierro los ojos, visualizando las líneas punteadas y los planos que me esforcé tanto por memorizar.

–Por aquí –digo y nos marchamos, dejando la matanza a nuestras espaldas.

Atravesamos una puerta hecha de madera ennegrecida, después recorremos un pasillo decorado con arbotantes bonitos y empapelado en dorado y blanco… cuando nos encontramos con Raven, luchado con un soldado.

Garnet suelta un grito ahogado, avanza con rapidez y tumba a Raven y a su atacante al suelo. Raven rueda hacia un lateral y se pone de pie mientras Garnet golpea al soldado en la sien con la parte trasera de su arma. El hombre cae, inconsciente.

—¿Qué estás haciendo? —pregunta Garnet, poniéndose de pie para enfrentarla. Ella lo mira.

—Tengo que hacerlo —afirma.

—Lo sé —dice él—. Solo no comprendo por qué no nos esperaste.

Raven abre la boca cuando otro soldado se acerca corriendo por el pasillo. Lo golpeo contra una pared con el Aire.

—Las habitaciones de seguridad están por aquí —indico y abro la puerta; aparece una escalera de piedra curva. Dos soldados la están custodiando y yo desvío sus balas, todavía conectada con el Aire, mientras Ash los derrota con su espada.

Cuando subimos, pasamos junto a otras habitaciones de seguridad para miembros de la realeza menos importantes: las habitaciones de las Casas Fundadoras están en la cima de la torrecilla. Cada cuarto está bien sellado y mantiene a los nobles dentro. Con suerte, esos ya no nos molestarán ni intentarán luchar ahora que su precioso ejército está siendo derrotado y su muro, destruido.

Llegamos a la cima, donde hay cinco puertas, cada una con un escudo: Balanzas, Palacio Real, Rosa, Lago, Piedra.

Primero, me concentro en la puerta de la Casa del Lago. Salvar a Hazel y después ayudar a Raven.

—Retrocedan —digo. Reúno todo el Aire hacia mí y después lo expulso como lo hice antes para abrir la puerta con la manija ardiente. La puerta se abre de golpe, y detrás de ella aparece una pequeña habitación hermosamente decorada.

Está vacía.

—Ella no está aquí —digo con la voz entrecortada—. No está…

—La Condesa —suplica Raven—. Por favor.

Mi cabeza da vueltas, concentro el Aire en la puerta con el escudo de la Casa de la Piedra, un cuadrado gris con dos martillos de bronce entrecruzados. El golpe impacta contra la puerta y la arranca de cuajo. La hago volar hasta el otro extremo de la habitación y se oye un estallido cuando atraviesa una ventana que está en la pared opuesta.

¿Por qué siquiera ponen ventanas en estas habitaciones de seguridad?, pienso, mientras los habitantes que están dentro se encogen de miedo y tosen. El vidrio cubre todo el suelo de la habitación, que es tan bonita como la que tenía el escudo de la Duquesa.

Irrumpimos dentro. El hombre frágil que vi brevemente en esa última cena real se acurruca detrás de la puerta.

—Por favor —tartamudea—, no me lastimen.

—¿Qué quieren? —pregunta la Condesa. Sus ojos se abren de par en par—. ¿Garnet?

—A su servicio —dice él tocando su sombrero.

—¿Qué está sucediendo aquí? —exige Frederic, poniéndose de pie detrás de un sofá—. ¿Cómo…?

Pero Raven se ha acercado sigilosamente a él, y con un movimiento rápido lo calla y lo golpea con fuerza en el rostro.

Puedo oír cómo se quiebra su nariz. La sangre brota entre sus dedos mientras él se aferra a su rostro herido, aullando y tropezando hacia atrás.

Después, se dirige a la Condesa.

–Hola, Ebony –dice.

Amo a mi amiga. Le salvé la vida una vez y lo haría de nuevo sin pensarlo. Pero la mirada en su rostro mientras observa a la Condesa de la Piedra es atemorizante. Hace que un escalofrío recorra mi columna y que el vello de mi nuca se erice. Hay un magullón hinchándose en la mejilla izquierda de Raven y varios rasguños largos en su cuello, lo que le da una apariencia levemente salvaje.

La Condesa luce, muy apropiadamente, como si estuviera viendo un fantasma.

–Estás muerta –dice con la voz entrecortada.

Raven se señala a sí misma.

–No. No lo estoy.

La Condesa recupera la compostura con rapidez.

–Cuando todo esto termine, haré que te descuarticen, 192.

–Mi nombre –dice ella, pronunciando con cuidado cada palabra– es Raven Stirling. Y tu era de tortura, mutilación y crueldad llega a su fin.

Veo por el rabillo del ojo que Frederic se mueve y estoy a punto de gritar una advertencia. Garnet se mueve conmigo, alzando su pistola, pero Raven es más rápida que nosotros dos, casi como si hubiera anticipado esto. Se agazapa y gira, y si bien antes él estuvo a espaldas de ella, ahora ella está detrás de él.

Toma la cabeza de Frederic entre las manos.

–Oh, Frederic –dice Raven–. He estado pensando en esta reunión durante tanto tiempo.

Después, con un giro brutal, le quiebra el cuello. Él cae

al suelo como un muñeco de trapo, su cabeza está doblada en un ángulo extraño.

–¡No! –grita la Condesa.

Raven pasa por encima del cadáver de Frederic sin mirarlo dos veces.

La Condesa la fulmina con la mirada.

–No creerás de verdad que ganarás, ¿cierto? –mira alrededor de la habitación–. ¿De qué está hecha tu revolución? ¿De un puñado de sirvientes insatisfechos, acompañantes desgraciados y granjeros? ¿Y un patético miembro de la realeza?

–¿Has mirado por esa ventana? –dice Raven–. Sus fuerzas están diezmadas. Su muro se derrumbó. Los círculos se integrarán. Las personas de esta ciudad la recuperarán de las manos de ustedes, los tiranos.

–Las personas de esta ciudad estarían perdidas si no fuera por la realeza –replica la Condesa–. Nos necesitan para sobrevivir.

–No –dice Raven– no los necesitamos –se palpa el cuero cabelludo, tocando cada herida, una por una–. Me diste un gran don, Ebony. Y ni siquiera te diste cuenta.

–No me llames por mi nombre –gruñe la Condesa. Raven la ignora.

–Verás, ahora puedo escuchar cosas. Sé que tienes miedo. Más miedo del que tenías la vez que tu madre te hizo pasar hambre durante una semana porque todavía no habías perdido peso. Te encerró en el calabozo y no te permitía salir. Dormías llorando cada noche.

Hay un resplandor malvado en los ojos de Raven al ver el terror en el rostro de la Duquesa.

–Ah, sí. He oído tus secretos. Conozco tus pensamientos. No puedes escarbar en el cerebro de alguien y esperar que no haya repercusiones. En especial cuando se trata del cerebro de una Paladina –la Condesa frunce el ceño y Raven inclina la cabeza hacia un lado.

»Eso es lo que somos –continúa ella–. No somos sustitutas. No somos esclavas. Pero tú lo sabías, ¿verdad? Que éramos diferentes. Fuiste inteligente al temernos. Por supuesto, tú no lo llamarías *miedo*. Lo llamabas, qué... ¿curiosidad? ¿Experimentación? Pero, en el fondo, sabías que había algo en nosotras, algo sobre los Augurios que era peligroso si se liberaba –se acerca un paso más.

La Condesa tropieza hacia atrás, hacia la ventana rota.

–No te tengo miedo.

–Sí que lo tienes –dice Raven, su voz es tan mortífera como el silbido de una serpiente–. Y deberías.

Raven avanza un paso más. La Condesa retrocede otro.

Entonces, Raven acorta en un segundo la distancia que las separa. Los ojos de la Condesa se abren de par en par por la sorpresa, su inmensa boca cae, abierta, cuando Raven la empuja por la ventana. Ella desaparece con un alarido; cae y se estrella en el suelo, lejos, abajo.

La habitación permanece en silencio, salvo por el gimoteo del Conde. Raven se para sobre la ventana y observa el lugar donde la Condesa se desvaneció, con el pecho agitado.

–Se ha ido –le susurra a nadie en particular, o quizás a sí misma, confirmando en voz alta el hecho para creer que en verdad es real. Sus rodillas se rinden y se tambalea. Garnet está junto a ella en un instante, y la envuelve en sus brazos.

»Se ha ido –solloza contra el pecho de Garnet.

–Así es –susurra él en el cabello de Raven–. Ya no puede lastimarte. Ya no puede lastimar a nadie nunca más.

Raven respira hondo, se estremece al respirar, alza la vista y lo mira a los ojos. Se contemplan por un largo momento. Garnet delinea con dulzura el magullón en la mejilla de ella. Es algo tan profundo y personal de presenciar, que tengo que apartar la mirada hacia fuera por la puerta, donde la habitación de seguridad de la Casa del Lago me recuerda que este día aún no ha terminado.

–La Duquesa todavía tiene a Hazel –digo.

Ash asiente.

–¿A dónde irían? –pregunta él–. ¿Al Palacio del Lago? ¿A uno de los palacios cercanos?

–No –responde Garnet con resignación lúgubre–. Apuesto a que sé exactamente a dónde se ha ido. Síganme.

Bajamos corriendo la escalera, entramos al vestíbulo sangriento y salimos por las puertas delanteras destruidas.

–Por aquí –dice Garnet, señalando el lugar donde filas de vehículos esperan para recoger a los nobles que no se marcharán de esta Casa de Subastas de nuevo.

Subimos con rapidez a un vehículo; Garnet y Raven viajan al frente, Ash y yo, en el asiento trasero. Garnet arranca la bobina de encendido y juega con los cables hasta que el motor cobra vida con un rugido. Aceleramos a través de las calles en su mayoría vacías de la Joya, viendo fugazmente sirvientes aturdidos y explosiones de peleas entre soldados y miembros de la Sociedad. Muchos de los palacios están siendo saqueados, que destruyeron sus puertas y rompieron sus ventanas.

–¿A dónde vamos? –pregunta Raven.

De pronto, la tierra tiembla debajo de nosotros, y el vehículo derrapa sobre el pavimento. En la distancia, humo y polvo se alzan; luego, unos escombros vuelan por los aires.

–Sil –digo con satisfacción, y los dedos de Ash se cierran sobre los míos.

–Puedes derribarlos todos –dice él–. Cada muro en esta ciudad. Lucien estará muy orgulloso.

Se me cierra la garganta.

–Lucien está muerto –respondo. Ash parece confundido un segundo, como si aquellas dos palabras no tuvieran sentido juntas. Después, sus labios forman una línea delgada y parpadea con rapidez.

–Ah –es todo lo que dice.

–Garnet, ¿a dónde vamos? –pregunta de nuevo Raven.

–Al Palacio Real –responde con los dientes apretados.

El hogar que la Duquesa siempre quiso, pero que estaba fuera de su alcance. El lugar que ella sentía que estaba destinada a tener como propio.

–Por supuesto –susurro.

Veintiséis

Garnet pisa el acelerador y salimos disparados por las calles. Los palacios pasan con rapidez a nuestro lado hasta que llegamos al bosque, una mancha borrosa de verdes y tonos tierra; después pasamos por el jardín con arte de topiaria, hasta que por fin, él se detiene frente a la fuente de los niños con trompetas.

Las puertas del Palacio Real están abiertas. Cuando entramos, los pasillos están vacíos.

—Apuesto toda mi herencia a que ella ha ido a la sala del trono —dice Garnet.

—¿Hacia dónde? —pregunto y él toma el opulento pasillo principal. Pasamos por el salón de baile donde toqué el violonchelo en el Baile del Exetor, y veo el jardín donde hablé con Ash en la glorieta esa misma noche, antes de que giremos a la izquierda bruscamente.

El sonido de unas voces nos obliga a detenernos en seco. Garnet alza una mano y nos deslizamos hacia el final del pasillo; el tapete elegante amortigua nuestros pasos. Él se asoma por la esquina, y después se esconde de nuevo con rapidez.

–Siete soldados –dice moviendo los labios. Ash desenfunda su espada y Garnet toma su pistola. Raven se agazapa en una posición de ataque. Yo me uno al Aire y, por un segundo, me permito disfrutar la libertad feliz del elemento.

Después, lo enfoco, llamo al viento a mí desde los cientos de pasillos de este palacio, y se acerca silbando y chillando. Garnet, Ash y Raven doblan por la esquina mientras yo hago volar por los aires a los soldados.

Lo que sucede a continuación está borroso. Crujidos, gritos y golpes secos, la espada de Ash canta a través del aire, las armas se disparan y todo ese tiempo lleno la habitación con un viento tan feroz e hiriente que hace que mis propios ojos ardan y se humedezcan.

Cuando oigo que Ash me grita "¡Detente!", suelto mi conexión con el elemento y todo se calma. Los soldados están desparramados por doquier, algunos muertos, otros solo inconscientes. La habitación tiene un cielo abovedado pintado con murales que muestran las cuatro estaciones y vitrales tan altos como Garnet, sus tonos resplandecientes están dispersos por el suelo con baldosas blancas y negras. En el centro de la habitación se distingue una tarima en la cual hay dos inmensos tronos opulentos. Los apoyabrazos tienen escamas y terminan en forma de cabeza de serpiente con rubíes en lugar de ojos. Unas enormes alas doradas se extienden a cada lado de los tronos, y los asientos están cubiertos de terciopelo escarlata.

La Duquesa está sentada en uno de ellos, su falda enredada entre las piernas; parece completamente desconcertada ante el último evento. Sus dedos se aferran a las serpientes como garras cuando ve a su hijo.

—¿Garnet? —dice con la voz entrecortada. Hazel está en el suelo a su lado, todavía con la correa. Su rostro se ilumina cuando me ve. Cora y Carnelian están detrás de ella; Cora mira boquiabierta a Garnet, pero Carnelian solo tiene ojos para Ash.

—Hola, madre —dice él, como si recién se hubiera sentado a tomar el desayuno—. No es tu típico Día de la Subasta, ¿verdad?

—Tú... ¿estás con *ellos*? —la Duquesa escupe la palabra. Su mirada aterriza en Raven, después en Ash y luego en mí—. ¿Luchando con prostitutas y sirvientes?

—¿Quieres decir luchando junto a seres humanos? —replica Garnet—. Sí, madre. Así es.

La Duquesa lo mira con desprecio.

—No debería sorprenderme. Eres más parecido a tu padre de lo que te has parecido a mí.

Garnet finge reflexionar al respecto un momento.

—Tomaré eso como un cumplido.

—¿Prefieres ser alguien débil?

—Mejor ser débil que un asesino —digo, dando un paso al frente.

La Duquesa se pone de pie y veo que sostiene la daga en una mano, supongo que la misma que le dio el Exetor. El mango está incrustado de piedras preciosas, y la hoja está grabada con líneas serpenteantes de plata.

–No toleraré que una simple dama de compañía me hable de ese modo. Cuando esta ridícula rebelión termine, haré que te corten la lengua. Pondré tu cabeza en una pica. Te…

–No tendrás nada –la interrumpo, avanzando con lentitud–. No tienes poder en esta ciudad. Y yo no soy una *simple dama de compañía*.

Ya no le tendré miedo.

Y ella me verá por quién soy en realidad.

Una vez para verlo como es. Dos, para verlo en tu mente. Tres, para que obedezca tu voluntad.

Siento un cosquilleo en el cuero cabelludo mientras mi cabello cambia de rubio a negro. Me duele la nariz cuando regresa a su tamaño normal y mi frente se achica. Dejo mis ojos para el final. Arden como brasas ardientes chisporroteando en mi cráneo, pero me obligo a mantenerlos abiertos mientras regresan a su violeta natural. Quiero ver el rostro de la Duquesa cuando se dé cuenta de que soy yo.

El resultado no me decepciona.

Se queda boquiabierta. La daga cae al suelo, lejos del alcance de Hazel; ella intenta tomarla, pero la cadena la retiene. La Duquesa recupera la daga y sujeta a Hazel del cabello; la jala hacia arriba y presiona la hoja contra su garganta.

–Quédate atrás –dice.

–Violet –grazna Hazel.

–*No* la lastimarás –digo entre dientes. Considero unirme al Aire y lanzar a la Duquesa lejos de la tarima, pero eso podría terminar con un corte en la garganta de Hazel.

–Entonces –dice la Duquesa, viéndose más cómoda ahora que tiene la vida de mi hermana para usar en mi contra–, has regresado. Me preguntaba si lo harías. Esa es parte de la razón por la que la secuestré a ella en primer lugar. Creí que tal vez te atraparían tratando de salvarla –alza una ceja–. Te disfrazaste bien, te concederé eso.

Ash, Raven y Garnet han formado un semicírculo suelto a mi alrededor. Cora observa cada uno de mis pasos, ansiosa, esperando su propia venganza.

–¿Y el resto de la razón? –pregunto.

La Duquesa se encoge de hombros.

–Bueno, esperaba que ella tuviera tus habilidades, por supuesto, pero resultó evidente bastante rápido que ella no era la sustituta que tú fuiste. No era posible generar un embarazo –algo centellea en sus ojos, ¿arrepentimiento, quizá?, pero se desvanece antes de que pueda descifrarlo.

Jala la cabeza de Hazel más hacia atrás.

–Cuando escapaste con la prostituta, creí que estaba acabada. Creí que nunca conseguiría lo único que quería de verdad, que mi hija gobernara como yo debía haberlo hecho. Pero... ¿cómo es ese dicho pintoresco que tienen en los círculos más bajos? ¿Cuando solo te quedan limones, haz limonada? Vi una oportunidad. ¿Por qué darle a un niño la vida que debería haber sido mía? La Electriz es tan simple y estúpida, tan fácil de manipular. ¿Por qué no utilizar eso a mi favor? Después de todo, ella hizo un trabajo magnífico anunciando a los cuatro vientos a todos en la Joya cuánto me odiaba, cómo no quería tener un compromiso con mi Casa. Estaba celosa. Los celos son una emoción mezquina. Contamina la mente. Te hace imprudente. Porque ella lo tenía todo y no *lo apreciaba*. Aun peor, ella no lo merecía en primer lugar.

–¿Así que secuestraste a mi hermana y fuiste tras la cabeza de la Electriz para concretar el compromiso junto al Exetor?

–Buena deducción –dice la Duquesa con una mueca–. Y una vez que Onyx se dio cuenta de que había una oportunidad para estar juntos de nuevo… bueno, haríamos lo que fuera por el otro. Incluso asesinar a la basura del Banco que es su esposa. Así de profundo es nuestro amor.

–¿Dónde está él, entonces? –pregunto, señalando a mi alrededor–. Parece que te ha abandonado.

–Ah, no –dice la Duquesa–. Él nunca me abandonará de nuevo.

Algo en su tono me pone incómoda. Cora parece nerviosa también; mira la habitación, pero está vacía, excepto por nosotros ocho.

–Pero una vez lo hizo –digo, tratando de encontrar un punto débil. Mis ojos se posan en la daga que todavía está presionada contra el cuello de Hazel–. Te dejó. Se casó con la Electriz.

–No hables como si supieras cosas sobre él –replica la Duquesa–. Él nunca eligió dejarme. Nos obligaron a separarnos –alza la cabeza con orgullo–. Nos amamos. Más de lo que dos personas se han amado antes. Hicimos algo hermoso juntos y ellos se lo llevaron, me lo arrebataron incluso cuando les supliqué que no lo hicieran. Lo llamaron monstruo, a la vida que estaba creciendo en mi interior –tiene una mirada salvaje en los ojos–. ¡No es justo! –grita–. Ustedes, las pobres, estúpidas e inútiles sustitutas pueden gestar un niño y yo no.

Estoy atónita. ¿La Duquesa estaba embarazada? A las mujeres de la realeza las esterilizan cuando contraen matrimonio, pero claramente, la Duquesa y el Exetor durmieron juntos antes de eso. Escucho un grito ahogado de Garnet. Incluso Cora parece perpleja. Habría arruinado la Casa de la Duquesa para siempre si la noticia se descubría.

Sus ojos brillan por las lágrimas incluso cuando sus manos tiemblan por el enojo. Una gota gruesa de sangre brota de la punta de la daga y se desliza por el cuello de Hazel.

–Qué tonta fui –susurra la Duquesa–. Al pensar que me permitirían quedármelo.

Por un momento puedo verla, a la Duquesa, joven y enamorada. ¿Cómo habría sido al crecer si las cosas hubieran resultado diferentes?

–Lamento que te sucediera eso –digo. Carnelian arranca sus ojos lejos de Ash para mirarme, atónita. Refleja con exactitud la expresión del rostro de la Duquesa, y por primera vez desde que las he conocido, puedo ver que son familia.

La perplejidad de la Duquesa se desvanece y se convierte en desprecio.

–No necesito tu lástima –dice–. Ni la quiero.

–Esa es la diferencia entre nosotras –replico–. Tú ves lástima. Ves debilidad. Yo veo compasión. Veo fuerza. Pero cuando *tú* sufres, sientes que debes hacer sufrir a los que te rodean. Permitiste que esa tragedia te convirtiera en alguien frío y cruel. Asesinaste a Dahlia, una chica cuyo nombre ni siquiera sabías, que no te había hecho nada. La envenenaste por rencor. Mataste a Annabelle sin ningún otro motivo más que castigarme. Arrebataste una vida hermosa por capricho, para probar algo. Podrías haberte convertido en algo grande, Pearl –digo, imitando a Raven y dirigiéndome a la Duquesa como una igual–, y en cambio, eres solo otro miembro de la realeza mezquino y malicioso.

–Ella es infinitamente más que eso –dice una voz baja. El Exetor sale de las sombras y su guardia ingresa en la habitación, marchando al unísono; sus chaquetas rojas combinan con los asientos de los tronos.

–Onyx –dice la Duquesa, aliviada–. Me preguntaba dónde estabas.

Hay al menos veinte soldados rodeándonos, todos con rifles.

Estamos atrapados.

Veintisiete

El Exetor se acerca y le da un beso en la mejilla a la Duquesa, ignorando a Hazel, que lucha entre ellos.

—Iba a enviar a estos hombres a la ciudad —dice él—, pero luego oí voces y creí que debería ver cómo estabas.

—Estoy tan feliz de que lo hicieras, cariño. Recuerdas a mi antigua sustituta, 197. Ha regresado a rescatar a su hermana.

—Justo como lo sospechabas —asiente el Exetor. Su mirada aterriza en Garnet—. ¿Qué está haciendo él aquí?

—Está con ellos —responde la Duquesa—. Siempre la misma gran decepción.

El Exetor delinea la mandíbula de la Duquesa con un dedo.

—Merecías algo mejor —le dice él.

Ni siquiera nos miran.

El arma de Garnet no es nada comparada con todos esos rifles. Al igual que la espada de Ash.

—Entonces —dice la Duquesa, dirigiéndose a mí—, ¿cuánto tiempo trabajaste con el eunuco?

Mi cerebro funciona a toda velocidad, furioso, tratando de pensar en una solución para sacarnos de esta situación. Lo mejor que puedo hacer es mantenerla hablando mientras pienso en un plan.

—Él tenía un nombre —digo.

—Estoy al tanto del nombre de Lucien, simplemente no…

—Tenía un nombre, y no era Lucien. ¿Comprendes siquiera por qué todo esto está sucediendo? —señalo la ventana por la que se aprecia un atardecer de un color ardiente—. ¿Puedes siquiera concebir lo que les has hecho a las personas de esta ciudad? ¿A la isla?

La sonrisa de la Duquesa es glacial.

—Eres una niñita tonta. Esta isla no sería nada sin nosotros. Nosotros la hicimos grandiosa. Creamos algo donde antes no había nada.

—No es que no había nada —replico—. Había personas aquí, y tus ancestros, de los cuales te enorgulleces tanto, las asesinaron a todas. O al menos, creyeron que lo habían hecho.

La Duquesa se tensa, y el Exetor parece confundido.

—¿De qué está hablando? —replica la Duquesa.

Es mi turno de sonreír.

—¿Qué creías que Lucien estaba haciendo en la biblioteca? ¿Poniéndose al día con la historia de la realeza? Son increíbles. No han cambiado nada. Toman lo que sea que quieren. ¿Realmente pensaron que habían asesinado a todas las Paladinas?

–¿A todas las qué? –pregunta Carnelian, pero nadie le responde.

–¿Cómo sabes sobre eso? –sisea la Duquesa.

–Porque yo soy una de ellas –digo–. ¿Quién crees que derribó ese muro? No tienes idea de lo que soy capaz.

–Pruébalo, entonces –la Duquesa jala más fuerte de la cabeza de Hazel y ella grita de dolor–. Lo único que he visto de ti hasta ahora es un poco de viento. Prueba tu fuerza. Mátame ahora, si puedes.

Lo pienso. Pienso en el techo cayendo sobre su cabeza, el Aire quebrándole el cuello, ahogándola en el Agua que puedo sentir cerca, en el jardín de afuera.

Pero yo no soy la Duquesa. Yo no soluciono mis problemas del modo que ella lo hace, con violencia y sangre.

–Podría –afirmo con cuidado–, pero no lo haré.

La Duquesa ríe, una risa aguda y retumbante.

–*Podría, pero no lo haré* –dice, imitándome–. Ah, eso es profundo.

El Exetor se une. Cora está lívida. Da un paso adelante.

–¡Prometiste que la matarías! –grita ella.

–Lo siento –digo, al mismo tiempo que la Duquesa reacciona:

–¿Disculpa?

–Tú asesinaste a mi hija –grita Cora, volteando para enfrentar a su señora–. ¿Creíste que no me importaría? ¿Honestamente creíste que no sentía nada por ella?

La Duquesa aplaca a Cora con una mirada. La dama de compañía se apaga.

–Debería haber ahogado a esa enana cuando nació –le escupe–. Tuviste suerte de que siquiera pudiste conocerla.

–¿Siquiera puedes oír lo que dices, madre? –replica Garnet–. Annabelle era… era la mejor persona en todo ese palacio. Era completamente inocente. Era *buena*.

–Nadie es completamente inocente –dice la Duquesa–. Si crees eso, eres aún más estúpido de lo que creí –sus ojos se posan en algo a mis espaldas–. Comencemos con el acompañante, ¿les parece?

Hemos estado tan concentrados en lo que está frente a nosotros, que ninguno ha mirado atrás. Volteo ahora, justo cuando tres guardias del Exetor se ciernen sobre Ash, y dos sujetan sus brazos y lanzan lejos su espada mientras otro le apunta con un arma en la sien.

–¡No! –gritamos Carnelian y yo a la vez.

El soldado que sostiene el arma tiene un rostro ancho y feo, y un diente de oro que resplandece cuando sonríe. Parece bruto, como si disfrutara lastimar personas.

Ash mantiene los ojos clavados en los míos y pronuncia una palabra sin emitir sonido. *Hazel.*

Sé a lo que se refiere, pero no puedo. No puedo elegir. Sus ojos me contemplan como si fuera la última vez. Como si nunca fuera a verme de nuevo.

–¡Llévame a mí! –ofrece Carnelian–. Mátame en su lugar. ¡Por favor! Solo no lo lastimen.

Es una declaración tan valiente. Arranco mi mirada de Ash y la dirijo a su rostro, marcado por el miedo, pero honesto. Realmente moriría por Ash. No puedo creer que una vez pensé que ella era molesta y mezquina. La odiaba por las razones equivocadas.

–Carnelian, basta, estás avergonzándote –la Duquesa ni

300

siquiera mira a su sobrina. Parece alegre ante el giro que tomó la situación. Más sangre se desliza sobre el cuello de Hazel–. ¿Qué podrías ganar con eso? Viva o muerta, no eres nada para mí. Este acompañante arriesgó su propia vida para estar con una sustituta. ¿Ves eso? *Él no te ama.* Incluso tu propia madre prefirió morir antes que tu compañía. ¿Qué hará falta para que comprendas el concepto de que *nadie te quiere*?

Incluso yo siento el pinchazo de sus palabras, cómo cortan directamente el corazón de Carnelian, un lugar que ha sido herido por la angustia y la crueldad cientos de veces.

Rápida como un rayo, me uno al Aire. Es como si hubiera estado esperando mi llamada.

La Duquesa me da una última mirada despreciable.

–Mátenlos a todos –dice con tono aburrido, pero yo estoy lista y no permitiré que me lastime a mí ni a mis amigos.

Los rifles se disparan casi al unísono y llenan la habitación de ruidos fuertes.

Puedes hacerlo, susurra Lucien en mi oído. *Creo en ti.*

Siento cada una de las balas cortando el aire en la habitación y las alzo hacia arriba y las hago volar en círculos como una bandada de moscas.

Hazel golpea su pie sobre el empeine de la Duquesa, lo que hace que la mujer dé un aullido estrangulado y la suelte. La daga cae de la tarima.

Alzo las manos. Los soldados están mirando las balas, aturdidos, maravillados y confundidos. Deslizo las manos a través del Aire, y envío los proyectiles de regreso hacia sus dueños, y los soldados caen uno por uno. Envío una bala a través de la cadena que conecta a mi hermana con la Duquesa: se parte en dos.

Percibo, en lugar de ver, que el soldado feo me dispara. Escucho que Ash grita y después, se oye un crujido detrás de mí y envío la bala lejos de mí, sin importarme dónde aterriza, mientras Hazel se hunde en mis brazos.

—Estás a salvo ahora —digo mientras ella llora sobre mi hombro—. Te tengo. Estás a salvo.

—¡NO! —el grito que brota de la garganta de la Duquesa es salvaje, gutural, como el aullido de un animal moribundo. Y veo por qué: la última bala que desvié atravesó directamente el pecho del Exetor.

Ella lo sujeta en sus brazos, y las lágrimas caen sobre sus mejillas.

—Onyx, no, no, por favor...

La sangre brota de su boca.

—Pearl —dice él, extendiendo la mano para tocarle la mejilla. Luego su mano cae, blanda e inerte, y su cabeza rueda a un lado. La Duquesa cae sobre él, aferrándose a su cuerpo. Después, su cabeza se alza de pronto.

—Te mataré lentamente por esto —exclama. Apoya al Exetor con dulzura en el suelo y se levanta para enfrentarme. Empujo a Hazel detrás de mi espalda y me preparo para unirme con la Tierra, para abrir el suelo debajo de sus pies—. ¿Me entiendes? Te mata...

Después da un grito ahogado, y su espalda se arquea. Un sonido horrible y asfixiante brota de su garganta. El rojo comienza a atravesar su vestido azul y lo mancha, y cambia su color como si fuera un Augurio.

Carnelian está de pie detrás de ella. Con un movimiento ágil, extrae la daga de la espalda de la Duquesa y la sostiene, triunfante. Debe haberla tomado cuando la Duquesa lo soltó.

–*Eres tan decepcionante, Carnelian* –sisea, imitando la voz de la Duquesa y apuñalándola de nuevo con la daga–. *No le importa a nadie lo que tengas para decir, Carnelian* –la daga se hunde de nuevo por tercera vez–. *Nadie te ama, nadie te ama…* –apuñala a la Duquesa de nuevo y yo solo puedo observar, perpleja y horrorizada.

La Duquesa cae al suelo junto al Exetor. Carnelian parece a punto de continuar apuñalándola, cuando Ash se acerca a ella con rapidez. Sujeta su muñeca con dulzura. Ella está temblando.

–Está bien –susurra él–. Ahora puedes soltarla. Se ha ido. Está bien.

Ella parpadea y lo mira.

–Ella… ella era tan… Tenía que…

–Lo sé –dice él. La daga cae al suelo. Ella se desploma sobre Ash llorando y él la abraza. Nuestros ojos se encuentran por encima de la coronilla de Carnelian. La escena no me genera celos como lo habría hecho alguna vez.

Hazel está sujetando mi brazo y volteo para enfrentarla.

–Vamos a quitarte eso de encima –digo. Raven me ayuda con la correa y yo arranco el velo de su rostro. Garnet ha ido a ayudar a Cora. Hazel se quita los tacones y asume su altura habitual de nuevo, y juntas le quitamos el embarazo falso que le cubre el estómago. Ella lo patea con vigor.

–¿Terminó? –pregunta.

–Terminó –asiento. Se desploma sobre mí y nos abrazamos con fuerza.

–Todas esas cosas que hiciste –dice ella, separándose para mirarme–. Con el viento y las balas y… –mira alrededor de la habitación, aturdida–. Me dijiste que podías hacer cosas, pero…

–Tú también puedes hacerlo –digo.

Hazel parpadea.

–¿Puedo?

Sonrío.

–Ella es Raven. Es mi mejor amiga. Ella puede mostrarte, si quieres.

–¿Quieres que la lleve al acantilado ahora? –pregunta Raven.

–¿Qué? –indaga Hazel.

–Quizá no en este mismo segundo –digo–. Tal vez es demasiado pronto. Hazel necesita descansar. Ella…

–Lo único que he hecho en meses es descansar –responde, dando un paso atrás y cruzando los brazos encima de su pecho–. Muéstrame lo que es. Puedo manejarlo.

Mi pecho se hincha de orgullo.

–Sé que puedes –digo–. Vamos.

Abandonamos la sala del trono y salimos a un jardín lleno de mariposas y arbustos de rosas. El sol es oro líquido en un cielo azul perfecto. Siento una sensación abrumadora de exuberancia. Lo logramos.

Raven sujeta mi mano y yo tomo la de Hazel.

–¿Qué estamos haciendo? –pregunta mi hermana.

–Te mostraremos quién eres en realidad –he dicho eso

tantas veces antes, en la Puerta Sur, en la Puerta Oeste y en los otros centros de retención. Les he dado a las chicas algo en lo que creer, les mostré lo que son capaces de hacer.

Pero nunca significó tanto para mí como en este momento.

El acantilado está perfecto cuando llegamos.

El cielo refleja nuestro cielo, despejado y de un azul brillante. El aire es cálido y las abejas zumban perezosas alrededor del monumento. Los árboles son espesos y verdes, y el rugido gentil del océano debajo es tranquilizador. Cuánto ansío ver el océano de verdad.

Volteo y miro a mi hermana. Ella observa alrededor, cautivada por la belleza y la maravilla de este lugar. Sus ojos violetas están llenos de asombro.

Suspiro.

Hazla regresar a la normalidad, le susurro en silencio al espacio, a mis ancestros que esperan más allá, en un lugar entre los vivos y los muertos. *Por favor.*

Hazla regresar a la normalidad, susurra Raven a mi lado. Nuestros ruegos flotan en el aire y giran alrededor del monumento azul plateado, y es como si pudiera escuchar cientos de voces uniéndose al grito.

Hazla regresar a la normalidad, hazla regresar a la normalidad…

Hazel ha corrido hacia el borde del acantilado y mira el océano. De pronto, sujeta su rostro y cae de rodillas. Comienzo a correr hacia ella, pero Raven me detiene; aferrándome fuerte la mano. Hazel se balancea de atrás hacia delante por unos momentos, y luego se paraliza.

Cuando voltea y me mira, mi corazón se estanca en mi garganta y, si pudiera emitir sonido y llorar en este lugar, lo haría.

La magia del acantilado ha funcionado. Las Paladinas le han devuelto su identidad. Fuera lo fuera lo que le hizo el médico, no tenía comparación con el poder que existe aquí.

El rostro de Hazel es el que recuerdo, con el que crecí. Sus ojos regresaron a su color original, su nariz, su boca y sus mejillas son idénticas a como solían ser. Me mira con los mismos ojos abiertos de par en par que he visto en los rostros de tantas chicas ahora. Raven y yo nos unimos a ella al borde del acantilado. Miramos el océano, dejamos que el aroma salobre invada nuestras narices, y tengo una sensación de asombro, de curiosidad. Siento como si yo fuera una parte muy pequeña de algo muy grande que no puede estar contenido en una isla, en una ciudad.

Me pregunto qué hay allá afuera.

Yo también, piensa Raven. *¿Quieres descubrirlo?*

Sí, pienso como respuesta. *Pero hay algo que debo hacer primero.*

Veintiocho

Cuando regresamos del acantilado, descubrimos que las flores de Hazel son blancas, al igual que lo fueron las mías.

Se inclina hacia abajo y crecen más altas, llegan hasta sus dedos, sus rostros felices rozan su piel antes de marchitarse y morir, incluso mientras unas nuevas crecen para reemplazarlas.

—¿Qué sientes? —digo, preguntándome con qué elementos puede conectarse.

—Todo —susurra—. Puedo sentir el césped creciendo y oír el viento susurrar, y hay algo resplandeciente y fluido como… como agua.

Sujeto sus hombros con mis manos.

—Quédate aquí afuera por un rato. Todo será diferente de ahora en adelante. Disfruta este momento. Es el comienzo de tu nueva vida.

De tantas maneras, pienso. Es una nueva ciudad. Es un mundo nuevo.

No quiero dejar a mi hermana, pero hay algo que debo hacer. O, para ser más precisa, un lugar que debo visitar.

Miro a Raven, pero ella ya está un paso delante de mí. Es el beneficio de tener una mejor amiga que a veces puede leerte el pensamiento.

–Garnet y yo nos quedaremos con ella –dice–. Ve.

Me pregunto si sabe a dónde voy, o solo si sabe que necesito irme. De cualquier modo, sonrío y la abrazo, apretándola fuerte.

–Lo logramos –susurro.

–Lo logramos –responde en el mismo tono. Hazel se ha sentado en el césped y está mirando un arbusto de rosas con una expresión fascinada en su rostro. De pronto, un pimpollo florece, un remolino de color que se abre mientras los pétalos crecen. La dejo con la maravilla de la naturaleza y entro.

Garnet y Cora han movido los cuerpos de la Duquesa y el Exetor a un lado, y están apilando los rifles en el centro de la habitación. Carnelian está sentada en el borde de la tarima junto a Ash; todavía parece conmocionada.

Ash se pone de pie cuando entro.

Me balanceo un poco en mis pies, de pronto me siento abrumadoramente cansada. Pero este día aún no ha terminado.

–¿Hazel? –pregunta él, y me sujeta el codo.

–Está bien –lo miro a los ojos, sin querer mirar los cuerpos en el suelo–. Tengo que… tengo que ir a un lugar. En este palacio. Un lugar secreto. Tengo que…

No sé lo que tengo que hacer. Lo único que sé es que quiero

regresar al taller de Lucien. Ya no necesito destruirlo, ahora que la Sociedad ha ganado. Pero quiero ver que aún queda alguna parte de él en este mundo.

El brazo de Ash se enreda alrededor de mi cintura, mientras sus labios se presionan contra mi sien.

—A donde sea que necesites ir —dice—, iré contigo.

Salimos de la sala del trono y caminamos de la mano por los pasillos vacíos hacia las puertas delanteras. Giro a la derecha y estoy a punto de guiarlo hacia la antesala cuando me detengo.

—Quiero que lo veas —le digo, la culpa surgiendo en una oleada cálida dentro de mi pecho—. Quiero que veas la cosa espantosa que hice.

Abro la puerta de la sala de los espejos. Ash da un grito ahogado y entra; su rostro encendido por el asombro se quiebra en los espejos rotos. Han quitado algunos, por lo que hay espacios vacíos, como si los sirvientes hubieran dejado de limpiar a medio camino, pero aún hay suficientes llaves decorando las paredes.

—¿Tú hiciste esto? —pregunta.

—La noche anterior a la Subasta. Hubo una cena real y vine con Carnelian. Estaba… estaba enojada, frustrada, lista para que esto terminara. Creí que nadie lo veía. Hay cientos de habitaciones en este palacio. Creí que estaba siendo muy inteligente.

Mi garganta se hincha y dejo de hablar. No estaba siendo inteligente. Estaba siendo tonta, y Lucien perdió la vida por ello.

Ash me mira como si pudiera leer mis pensamientos, la culpa está impresa con claridad en mi rostro.

—Entonces, ¿cuál debería ser tu castigo?

—No lo sé —susurro. Me miro en un espejo ovalado. Uno de los ojos de mi reflejo está quebrado, y mi boca es un corte diagonal.

Ash coloca un mechón de mi cabello detrás de la oreja y toma mi rostro en sus manos.

—¿De verdad piensas que Lucien querría que recibieras un castigo por esto? ¿No crees que estaría orgulloso? Dejaste su marca en un lugar donde lo esclavizaron durante la mayor parte de su vida.

—Lo maté —grazno.

—No —replica Ash con firmeza—. La realeza lo mató —puedo ver que sabe que no le creo—. Tú tomaste una decisión, Violet, una que tuvo consecuencias. Como salvarme. Como salvar a Raven. No todas las decisiones tienen el resultado que queremos, o siquiera que esperamos. Pero lo que has hecho, lo que Lucien ha hecho, lo que Raven, Garnet y yo y todos en la Rosa Blanca y en la Sociedad han estado intentando hacer es darles a todos, sin importar su puesto o su estatus, la oportunidad de tomar decisiones por su propia cuenta. Algunas cosas son más grandes que solo una persona —me envuelve en sus brazos y susurra en mi oído—. Pero eso no significa que no duela. Perderlo. Sentir dolor. Y eso está bien. Solo… no te odies a ti misma por ello.

Una lágrima gruesa cae por mi mejilla y se disuelve en la tela de su camisa.

—Ven conmigo —susurro.

Abro el cuadro del perro en la antesala, paso por el agujero y subo la escalera. Ash no pregunta nada, solo me sigue, y subimos los peldaños. Lucien ha dejado marcas, como dijo, X blancas que me indican dónde girar y qué pasillos tomar. Después de lo que parece ser una hora, estamos de pie fuera de la puerta de su habitación.

La abro con manos temblorosas. El cuarto de Lucien es un desastre. Aquí debe haber sido donde estaba cuando lo arrestaron. Las sábanas y la ropa están desparramadas y han hecho caer el tocador. Pero el armario está intacto, escondiendo el taller detrás de él.

Está solo a pocos metros de distancia, pero bien podrían ser kilómetros. Bien podría estar en otro planeta.

Mis piernas se han convertido en piedra y se han fundido al suelo. No puedo moverme. Apenas puedo respirar.

Ash no tiene idea de qué es este lugar, qué podría significar, y sin embargo entrelaza sus dedos con los míos y permanece a mi lado sin dudarlo. Y en ese momento, sé que si bien he perdido a Lucien, el efecto que él ha tenido en mí, en mi vida, en mis amigos y en las personas que amo durará para siempre.

Mantengo la mano de Ash sujeta con firmeza, y doy un paso adelante. Después, otro. Luego, estoy caminando; no, casi corriendo hacia el armario. Abro las puertas, empujo a un lado los vestidos de dama de compañía y extraigo el arcana de mi cabello. Lo presiono contra la muesca en el centro de la puerta.

Se abre con un *clic*. Permanezco de pie en la entrada, me hormiguea la piel. La luz resplandece dentro.

–¿Violet? –pregunta de nuevo Ash.

–Espera aquí –digo–. Por favor.

Abro la puerta de par en par y dejo a Ash atrás, sabiendo

que él me hará caso, sabiendo que incluso si no comprende la razón, confía en que le estoy pidiendo lo que necesito.

Entro al taller de Lucien y el recuerdo me golpea como un puñetazo en el estómago. Los relojes en la pared funcionan con normalidad, sin saber que su dueño jamás regresará. Los libros, los papeles, los vasos de precipitados… todo eso está igual que el día que Lucien me mostró este lugar, cuando yo era Imogen y Coral todavía estaba viva.

Mi mirada aterriza en el caballete de la esquina y suelto un grito diminuto, algo entre un respingo y un sollozo. El cuadro que Lucien estaba pintando, el que solo era un boceto de una chica. El que pensé que era Azalea.

Soy yo.

Lucien ha dibujado mi rostro detalladamente a la perfección, hasta la puntita de mi mentón. Estoy mirando levemente hacia la izquierda, sonriendo de un modo que es dulce y travieso a la vez, como si estuviera a punto de hacer algo imprudente. El cabello cae sobre mis hombros, y mis ojos… tienen el color perfecto. Veo pomos de varios tonos de violeta desparramados sobre su mesa de trabajo.

Lo observo; la culpa, la angustia y el amor enfrentándose en mi interior. Las lágrimas caen, gruesas y rápidas, y no me molesto en limpiarlas. Mi cabeza da vueltas y mis piernas se debilitan; la habitación gira ante mis ojos y sé que estoy a punto de colapsar.

Un par de brazos fuertes me sujetan y me enderezan. El aroma familiar de Ash es como un abrazo por sí mismo, pero solo me hace llorar más. El peso de todo este día me aplasta y sollozo hasta que no queda nada más que llorar. Ash no dice ni una palabra. Solo permite que me desahogue.

Por fin, me enderezo y jadeo en busca de aire. Le sonrío relajada y él seca las lágrimas de mis mejillas.

–Este lugar es... increíble –dice–. Y tan parecido a *él*.

Trago con dificultad. Mis manos se deslizan por sus brazos y sujetan sus muñecas. Miro la habitación una vez más.

–Me pidió que lo destruyera. Si perdíamos. Me hizo prometérselo.

–Bueno –responde Ash–. Me alegra que no tengas que mantener esa promesa.

El agotamiento me golpea de nuevo y de pronto lo único que quiero es estar con mi hermana.

–Vamos –digo. Pero cuando volteamos para marcharnos, mis ojos aterrizan sobre algo brillante. El resorte de cobre con el que Lucien jugueteaba cuando me habló sobre su pared de relojes, uno que desarmó y dejó a un lado en la mesa. Lo tomo y lo guardo en mi bolsillo.

Después, extraigo mi arcana de la puerta y Ash y yo regresamos para reunirnos con nuestros amigos y con mi familia.

Veintinueve

Enterramos a nuestros muertos al día siguiente.

El Palacio Real se ha convertido en el nuevo cuartel de la Sociedad de la Llave Negra. Las personas comenzaron a llegar ayer al atardecer: sirvientes, miembros de la Sociedad, soldados amigables, Paladinas. Sil vino con su grupo después de "hacer un gran trabajo con ese maldito muro", como dijo ella. Sienna apareció más tarde, y yo estaba tan aliviada de verla que la abracé fuerte y ella, de hecho, me devolvió el abrazo.

Ochre llega en la mañana con un grupo de chicos de su edad, y Hazel lo taclea y caen al suelo en una mezcla de abrazos, risas y lágrimas.

—¿Por qué no me dijiste de la Sociedad? —pregunta Hazel, golpeándole el brazo.

—¡Lo hice! —protesta Ochre, alzando las manos para bloquearla—. No me creíste.

—Espera a ver lo que puedo hacer —alardea Hazel.

—¿Es como lo que puede hacer Violet con el agua y esas cosas?

—¿Cuándo viste eso?

—He sido parte de la Sociedad por mucho tiempo, Hazel —dice, con aires de importancia.

—Basta, ustedes dos —exclamo con una sonrisa amplia, rodeando los hombros de ambos con los brazos—. Solo estoy feliz de que todos estemos juntos de nuevo.

Hay una reunión esa noche sobre qué hacer con los miembros de la realeza restantes. Muchos, como Lucien había dicho, quieren ejecutarlos a todos. Otros, como Sil, insisten en que los nobles deberían pagar con trabajos pesados.

Por fin, se logra un acuerdo. Se organizará un tribunal, con representantes de cada círculo presentes, y la realeza será juzgada por sus crímenes.

Tomo asiento separada de la multitud principal, con Ash, Raven, Garnet, Ochre y Hazel, con una idea presente en mi mente.

Me pongo de pie y le hago una seña a Sil para que me siga. Ella lo hace sin dudarlo y la llevo al taller de Lucien.

—Bueno —dice después de un largo silencio. Niega con la cabeza—. Si alguien podría tener un lugar como este, ese sería él.

—Creo que tal vez hay cosas aquí que podrían ayudar a la Sociedad. O al nuevo gobierno, sea como sea que se llame —paso los dedos por encima del prototipo de la pizarra de Annabelle. Cuando alzo la vista, Sil me está mirando de un modo extraño.

–Sabes –dice, caminando hacia los estantes y mirando los títulos variados de los libros–, he conocido a Lucien durante casi cinco años. El día que lo conocí, lo hice salir disparado con el Aire.

–¿Sí? –digo.

–¿Qué harías si una dama de compañía apareciera a tu puerta? ¿En un lugar que creías que nadie podía encontrar? –replica Sil, pero su burla es amable–. No le caí muy bien después de eso, por supuesto, tuvimos que llevarnos bien por el bien de Azalea.

–Lo sé.

–Pero Azalea nunca nos unió del modo en que tú lo hiciste –añade Sil. La miro, aturdida, pero ella se niega a devolverme la mirada, y hojea un gran tomo viejo con cubierta de cuero–. Vi un cambio en Lucien, incluso antes de que yo te conociera en persona. La manera en la que solía hablar de ti… Si oía una maldita historia más sobre Violet, si estaba orgulloso de ti o preocupado o solo me molestaba con el arcana para quejarse de ti… –se ríe ante el libro. Me cuesta respirar–. Él había vivido en ese círculo durante mucho tiempo. No creo que se diera cuenta de cuánto lo había afectado, incluso si él nunca quiso que fuera así. Pero tú sí. Tú sostuviste un espejo y le recordaste que él era tan digno de salvarse como las sustitutas.

–Por supuesto que lo era –susurro.

–Lo dices como si fuera algo fácil de creer –replica ella–. Y después él apareció en mi puerta de nuevo, no con una, sino con dos sustitutas, un acompañante y un miembro de la realeza –Sil deja salir un suspiro exasperado–. Estaba tan enojada. Bueno, ya lo sabes, estabas allí. Ese no era el plan.

Salvar a aquellas personas, a una sustituta embarazada, un acompañante... era un riesgo muy grande. Lucien y yo estábamos tan enfrascados en lo que se suponía que deberíamos estar haciendo que olvidamos *por qué* lo hacíamos. Yo creía que era solo por venganza; eso es todo lo que quería al principio, y creo que él también. Vengar a Azalea. Sangre por sangre.

Por fin me mira a los ojos. Los suyos están rojos y vidriosos.

—Estábamos equivocados. Tú nos mostraste lo que realmente importaba. Nos cambiaste a los dos. Desearía poder hacerte ver eso, Violet —voltea y se limpia la nariz en su manga—. Él era un tonto, sin dudas. Pero no puedes decir que no te quería.

Me hundo en el sillón. Sil se distrae con rapidez hojeando papeles, mirando los vasos de precipitado y diciendo cosas que no tienen sentido para mí, como "El Boticario estará muy interesado en esto" o "Debo asegurarme de que el Ferretero le eche un vistazo a aquello".

Lucien se ha ido. La revolución ha terminado. Es hora de que yo haga uso de la libertad por la que tanto luchamos.

—¿Sil? —digo, vacilante.

—¿Ajá? —responde, sin alzar la vista de un vaso de precipitado lleno de un líquido azul brillante.

—Quiero... quiero irme. Hay algo que quiero hacer. Sé que hay mucho trabajo que hacer aquí y cosas que decidir, pero...

Me dedica su mirada más penetrante.

—Escúpelo —dice.

—Quiero ver el océano —el deseo de ver más allá de la Gran Muralla ha estado jalando de mi corazón, de ver qué hay allá afuera. Llegar al límite de este pedacito de mi mundo y trepar el muro que la realeza construyó. Ver lo que no ha sido visto en siglos.

Los ojos pálidos de Sil se suavizan con comprensión.

–Haz lo que tengas que hacer –asiente, y me da una palmadita en el hombro antes de regresar a la mesa de Lucien.

Enterramos a los caídos en los jardines que rodean la Casa de Subastas; las Paladinas enterramos a las nuestras por separado, bajo una pequeña arboleda.

Son veinticinco en total. Olive, la pequeña Rosie Kelting... Ginger también murió. Mientras las cubrimos con tierra, una miríada de flores crece sobre sus tumbas, las flores de cada chica brotan desde la tierra por última vez. Veo los pimpollos color amarillo limón de Indi entrelazarse con los verde oscuros de Olive.

–Quiero ver el océano –le digo a Raven.

Ella me sonríe.

–Yo también. Iremos contigo.

–¿Iremos? –pregunto, sorprendida. Ella mira hacia donde Ash y Garnet esperan de pie, un poco alejados, observando este funeral privado desde una distancia respetable.

Raven suspira dramáticamente.

–Si nos marcháramos sin ellos, simplemente nos seguirían –apoya un brazo sobre mis hombros–. ¿Cuándo quieres que partamos?

Pasa un día más antes de que estemos listos para irnos.

Espero que Ochre y Hazel vengan, que estén entusiasmados por regresar al Pantano, pero para mi asombro, ambos se niegan rotundamente.

–No puedo regresar –dice Hazel–. Todo es diferente ahora. Yo... yo *significo* algo. Importo aquí. No puedo regresar al Pantano como si todo fuera lo mismo que antes, porque no lo es. Yo no lo soy.

–Sí –concuerda Ochre–. Además, la Sociedad me necesita.

Terco, susurra la voz de Lucien.

Igual que yo, pienso.

–Está bien –asiento. No discutiré con ellos. Ahora necesitan tomar sus propias decisiones.

–Cuídense –dice Sienna.

–No hagan nada estúpido –añade Sil–. Todavía hay peligro afuera. Hay peleas en los círculos más bajos.

–Yo no me preocuparía por nosotros, Sil –dice Garnet con alegría, dándole una palmadita en la espalda–. ¿No sabes que tenemos a las Paladinas más poderosas de la historia reciente como guías?

–Las segundas más poderosas –gruñe Sil, y todos reímos.

Nos marchamos por la parte sur del muro destrozado, la que está junto a la Casa de Subastas. Nos lleva la mayor parte del día llegar al Banco, que se ha rendido bastante rápido ante la caída de la realeza, aunque hay una considerable cantidad de destrucción a nuestro alrededor. Muchas tiendas han sido saqueadas o quemadas.

Cuando llegamos al muro, Garnet me mira.

–¿Puedes hacernos pasar? –pregunta.

–Por supuesto que puede –dice Ash, y yo sonrío.

Me uno a la Tierra y le doy la bienvenida a la sensación intensa y poderosa de estar arraigada a algo profundo y antiguo. Siento las piedras de esos muros saludándome como viejas amigas, y cuando comienzan a quebrarse, me lleno de un poder maravilloso. Este no es ni por asomo tan grueso como el muro que rodeaba la Joya. Solo hago una grieta angosta, del ancho suficiente para que podamos pasar.

La escena que recibe nuestros ojos es una de destrucción generalizada. Tal vez porque había más cosas que explotar en el Humo. Las fábricas han sido aplastadas. Hay cuerpos en las calles y estallidos repentinos de luchas.

Agradezco cuando llegamos al muro que conecta con la Granja. Al principio, este círculo parece intacto ante la violencia. Hasta que nos cruzamos con la primera casa de granja quemada; los campos que la rodean están muertos y ennegrecidos. Nos toma varios días atravesar este círculo.

Llegamos al muro del Pantano tarde una noche. Mis pies duelen, al igual que mi espalda, pero cuando me uno a la Tierra, mi fuerza regresa. El muro es negro en contraste con el cielo nocturno, pero no necesito verlo para quebrarlo. Está demasiado oscuro para adentrarnos en el Pantano, así que acampamos bajo la sombra del muro.

Despierto al amanecer. El aire es fresco y unas gotas de rocío se forman sobre mi cabello como cristales. Observo la tira gris perlada en la distancia que se hace más clara. Después, una pincelada naranja aparece, subrayada con trazos rosados y dorados. Despacio, una sinfonía de color suena en el cielo; la naturaleza le da la bienvenida al comienzo de un nuevo día.

Siempre me han encantado los amaneceres. Hay algo esperanzador en ellos.

Después de un desayuno rápido, partimos de nuevo. Raven y yo decidimos visitar a nuestras familias en el camino de regreso; me temo que si veo a mi madre ahora, quizá nunca la deje.

Primero, el Pantano parece desierto. Pero después me doy cuenta de que la mayoría de los trabajadores debe haber estado en los otros círculos. Vemos a los ancianos, y a niños con sus madres jóvenes o niños sin madres. La Gran Muralla se cierne en la distancia, pero nunca parece acercarse más.

Hasta que de pronto, las casas de ladrillos de lodo terminan y estamos de pie al borde de una extensión vasta de tierra seca y agrietada. La Muralla se alza ante nosotros. Es más grande de lo que imaginaba, mucho más inmensa que cualquiera de los otros muros de la ciudad, y sé que nunca podría derribarla sola.

Se hace más masiva cuanto más nos acercamos. El viento sopla fuerte por la planicie vacía y lanza partículas de tierra y polvo a nuestro alrededor. Caminamos y caminamos, y la Muralla se hace más y más alta. Cuando llegamos a ella, me duele el cuello por mirar hacia arriba.

Les hablo a mis acompañantes.

—No puedo derribar este.

Los ojos de Garnet se abren de par en par.

Ash parece algo aturdido.

—Es… tan…

—Grande —concluye Raven. *Grande* no parece ser suficiente. Las piedras son grises y color café oscuro. Algunas están cubiertas con liquen o musgo. Ella extiende la mano y la pasa sobre la superficie del muro; luego, da un grito ahogado.

»Síganme —dice, y comienza a trotar. Garnet se apresura a seguirle el paso, y Ash y yo hacemos lo mismo a sus espaldas.

Sea lo que sea que Raven esté buscando, no lo encuentra hasta casi media hora después.

—¡Allí! —grita, triunfante, señalando algo que solo parece ser una simple sección de pared.

Pero entonces veo el contraste, las sombras, el lugar donde los escalones se han tallado en la superficie rocosa.

Suben, suben y suben, hasta alcanzar una altura vertiginosa que me marea. Pero tengo que ver.

Primero, la escalera es ancha y suave, pero cuanto más subimos, más angosta se vuelve. Cuando estamos a medio camino, mis muslos agonizan y siento una puntada dolorosa en un costado. La caída debajo de mí es aterradora, peor que las cloacas cuando tuvimos que subir esa escalera oxidada para llegar al Banco, peor que la cima de la cúpula dorada de la Casa de Subastas donde Sienna y yo enviamos la señal de fuego. Tres cuartos arriba y todo abajo se hace miniatura: casitas diminutas y árboles ínfimos. Puedo ver directamente a través del Pantano, el muro de la Granja.

—¿Cuánto tiempo… creen que… llevó construir esto? —pregunta Ash jadeando.

—Veinticinco años —responde Garnet.

Raven lo mira sorprendida.

–¿Qué? –dice él–. ¿Crees que podría haber vivido con mi madre toda la vida y no saber eso? A ella le encanta… –se detiene y se aclara la garganta–. A ella le encantaba decir cómo nuestra familia lo "construyó". La fundó, sí, pero que me parta un rayo si un solo miembro de la Casa del Lago ha tocado en su vida un ladrillo o una piedra.

–Ahora lo hacen –señala Raven.

Garnet se mira las manos como si nunca las hubiera visto antes.

–Sí –dice–. Supongo que tienes razón –después se encoge de hombros–. Bueno, ya no existe una Casa del Lago. Así que no soy nadie en realidad.

–Nunca permitas que vuelva a escucharte decir eso –replica Raven–. Después de todo lo que renunciaste. Después de todo lo que has hecho.

–¿Podemos seguir avanzando, por favor? –interrumpe Ash. Está de pie con la espalda presionada contra la piedra, y su piel está tomando un tono grisáceo.

–No tenías que venir –le digo mientras avanzamos. Cada paso hace arder los músculos de mis piernas.

–Sí, tenía que hacerlo –responde apretando los dientes–. Quiero ver lo que hay allá afuera, al igual que tú.

–No sabía que le tenías tanto miedo a las alturas.

Suelta una risa susurrante.

–Yo tampoco. Esto no es solo alto. Siento que… no sé, que estamos caminando directamente dentro del cielo.

Cuando llegamos a la cima, en verdad se siente como si hubiéramos llegado a otro mundo. La cúspide de la Gran Muralla tiene fácilmente seis metros de ancho, la piedra está picada. El viento es agresivo aquí arriba, pero algo en él me pincha, como pellizcándome y mordisqueando para identificar quién soy. Camino hacia el otro lado, temblando por la inquietud.

El borde de la Muralla aparece y después, allí está. El océano. Exactamente como lo vimos en el acantilado. Escucho un grito ahogado y la mano de Raven toma la mía.

Es gris, azul e infinito. Olas blanquecinas colapsan contra una larga extensión de playa, a cientos de kilómetros debajo. La Muralla se extiende en cada dirección y, por un momento, puedo creer con facilidad que no hay nada más allá afuera, que esta isla es lo único en el mundo que existe además del agua.

Y entonces veo los barcos.

Sus cascos se pudren, sus mástiles están astillados y las velas han sido devoradas por el viento, el agua y el tiempo. Pero están allí. Alrededor de una docena de ellos se reúnen en una caleta cercana a la Muralla. Quizá la realeza los conservó por motivos sentimentales. O simplemente fueron olvidados, perdidos en el tiempo. Lo único que importa es que están aquí. Lo que significa que la realeza provino de otra tierra, como relataba el libro de Sil.

–Solo he visto barcos como esos en dibujos –dice Garnet, asombrado. Ash ha caído al suelo y observa el océano con ojos ávidos, como si no pudiera verlo lo suficiente. Me siento a su lado.

–Nunca creí que lo vería –dice él.

–Yo tampoco.

–Pero tú lo has visto.

–No de este modo –afirmo.

—Es increíble —dice Raven, envolviendo la cintura de Garnet con un brazo mientras él le da un beso en la sien.

El intenso olor salobre llena mi nariz, punzante y dulce a la vez. El romper de las olas se mezcla con el aullido del viento, y en él oigo algo más también, algo que podría estar cantando en un idioma extraño que no comprendo. Me pone feliz y me entristece al mismo tiempo.

Recuperaremos esta isla, pienso, preguntándome si los fantasmas de las Paladinas pueden oírme, pueden comprender mis pensamientos. *Por ustedes. Por nosotras.*

El canto se arremolina a mi alrededor antes de desvanecerse en el viento, el eco agonizante de una raza que estaba casi extinta.

Pero que sobrevivió.

Permanecemos sentados en la Gran Muralla y observamos el sol hundirse en el horizonte. La mano de Ash se siente cálida alrededor de la mía. Me siento completa aquí. La rebelión, la realeza, la ciudad en sí misma, todo parece muy lejano. Solo existe el azul intenso del cielo, la mordida suave del viento y el rugido tenue del océano. Miro a mis amigos y pienso en quiénes fuimos todos una vez y en cuán lejos hemos llegado.

Soy Violet Lasting de nuevo.

Estoy en casa.

Agradecimientos

No puedo creer que esta trilogía haya llegado a su fin. Y no sería lo que es sin la ayuda de muchas personas increíbles. Karen Chaplin, mi maravillosa editora, gracias por tu pasión, por tu infinita provisión de sabiduría y por tu fe inquebrantable en mí. Tu guía ha hecho esta historia mejor de lo que jamás creí posible, y estoy eternamente agradecida por cómo me comprendiste a mí, este mundo y estos personajes.

Charlie Olsen, gracias por ser un consejero sabio, un protector, un defensor y por creer en mí incluso cuando yo no lo hacía. Sostendré todas las puertas por ti, amigo mío.

Para todos los de HarperTeen, en especial Rosemary Brosnan, Olivia Russo y Olivia Swomly: son todas maravillosas y estoy muy agradecida de estar en manos tan hábiles. Y abrazos inmensos para Heather Daugherty, Erin Fitzsimmons y el equipo de diseño por otra cubierta exquisita.

Un gran agradecimiento para todos los que trabajan en Walker Books, en particular a Gill Evans y Emily Damesick, por su brillante visión editorial, y para Jack Noel, por la maravillosa cubierta del Reino Unido.

Gracias a Lindsey Blessing por ser una especialista en todo lo relacionado al derecho internacional y a todos los de Inkwell Management por su conocimiento y apoyo. Y a Philippa Milnes–Smith por cuidar a Violet tan bien del otro lado del charco.

Jess Verdi, ni siquiera quiero pensar en cómo habría hecho para sobrevivir a esta saga sin ti. Estuviste ahí para cada palabra, cada grito de frustración, cada momento de revelación. Gracias por siempre decirme que siguiera adelante y por siempre estar allí cuando sentía que no podía hacerlo. Te quiero con el alma. Moonstone.

Para mis lectoras beta increíbles, Cela Carter, Alyson Gerber y Corey Ann Haydu: chicas, son simplemente las mejores. Gracias por toda su sabiduría y entusiasmo.

Riddhi Parekh, amigo de amigos, gracias por todos los abrazos, las flores, los gallos, las palabras de sabiduría, las risas en el patio y por simplemente ser una persona maravillosa.

Tantos amigos increíbles me han apoyado en este viaje: Matthew Kelly, Erica Henegen, Jill Santopolo, Lindsay Ribar, Alison Cherry, Mindy Raf, Rory Sheridan, Jonathan Levy, Tory Healy, Maura Smith, Mike Hanna, Melissa Kavonic, Ali Imperato, Carly Petrone, Shilpa Ahluwalia, Nina Ibanez, Marissa Wolf y Jared Wilder, muchísimas gracias a todos. Valoro su amistad más de lo que imaginan. Desearía poder darle a cada uno un palacio.

Mi familia ha sido una fuente infinita de apoyo a lo largo de los años. Gracias a los Ewing y a los McLellans: Jean y Dave, Don y Sandy, Tim, Sadie y Reed, Craig y Vicky, Sam y Sophie, Jennifer, Jonathan, Martha y Mike. Abrazos enormes para Kristen y Molly. Como siempre, un gracias extra especial a Ben, Lewah, Otto y Bea.

A mis padres, quienes cada día me recuerdan el poder de seguir tus sueños. Gracias por creer en mí, por confiar en mí y por ayudarme a convertirme en la persona que soy.

Y a Faetra. Desearía que pudieras ver tu nombre en la dedicatoria. Desearía que pudieras haber visto esta historia pasar de aquellos capítulos que te enviaba por mail a estos tres libros tan reales. Deseo tantas cosas que nunca sucederán. Pero como E. E. Cummings dijo: "Llevo tu corazón conmigo (lo llevo en mi corazón)". Estarás en mi corazón por siempre.

¡QUEREMOS SABER QUÉ TE PARECIÓ LA NOVELA!

Nos puedes escribir a vrya@vreditoras.com
con el título de esta novela en el asunto.

Encuéntranos en

 facebook.com/VRYA México

twitter.com/vreditorasya

instagram.com/vreditorasya

COMPARTE
tu experiencia con
este libro con el hashtag
#lallavenegra